Sheri S. Tepper

KÖNIGSZUG

Erster Roman der Trilogie
»Das Wahre Spiel«

Deutsche Erstausgabe

WILHELM HEYNE VERLAG
MÜNCHEN

HEYNE SCIENCE FICTION & FANTASY
Band 06/9043

Titel der Originalausgabe
THE TRUE GAME
KING'S BLOOD FOUR
Übersetzung aus dem amerikanischen Englisch von
Christian Lautenschlag
Das Umschlagbild malte Stephen Hickman

Redaktion: Friedel Wahren

Erstausgabe bei Ace Books/Berkley Publishing Group, New York

http://www.heyne.de
Printed in Germany 1999
Umschlaggestaltung: Nele Schütz Design, München
Technische Betreuung: M. Spinola
Satz: Schaber Datentechnik, Wels
Druck und Bindung: Presse-Druck, Augsburg

ISBN 3-453-15611-0

Inhalt

Inhalt

Stammbaum

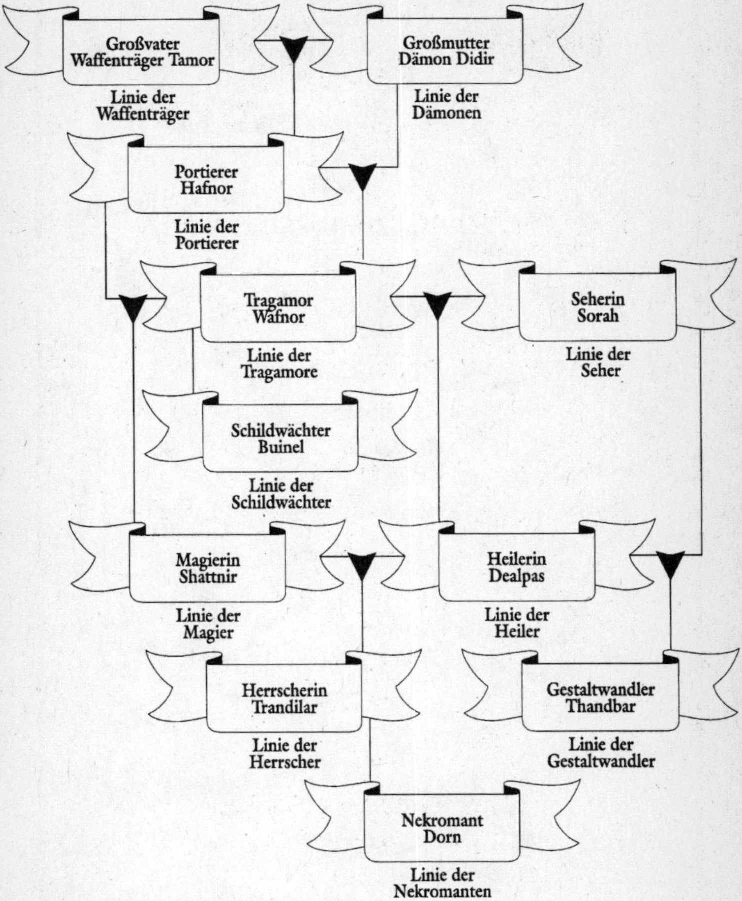
Großvater
Waffenträger Tamor
Linie der
Waffenträger
Großmutter
Dämon Didir
Linie der
Dämonen
Portierer
Hafnor
Linie der
Portierer
Tragamor
Wafnor
Linie der
Tragamore
Seherin
Sorah
Linie der
Seher
Schildwächter
Buinel
Linie der
Schildwächter
Magierin
Shattnir
Linie der
Magier
Heilerin
Dealpas
Linie der
Heiler
Herrscherin
Trandilar
Linie der
Herrscher
Gestaltwandler
Thandbar
Linie der
Gestaltwandler
Nekromant
Dorn
Linie der
Nekromanten

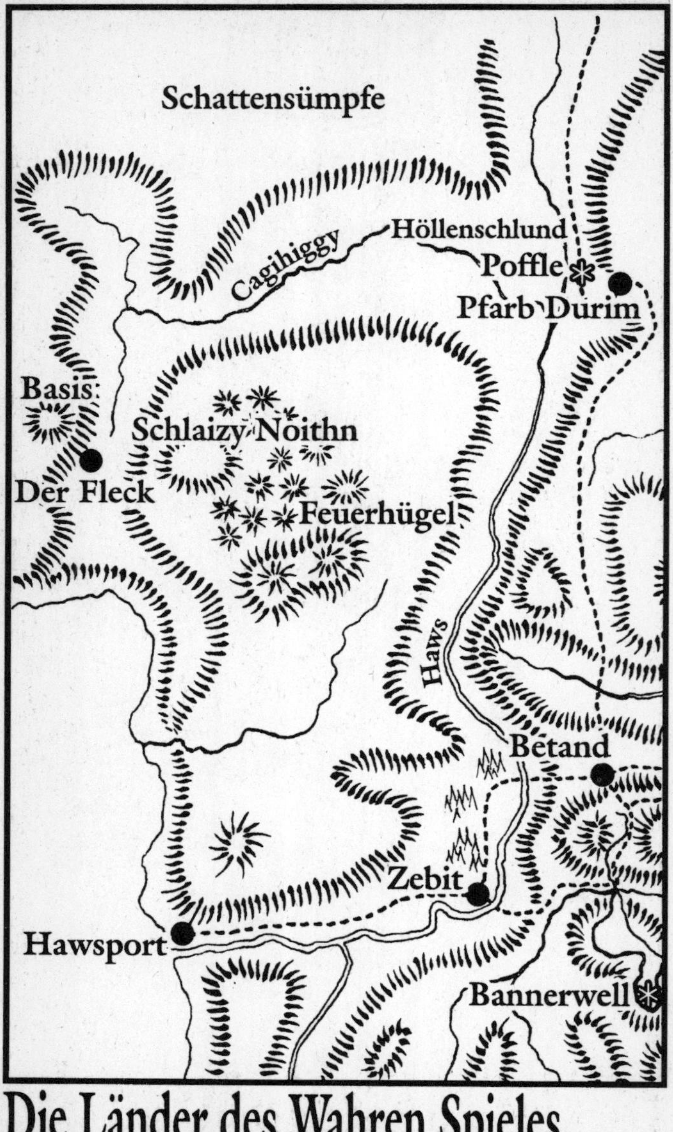

Die Länder des Wahren Spieles

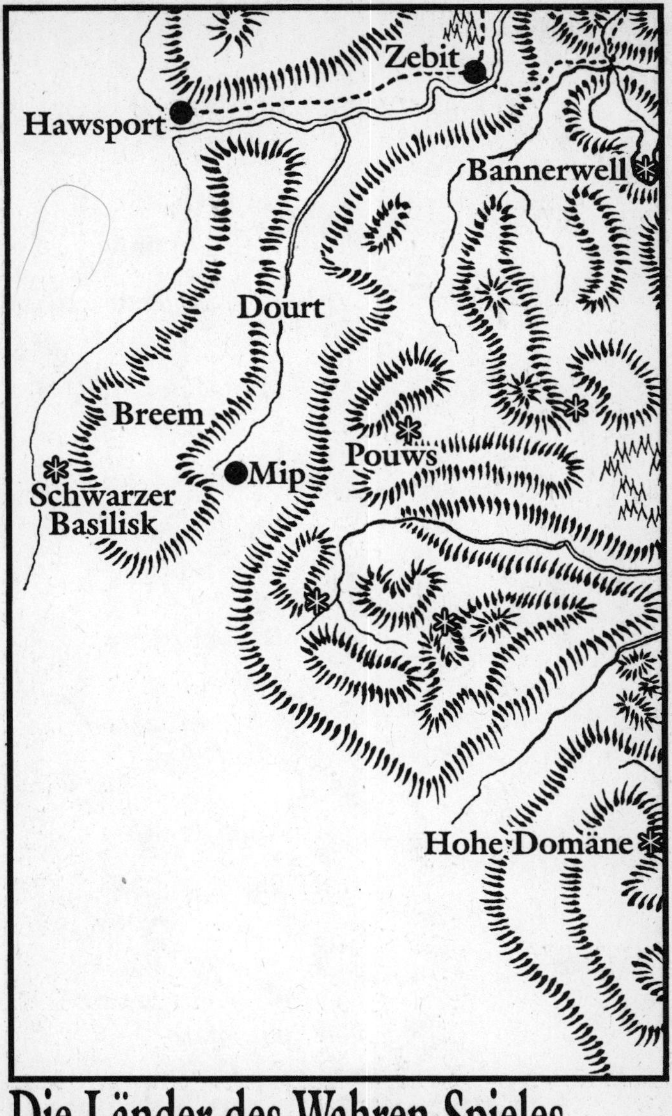

Die Länder des Wahren Spieles

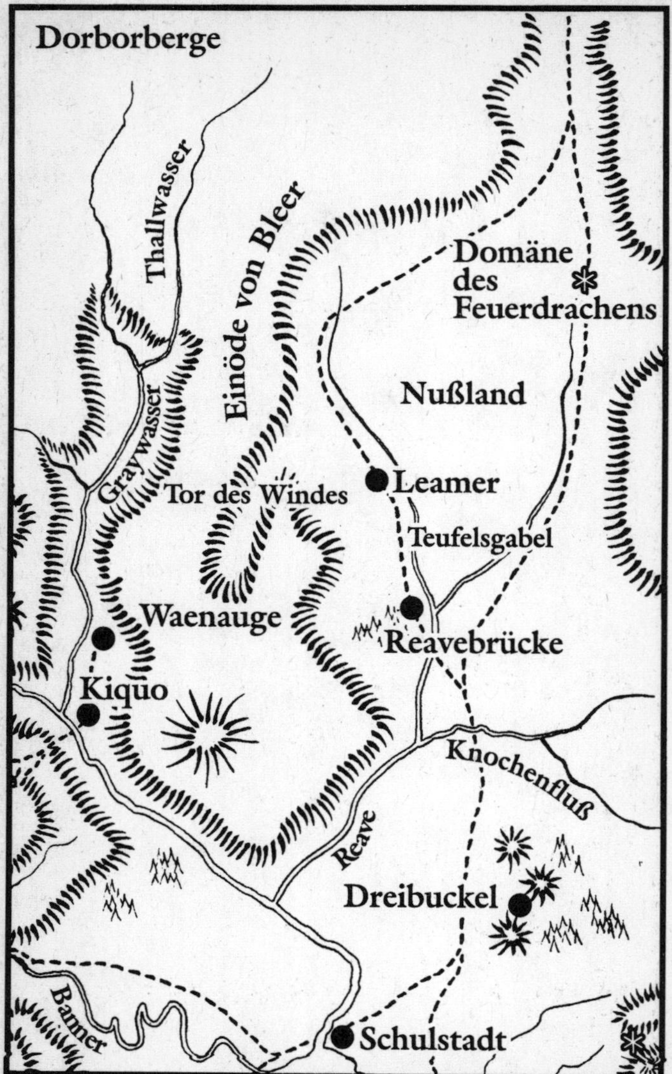

Nördlich und westlich der Schulstadt

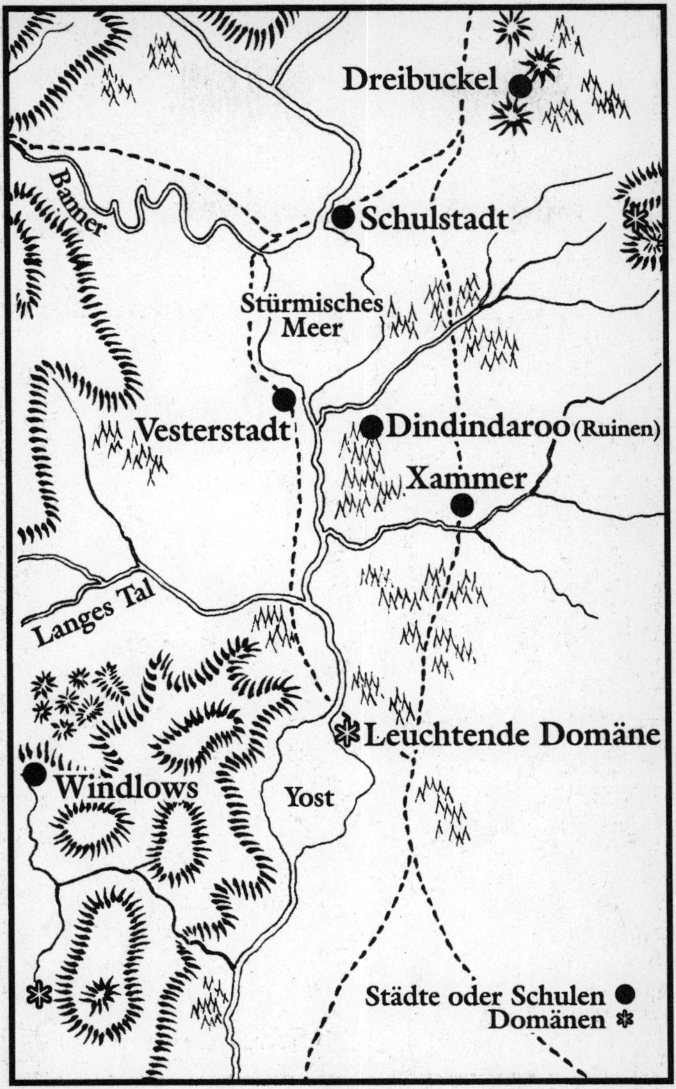

Südlich und westlich der Schulstadt

1

KÖNIGSBLUT VIER

»TOTEM AUF KÖNIGSBLUT VIER.« Im selben Augenblick, als ich die Worte aussprach, wußte ich, daß es falsch war. »Nein!« sagte ich.

Spielmeister Gervaise pochte mit der eisernen Spitze seines Stockes auf den Steinboden, während er ungeduldig nach einer hochgezogenen Augenbraue in unseren Gesichtern oder einer erhobenen Hand forschte. »Nein?« wiederholte er. Von den drei Spielmeistern in Mertynhaus mochte ich Gervaise am liebsten.

»Als ich ›nein‹ sagte, meinte ich damit, daß die Antwort nicht ganz richtig ist.« Hinter meinem Rücken schnaubte Karl Schweinsgesicht verächtlich, wie immer, wenn er sich anschickt, mich niederzumachen, aber Spielmeister Gervaise ließ ihm keine Gelegenheit dazu.

»Das stimmt«, sagte er. »Es stimmt, daß sie nicht ganz richtig ist und sich als verhängnisvoll erweisen könnte. Diesen Zug hatten wir zuvor noch nie, laß dir also Zeit zum Nachdenken. Bevor du entscheidest, wie du ziehen willst, bedenke stets, wer du bist.« Er wandte sich von uns ab und schritt, mit dem Stab auf den Fußboden pochend, quer durch das Turmzimmer zu dem hohen Fenster, das die Sicht über die dunkle Erhebung von Havadhaus hinunter zum Fluß Reave freigab, der sich wie ein verblaßtes Band zwischen den anderen Schulhäusern hindurchschlängelte – jedes mit Schülern so voll wie ein Hund mit Flöhen, wie Bruder Chance zu sagen pflegte. Überall auf dem hügeligen Gelände zwischen den Schulhäusern lagen Wohngebäude und Läden, schmiegten sich dicht die Hügel hoch bis hinüber zu den verriegelten Festivalhallen und zerstreuten sich dann zwischen den Feldern, die zur Schulstadt gehörten und die bis zu dem unbesiedelten Land am RANDE reichten. Ich spähte über die Schulter von Spielmeister Gervaise nach der fernen, dünnen blauen Linie, die die Grenzen des Wahren Spieles markierte. Karl räusperte sich wieder, und ich wußte, wenn ich nicht schnell eine Lösung fände, ließe sein Spott nicht mehr lange auf sich warten. Ich fand sie aber bestimmt nicht, indem ich die Schulstadt betrachtete.

Ich wandte mich wieder dem Spielmodell zu, das in eisigem Dunst schwimmend vor uns in der Luft hing. Irgendwo in der Mitte des Modells, zwischen den Spielfiguren, die in dem ihnen eigenen Licht glühten oder in ihrem eigenen Schatten verschwanden, irgendwo in dem Modell befand sich die Domäne, das Zentrum, der Ort der Macht, wo ein Zug von Bedeutung sein konnte. Auf unserer Seite, der Schülerseite, zeichnete sich ein Dämon auf einem Viereck der Dritten Ebene ab, der einen langen, geflügelt aussehenden Schatten warf. Zwei mit Fangzähnen bewehrte Tragamore bewachten das Gebiet von beiden Seiten. Vor ihnen stand die einzig sichtbare Figur von Spielmeister Gervaise, der König, umgeben von rötlichem Licht. Er stand auf Königsblut Vier, einem imperativen Platz – es bedeutete, daß ich ziehen *mußte.* Keine der Schlachtfiguren eignete sich dazu; ich mußte etwas ähnliches wie Totem nehmen. Hinter dem König konnte sich so gut wie alles verbergen, und Spielmeister gaben keine Hinweise. Etwas ähnliches, von gleichem Wert, etwas wie … Plötzlich fiel es mir ein.

»Talisman«, platzte ich heraus. »Talisman auf Königsblut Vier.«

»Gut.« Gervaise lächelte tatsächlich. »Jetzt sag mir, warum.«

»Weil unsere Seite nicht erkennen kann, welche Figuren sich hinter dem König verbergen könnten. Talisman ist eine Figur, die absorbiert, sie wird das Spiel des Königs egalisieren. Totem ist eine reflektive Figur. Sie würde des Königs Spiel vervielfältigen, es ringsum verteilen. Dadurch würden wir vielleicht Figuren verlieren...«

»Vollkommen richtig. Jetzt stellt euch einmal folgendes vor. Hier haben wir den König, den dauerhaftesten der unnachgiebigen Figuren, dessen Blut oder Wesen rotes Licht ist. Dort sehen wir einen Dämon, den mächtigsten der vergänglichen Figuren, dessen Wesen aus Schatten besteht. Zu beiden Seiten der Domäne bilden Tragamore eine Barriere. Der Spieler ist ein Schüler ohne einen Funken Macht, also zieht er mit Talisman, einer absorbierenden Figur der bedeutungsloseren Vergänglichen. Sie ist verloren, ›geopfert‹, wie wir es nennen. Der Spieler gewinnt dadurch keinen Vorteil, aber er verliert auch nicht viel, denn durch den Zug verändert sich die Domäne, und das Spiel bewegt sich irgendwo anders hin.«

»Aber, Meister«, säuselte Karls Stimme aus der Ecke, »ein starker Spieler hätte mit Totem ziehen können. Ein mächtiger Spieler.«

Ich lief rot an. Wie schlau! Das wußte doch jeder im Raum. Aber Schüler waren weder stark noch besaßen sie Macht, obwohl Karl gern so tat, als ob. Es handelte sich hier wieder einmal um sein übliches Sticheln, das das Leben mit ihm so gemütlich machte wie mit einem Igel. Der Spielmeister neigte den Kopf, zum Zeichen, daß er Karls Worte gehört hatte, antwortete aber nicht. Statt dessen schaute er auf das Chronometer an der Wand, daraufhin aus dem Fenster, um zu sehen, an welcher Stelle der Bergschatten über den Hafen fiel, und dann zu unserer kleinen dicht zusammengedrängten Gruppe. »So. Genug für heute. Macht, daß ihr zum Feuer und zu eurem Abendessen kommt. Einige von euch sind bereits halb erfroren.«

Wir alle waren halb erfroren. Die Modelle konnten nur bespielt werden, wenn sie sich im eiskalten Zustand befanden, und deshalb verbrachten wir die Hälfte unseres Lebens in bitterer Kälte. Mir war ebenso kalt wie allen anderen, aber ich wollte vermeiden, Karl zu treffen, und deshalb ging ich zu dem hohen Fenster hinüber, lehnte mich hinaus und spähte nach Süden. Eine Reihe höckriger Inseln trennte den windstillen Hafen mit seinen kreisenden Möwen von dem großen stürmischen See und den aufregenden Ländern des Wahren Spiels dahinter. Ich murmelte etwas. Gervaise verlangte, daß ich es laut wiederholte.

»Es ist langweilig hier in der Schulstadt«, sagte ich mit schamvoller Miene.

Statt einer Antwort betrachtete mich Gervaise zunächst in der besonders intensiven Art und Weise, die Lehrer manchmal an sich haben. Schließlich fragte er mich, ob ich nicht Kartographie bei Spielmeister Charnot hätte. Ich bejahte es.

»Dann weißt du doch bereits einiges über die Länder des Wahren Spiels. Erinnerst du dich an das Gebiet des Drachen im Norden? Na also. Dort gibt es einen König und eine Königin, die sich entschieden hatten, ihre Kinder DRAUSSEN aufzuziehen. Sie wollten sie in ihrer Nähe haben und nicht in eine weit entfernte Schulstadt schicken, wo sie sich bei alten Spielmeistern langweilen würden. Die beiden dachten, die Kinder könnten die Regeln des Spiels durch Beobachtung lernen. Von den acht Söhnen, die diese Königin geboren hat, sind bereits sieben durch das Spiel ums Leben gekommen. Der achte schläft heute nacht im Havadhaus in der Kinderkrippe. Wenigstens diesen schickten sie zu uns.

Es stimmt, daß es in der Schulstadt häufig langweilig ist, und für niemanden weniger als für die Lehrer! Doch hier ist es sicher, Peter. Hier kannst du in Ruhe aufwachsen und lernen. Wenn du nicht mehr im Leben werden willst als Fuhrmann oder Bauer, kannst du gern nach DRAUSSEN gehen, um etwas derartiges zu sein. Nach fünfzehn Jahren in Mertynhaus hast du allerdings schon so viel gelernt, daß dich das Dasein als Bauer kaum zufriedenstellen würde, doch es fehlen dir noch gut zehn Jahre, um ungefährdet als etwas anderes existieren zu können.«

Ich bemerkte in dem erwachsensten Tonfall, den ich zustande brachte, daß Sicherheit nicht alles auf der Welt sei.

»Weil dem so ist«, erwiderte Gervaise, »wirst du mir jetzt helfen, das Modell auseinanderzunehmen.«

Ich biß mir auf die Lippen. Eine Weigerung war unmöglich, doch die Modelle auseinanderzunehmen, ist weitaus gefährlicher, als sie zusammenzusetzen. Die meisten von uns haben von beiden Tätigkeiten Brandnarben zurückbehalten. Ich seufzte, konzentrierte mich, nahm wahllos eine geringere Figur aus der Schachtel und bewegte sie in das Zentrum der Domäne. Sie verschwand in einem Blitz aus weißem Feuer. Gervaise bewegte zuerst eine Figur, die ich nicht erkennen konnte, dann den König, der den Dämon freigab. Es gelang mir, einen Tragamor zu befreien, aber dann saß ich fest, denn mir fiel partout nicht mehr die Reihenfolge der Züge ein, mit denen ich den zweiten Tragamor hätte freibekommen können.

Eines mußte man Gervaise lassen. Er rieb es mir nicht unter die Nase. Er warf mir nur einen bedeutsamen Blick zu: Er wußte, was ich dachte. Wenn ich nicht einmal imstande war, einen dämlichen Tragamor aus dem Modell zu befreien, würde ich im echten Spiel nicht sehr lange überleben. Geduldig zeigte er mir die nötigen Züge und gab mir dann einen nicht allzu sanften Klaps.

»In ein paar Tagen beginnt das Festival, Peter. Jetzt, da du bereits fünfzehn Jahre alt bist, wirst du merken, daß ein Festival für euch Jungen sehr hilfreich gegen

Langeweile ist. Hilfreich wären auch etwas eifrigere Studien. Geh jetzt zum Abendessen.«

Mit lautem Poltern jagte ich die Treppen hinunter, vorbei an den Kinderkrippen mit dem Geschrei der Säuglinge und dem fortwährenden Schwatzen der Betreuer, vorbei an den Schlafsälen und dem Geruch von nasser Wolle und Dampf aus den Waschräumen, in den geheizten Gemeinschaftssaal hinein, die Worte von Spielmeister Gervaise im Kopf. Er hatte recht. Bruder Chance sagte, daß nur die Mächtigen und die völlig Unwichtigen das Wahre Spiel lange überlebten. Wenn man das eine nicht war und das andere nicht sein wollte, war es nur vernünftig zu lernen. Trotzdem war es langweilig.

An den Tischen der jüngeren Jahrgänge jagten sich die kleinsten Jungen gerade mit Schauergeschichten über die Länder der Unveränderlichen, in denen das Wahre Spiel nicht gespielt wurde, gegenseitig Angst ein. So etwas Dummes! Wenn es kein Wahres Spiel gab, was taten die Menschen dann? Am oberen Tisch zeigten die älteren Schüler, die kurz davor standen, ins Spiel entlassen zu werden, mehr Manieren und aßen schweigend unter den aufmerksamen Augen von Spielmeister König Mertyn und Spielmeister Waffenträger Charnot. Die meisten der über zwanzigjährigen Schüler trugen bereits ihre Namen: Schildwächter, Herold, Drache, Tragamor, Unterherold, Portierer. Man erzählte sich, daß die vollständige Liste Tausende von Spielfiguren enthalte, aber wir waren noch nicht alt genug, um BESITZTÜMER und MÄCHTE in vollem Umfang zu studieren.

Am Besuchertisch an der Wand durchblätterte ein Magier ein Buch, während er in seinem Essen stocherte; die metallischen Dornen am Rand seiner Kopfbedekkung glitzerten im Licht des Kaminfeuers. Er saß ganz allein, der einzige Besucher, obwohl ich sorgfältig nach einem zweiten Ausschau hielt. Mein Freund Yarrel hockte eingekeilt weit hinten an einem langen Tisch, an dem kein weiterer Platz mehr frei war, so daß ich mich auf einer Bank nahe der Tür niederließ. Mir gegenüber saß Karl, das schwitzende rote Gesicht feuchtglänzend vom heißen Dampf der Speiseschüsseln.

»Du hast dich vorhin ganz schön hineingeritten, Zimperliese. Spiel lieber mit dem Papiermodell bei den Kleinen.«

»Ach, halt die Klappe, Schweißbacke«, sagte ich. Es machte keinen Unterschied, ob man freundlich oder fies zu Karl war. Er benahm sich immer garstig. »Du hättest es auch nicht besser gewußt.«

»Hätt ich wohl. Das weiß ich alles von Großvater und Paps.« Auf seinem Gesicht breitete sich, nachdem er den Treffer gelandet hatte, das gewohnte überhebliche Grinsen aus. Karl war der Sohn eines Doyen, Enkel eines Doyen, die dritte Generation der Familie, die die Schule besuchte. Ich war ein Festivalkind, geboren neun Monate nach einem Festival, ausgesetzt auf den Stufen vor Mertynhaus, um dort aufgenommen und erzogen zu werden. Ich hätte genausogut von einer Kröte ausgebrütet worden sein können. Nun ja, ich besaß etwas, das Karl nicht besaß. Er konnte sich meinetwegen auf seinem Familiennamen ausruhen. Ich hatte etwas anderes.

Obwohl sich die Lehrer nicht viel darum scherten, ob ein Schüler aus der ersten Generation oder der zehnten stammte. In diesem Raum waren mehr Findlinge versammelt als Jungen aus Familien. ›Sendlinge‹, die von ihren Familien draußen hierhergeschickt worden waren, besaßen nicht mehr Status als Findlinge, aber sie hatten den Hang dazu, sich zu verbünden. Es brauchte sie nur jemand wie Karl ein bißchen aufzustacheln, und sie verwandelten sich in eine Meute Jagdhunde. Nun, ich beabsichtigte nicht, wohlfeile Beute für sie zu werden. Statt dessen starrte ich über die lange Reihe kauender Kiefer und schlaffer Körper hinweg. So wie sie aussahen, fühlte ich mich auch – hungrig, von des Tages Kälte erschöpft, im Warmen schwelgend und dankbar für die baldige Nachtruhe. Ich dachte an das angekündigte Festival.

Ich würde Glöckchen in meine Hosensäume und Bänder in die Schulternnähte meiner Jacke nähen, eine Maske aus Leder und vergoldetem Flitter fertigen und so gekleidet mit Hunderten anderer, gleich gekleideter Schüler klingelnd und lachend durch die Straßen der Schulstadt rennen, zu Trommeln und Trompeten tanzen und essen, was immer ich wollte. Während des Festivals war alles erlaubt, nichts wurde verlangt, keine langweiligen Studien, die Festivalhallen waren geöffnet, und Menschen kamen von DRAUSSEN, aus den Schulhäusern, von überall her. Glöckchen würden läuten, läuten …

Das Klingeln entpuppte sich als Klirren meiner Schüssel und meines Löffels auf dem Steinboden, wohin sie mir im Schlaf entglitten waren. Bis auf eine schlanke Gestalt, die zwischen mir und dem Feuer stand, war der Raum leer. Es war Mandor, Spielmeister von Havadhaus, die Zähne aufblitzend im Feuerschein.

»Na, Peter … zu müde, um fertig zu essen?«

»Ich … ich dachte nicht, daß Ihr kommen würdet.«

»Ach, ich habe mich nur einmal umgeschaut. Ich beobachte deinen Schlaf bereits eine halbe Stunde, nachdem ich einem etwas fetten Jungen geboten habe, dich in Ruhe zu lassen. Womit hast du dir seine Feindschaft zugezogen?«

Ich glaube, ich wurde rot. Es war kein Thema, über das ich gern sprechen wollte. »Ooch … nichts Besonderes. Es gibt immer jemanden, den er auf dem Kieker hat. Meistens einen, der kleiner ist als er selbst, gewöhnlich ein Findling.«

»Aha.« Er hatte verstanden. »Ein Flückelmann. Meinst du nicht auch?«

Ich grinste leicht. Karl als Flückelmann, als kleiner Tyrann, eine unbedeutende Figur, kaum wichtiger als ein Bauer – welch wunderbare Rache! »Keiner hat ihn bis jetzt so genannt, Meister Mandor.«

»Du brauchst nicht Meister zu mir zu sagen, Peter.«

»Ich weiß.« Wieder genierte ich mich. Eigentlich hätte er etwas besser Bescheid wissen müssen. »Aber so brauche ich nichts weiter zu erklären.«

»Befürchtest du, Erklärungen abgeben zu müssen?«

»Ja. Falls mir jemand zuhört ...«

»Niemand hört dir zu. Wir sind allein. Wenn dir dieser Ort aber zu öffentlich ist, können wir auf mein Zimmer gehen.« Und er rauschte aus der Tür in Richtung des Tunnels, der zum Havadhaus führte, noch ehe ich antworten konnte. Natürlich folgte ich ihm, obwohl ich mir immer wieder geschworen hatte, es niemals wieder zu tun.

Am nächsten Morgen wurde ich zu König Mertyn gerufen. Eigentlich überraschte mich das nicht, aber es versetzte mir doch einen kleinen Schreck. Ich hatte gewußt, daß mich irgend jemand eines Tages sehen oder uns belauschen würde, doch mit jedem Tag, der verging, hatte ich mich mehr in Sicherheit gewiegt, daß so etwas vielleicht doch nicht geschehen würde. Ich hatte nichts anderes getan, als viele der Jungen in den Schlafsälen tun, nichts anderes als das, was ich mit Karl nicht hatte tun wollen. Natürlich, es war verboten, aber viele Dinge sind verboten, und die Menschen tun sie trotzdem die ganze Zeit über, meist ohne viel zu überlegen.

So war ich mir nicht ganz sicher, was ich zu erwarten hatte, als ich in seiner kalten Behausung vor dem Spielmeister stand, die Hände in den Ärmeln versteckt, und darauf wartete, daß er zu sprechen anfing. Ich war überrascht, wie freundlich er war.

»Man behauptet, daß du viel Zeit mit Spielmeister

Mandor von Havadhaus verbringst. Daß du zu ihm in sein Zimmer gehst und auch dort schläfst. Stimmt das?« Er war taktvoll, doch ich errötete trotzdem.

»Ja, Spielmeister.«

»Du weißt, daß das verboten ist.«

»Spielmeister, er hat mir befohlen ...«

»Du weißt, daß er den Titel eines Prinzen trägt und befehlen kann, was ihm beliebt. Trotzdem bleibt es verboten.«

Ich wurde wütend, denn das war ungerecht. »Ja. Er kann mir befehlen, was ihm beliebt. Und von mir wird erwartet, daß ich mich drehe und winde wie eine Taube, die versucht, einem Falken zu entfliehen. Von mir erwartet man, daß ich sein Mißfallen ertrage, und trotzdem kann er befehlen, was ...«

»Ei, ei! Und du hast dich wirklich gedreht und gewunden und mit allen Mitteln versucht, dich zu entziehen? Dich vielleicht in der Bücherei versteckt? Oder Hilfe beim Oberhaupt deines Hauses gesucht? Einen Spielereid vor Zeugen geschworen? Du hast das alles getan?«

Nein, das hatte ich nicht getan. Natürlich nicht. Wie sollte ich denn? Prinz Mandor war mein Freund, sogar mehr als das. Er kümmerte sich um mich. Er unterhielt sich mit mir über alles, über Dinge, die er keinem anderen erzählen konnte. Ich wußte alles über ihn – daß er das Wahre Spiel nie hatte verlassen wollen, um Lehrer in einer Schulstadt zu werden, daß er Havadhaus haßte, daß er ein eigenes Haus haben wollte. Daß er meine Freundschaft gesucht hatte, weil es niemanden, absolut niemanden in Havadhaus gab, der ihm etwas bedeutete. Das Schweigen zwischen Spielmeister Mertyn und mir wurde feindselig, aber ich war nicht in der Lage, es zu brechen. Schließlich sagte er: »Ich will sichergehen, daß du mich richtig verstehst, Peter. Du mußt dir gewahr sein über das, was du tust. Jede einzelne Entscheidung, die du triffst, kann dir bei der Bewältigung des Spiels helfen oder dich hindern. Dieser Aufgabe kannst du dich nicht entziehen. Du steckst mittendrin. Ist dir das klar?«

Ich nickte und erwiderte: »Das ist uns allen klar, Spielmeister.«

»Aber erfaßt du auch die Tragweite des Ganzen? Wie sich deine Identität bildet, während du spielst, wie dein Stil unverwechselbar wird, wie sich deine eigene Methode herausschält? Langsam werden die Lehrer – und du auch – erkennen, was du bist: Prinz oder Magier, Träger oder Tragamor, Dämon oder Doyen, welche Figur aus der langen Liste du sein wirst. Du mußt einer von ihnen werden, oder du kannst gleich hinunter in die Stadt gehen und als Lehrling in einem der Läden anfangen, wie es manche Schüler tun, die es nicht geschafft haben.«

»Man sagt, es sei angeboren«, warf ich ein. Ich wollte seinen Vortrag aufhalten, der mir Schuldgefühle einflößte. »Karl sagt, daß er Doyen wird, weil Vater und Großvater ebenfalls Doyen waren. Daß es ihm angeboren ist.«

»Was Karl sagt oder denkt, ist für dich unwichtig. Wichtiger ist, was aus dir wird oder was du bist.« Er ergriff meine Schultern und drehte mich herum, damit ich aus dem hohen Fenster sehen konnte. »Schau dorthin. In zehn Jahren wirst du hinausgehen, bereit oder nicht, ob du willst oder nicht. In zehn Jahren mußt du diesen geschützten Ort verlassen, diese Schule. In zehn Jahren wirst du das Wahre Spiel spielen.

Du weißt nicht, daß ich es war, der dich damals vor Jahren gefunden hat, draußen vor Mertynhaus, ein Festivalkind, völlig feucht in deinen leuchtenden Tüchern, das Fäustchen im Mund. Wenn es irgend jemanden gibt, der so etwas wie ein Vater für dich ist, bin ich das. Vielleicht ist es ohne Bedeutung, aber diese wie auch immer geartete Beziehung zwischen uns beiden treibt mich dazu, mich um dich zu sorgen.« Er beugte sich vor, um seine Wange gegen meine zu drücken, eine schockierende Tat, ebenso verboten wie das, was ich getan hatte.

»Überleg es dir, Peter. Ich kann dich nicht zwingen, weise zu handeln. Vielleicht jage ich dir bloß Angst ein. Überleg es dir trotzdem. Begib dich nicht in die Hände anderer.« Unvermittelt ließ er mich, der ich immer noch ärgerlich, verwirrt und sprachlos war, in dem hohen Raum allein.

›Begib dich nicht in die Hände anderer.‹ Die Grundregel des Spiels. Verbünde dich, aber liefere dich nicht aus, damit du kein einfacher Bauer wirst. Deshalb verboten sie uns so viele Dinge, versagten uns soviel, während wir noch jung und hilflos waren. Ich lehnte mich an die Fensterbank des hohen Fensters, wo das Sonnenlicht goldene Kreise bildete. Eine Linie gleichen Lichts reflektierte von einem großen Haus jenseits des Flusses, Dorcanhaus, ein Frauenhaus. Ich wußte wenig über Frauen. Es würde noch einige Jahre dauern, bis wir die weiblichen Figuren studierten, doch der Anblick dieses entfernten Hauses ließ mich überlegen, welche Namen sie hatten, welchen Namen ich einmal tragen würde.

Manche der Jungen behaupteten, daß man seinen späteren Namen heraushören könne, wenn man sich die Figuren vorsagte und dem Klang lauschte. Ich probierte es. »Waffenträger. Tragamor. Portierer. Schildwächter«, sagte ich in die Stille hinein. Nichts. »Flückelmann«, flüsterte ich, ebenso ohne irgendeine innere Reaktion. Ich hatte den Namen, von dem ich träumte, den ich mir am meisten ersehnte, nicht genannt, weil ich fühlte, daß es Unglück bringen könnte. Statt dessen rief ich in die morgendliche Stille: »Wer bin ich?« Als einzige Antwort ertönte, unpersönlichem Gelächter gleich, schrilles Geschrei von den Möwen im Hafen. Ich sagte mir, daß es keine Bedeutung hatte, wer ich war, solange ich mehr als einen bloßen Freund in Mandor besaß. In der Stadt läutete kurz eine Glocke, und ich wußte, daß ich das Frühstück verpaßt hatte und zu spät zum Unterricht kommen würde.

Unten in der Klasse waren diesmal die Fenster geschlossen, damit das knisternde Kaminfeuer den Raum erwärmen konnte. Demnach gab es heute keine Modelle, nur Vorlesungen, eintönige, warme Worte anstatt eisiger aufregender Taten. Spielmeister Gervaise stolzierte bereits hin und her, über die Köpfe der Schüler hinwegmurmelnd, von denen bereits die Hälfte in der ungewohnten Wärme am Eindösen war.

»Gestern entwickelten wir ein Königsspiel«, erklärte er gerade. »Diejenigen von euch, die aufpaßten, haben sicher bemerkt, wie unerwartet die Domäne aus der Umgebung emportauchte. Dieses plötzliche Erscheinen ist typisch für Königsspiele. Könige geben keine Signale. Sie lassen niemals vorzeitig etwas über ihre Absichten durchsickern. Eine ganze Reihe Angriffe oder Provokationen kann zuvor ohne Erwiderung bleiben, bis plötzlich ein Gebiet großer Macht und Absichten erscheint, eine schätzbare Domäne. Beachtet, wie sehr sich dieses Spiel zum Beispiel von einer Schlacht zwischen Waffenträgern unterscheidet, wo sich die Domäne vom ersten Zug eines Herolds oder Schildwächters an langsam entwickelt. Genauso plötzlich, wie die Domäne im Königsspiel erscheint, kann sie sich auch wieder schließen. Behaltet diese Regel, Buben! Je größer die Macht der Figur, desto rascher die Konsequenzen.« Er rüttelte mit seinem Stock, um die Dösenden zu wecken. »Bitte, denkt daran. Wenn ein mächtiger Spieler gegen den König antritt, entscheidet er sich vielleicht, eine reflektive beständige Figur wie Totem zu spielen, vielleicht sogar Herold. In diesem Falle ...«

Er geriet ins Dozieren, ließ sich über das Schätzen aus

und langweilte alle damit fast zu Tode. Wir hatten uns mit Schätzen beschäftigt, seitdem wir aus der Kinderkrippe in dieses Klassenzimmer gekommen waren, und falls einer von uns bis jetzt nicht begriffen hatte, wie man eine Domäne richtig einschätzte, war sein Fall hoffnungslos. Ich hielt nach Yarrel Ausschau, fand ihn aber nicht. Statt dessen entdeckte ich den Magier, der, die Lippen zu einem geheimnisvollen Lächeln gekräuselt, hinten im Klassenraum an der Wand lehnte. ›Magier‹, erklärte ich mir selbst gewohnheitsmäßig, ›stilles Glas, beschwörend, doch durch die Beschwörung unberührt, ein Kanal, der Kraft bündelt, ein Gefäß, in das man Säure, Wein oder Feuer schütten oder aus dem sich Säure, Wein oder Feuer ergießt.‹ Mich fröstelte. Magier waren außerordentliche wichtige Figuren, Bewahrer der Macht anderer. Ich hatte noch nie von einem gehört, der ohne Begleitung unterwegs gewesen wäre. Es war eigenartig, ihn so allein an der Wand unseres Klassenzimmers lehnen zu sehen, und es erweckte in mir ein quälendes Gefühl der Neugierde. Ich entschloß mich, in die Küche hinunterzuschleichen, um Bruder Chance zu fragen. Er war für mich stets die beste Quelle für bestimmte Informationen, schon seit der Zeit, als ich vier Jahre alt gewesen war und entdeckt hatte, wo er die Kekse versteckte.

»O ja«, stimmte er mir zu, während er, in der Hitze des Kochfeuers schwitzend, Fleischfetzen an den Spießhund verfütterte. Er stocherte mit einer langen Gabel am Braten der Lehrer herum. Der Duft war quälend. Mein Mund klappte auf wie der Schnabel eines jungen Vogels, und Bruder Chance steckte mir ein Stück Fleisch hinein, als wäre ich nur eine andere Art Spießhund. »Wirklich seltsam – ein Magier, der frei herumläuft, wenn man so sagen will. Nun ja, seit König Mertyn von DRAUSSEN zurückgekommen ist, um hier Spielmeister zu werden, hat Mertynhaus einen ausgeprochen guten

Ruf erworben. Ein Magier könnte sich davon angezogen fühlen, könnte sich hierher binden wollen. Es gibt andererseits auch immer welche, die den Kampf mit jemandem suchen, der einen solch guten Ruf hat. Höchstwahrscheinlich bedeutet es aber nichts weiter, als daß das Festival vor der Tür steht. Nur noch einige Tage bis dahin, und die Stadt ist bereits jetzt voller Besucher. Wahrscheinlich wollen auch Magier sich manchmal vergnügen. Was geht dich das alles überhaupt an?«

»Niemand erklärt uns jemals etwas richtig«, beschwerte ich mich. »Wir erfahren nie, was vorgeht.«

»Warum solltet ihr auch? Eingebildeter Knirps! Geht es dich etwas an, was Magier tun oder lassen? Stell zu viele Fragen, und schwupps bist du ein Bauer, sag ich immer. Ich rate dir, halte dich zurück, bis du weißt, wer du bist. Aber du hast die Nase schon immer gern in Dinge gesteckt, die dich nichts angehen. Bevor du sprechen konntest, hast du bereits Fragen gestellt. Hör jetzt auf damit. Du bringst dich in größte Schwierigkeiten. Hier, nimm dieses Stück Fleisch und ein bißchen frischgebackenes Brot für den Saft und versteck dich im Garten, während du ißt. Du weißt, es ist verboten.«

Natürlich wußte ich das.

Fleisch war für Jungen verboten. Verboten war, sich in die Küche zu schleichen oder jemanden in der Schulstadt zum Wahren Spiel herauszufordern. Oder während eines Festivals.

Verboten war dies und jenes und tausend andere Dinge ebenso. Aber dann, beim Festival, würde alles erlaubt sein. Könige konnten Jongleure sein, Schildwächter als Narren erscheinen, Männer als Frauen und Frauen als Männer gehen. Und Magier konnten … sein, was immer sie wollten. Es war alles sehr verwirrend und verstörte mich, aber der leckere Fleischsaft, der durch meine Kehle rann, besänftigte das quälende Gefühl aus Neugierde, Schuld und Ärger.

Spät in der Nacht lag ich wach im Mondlicht, die Hand auf Mandors Brust. Sie warf einen blattförmigen Schatten, der mit ihm atmete und langsam länger wurde, als der Mond sank. »Ein Magier wandert herum«, murmelte ich. »Keiner weiß, warum.« Sein Körper erstarrte unter meiner Hand.

»Ist er allein? Spricht er mit jemandem?«

Ich murmelte schläfrig, daß er völlig allein sei.

»Ißt er gemeinsam mit anderen? Am Tisch mit allen?«

Nein, sagte ich. Lesen, Essen, Herumwandern, alles ganz allein. Mandors graziöser Körper entspannte sich wieder.

»Vielleicht besucht er das Festival«, sagte er. »Die Stadt ist bereits voll, und jeden Tag kommen mehr ...«

»Ich dachte eigentlich, Magier seien stets gemeinsam mit einer anderen Figur unterwegs.«

Er lachte, seine Lippen kitzelten mein Ohr. »Theoretisch, mein kleiner Engel, theoretisch. In Wirklichkeit sind Magier Menschen genau wie du und ich und der nächstbeste Küchenflegel. Sie essen und trinken, erfreuen sich an Feuerwerken und reisen herum, um Freunde zu besuchen. Vielleicht will er hier alte Bekannte treffen.«

»Möglich.« Meine Gedanken verschwammen, während ich langsam in Schlummer sank. Mandors Fragen hatten etwas gehetzt geklungen, aber es war sicher ohne Bedeutung. Ich sah, wie sich das Mondlicht silbern in seinen schlangenhaften Augen spiegelte, die aufmerksam die Nacht durchforschten. Am Morgen erinnerte ich mich an diese Wachsamkeit, und sie weckte eine leise Vermutung in mir, aber während der Schulstunden vergaß ich den Vorfall wieder. Ein oder zwei Tage später suchte mich Mandor auf, um mir etwas zu schenken.

»Ich habe dich gesucht, Junge, um dir etwas zu geben.« Er lachte neckend über meinen Gesichtsausdruck. »Los, mach es auf! Ein Geschenk für dein erstes Festival. So etwas ist nicht verboten! Öffne es!«

Die Schachtel war gefüllt mit Bändern, Bändern von der Farbe des Abendhimmels, vom Sonnenuntergang überströmt, violett, scharlachrot, strahlend und in diesem grauen Korridor so unerwartet wie eine blühende Lilie in einer Gruft. Ich murmelte ein paar Worte, daß ich meine Bänder bereits gekauft hätte.

»Pah!« sagte er. »Ich kenne die Bänder, die Ihr Jungen kauft. Fetzen alter Kleider, bei einem Lumpensammler. Nein, nimm diese hier und trag sie für mich. Ich erinnere mich an *mein* erstes Festival, als ich gerade fünfzehn Jahre alt wurde. Es macht mich glücklich, sie dir zu geben, mein Freund ...«

Seine Stimme war ein Streicheln, seine Hände sanft auf meinem Gesicht, und in seinen Augen stand nichts als liebevolle Freude. Ich beugte mich vor und barg meinen Kopf in diesen Händen. Natürlich würde ich die Bänder tragen. Was sollte ich sonst tun? Am Nachmittag ging ich los, um von Bruder Chance Nadel und Faden zu erbitten. Spielmeister Mertyn war in der Küche, lehnte an einem Schrank und naschte Rührteig wie ein Junge. Ich wollte sofort wieder gehen, doch er winkte mich herein und forderte mich auf, ihm zu erklären, was ich in der Küche suchte, worauf er, nachdem ich eine Erklärung gemurmelt hatte, darauf bestand, die Bänder zu sehen.

»Herrlich«, sagte er mit gepreßter Stimme. »So etwas habe ich noch nie gesehen. Diese Bänder sprechen für dich, Peter, und du sollst sie mit Freude tragen. Ich will dir aber auch ein kleines Geschenk machen. Gib mir deine Jacke, und ich beauftrage meinen Diener Nitch, die Bänder für dich in die Säume zu nähen.« Ich hätte die Bänder lieber selbst eingenäht, auch wenn es König Mertyns Diener viel besser konnte als ich, und sagte etwas derartiges zu Chance.

»Nun ja, mein Junge, die mächtigen und hohen Herren fragen uns nicht immer danach, was uns gefällt. Ist es nicht so? Befolge meinen Rat und bleib *unauffällig*. Das ist das beste. Wen man nicht bemerkt, um den kümmert man sich nicht, der Meinung bin ich jedenfalls. Renn lieber hoch in den Schlafraum und hol dir was zum Anziehen, bevor du erfrierst.«

Ich befolgte den Rat und traf dort Yarrel, mit dem gemeinsam ich daraufhin zur Turmbrüstung hochstieg, um von oben die Besucher zu beobachten, die zum Festival in die Stadt strömten. Die Holzverschläge waren von den Festivalhallen entfernt worden, Wimpel flatterten bereits im Wind, und unter den Hufschlägen der Pferde dröhnte die hölzerne Brücke wie eine große Trommel. Wir bemerkten ein Dreigespann, das mit viel *Bravura* Einzug hielt, einen großen Mann mit dem Helm eines Dämons in der Mitte, flankiert von zwei Tragamoren. »Sieh mal, dort«, sagte Yarrel. »Diese drei kommen aus Bannerwell, woher auch dein spezieller Freund Mandor stammt. Ich erkenne es an den Pferden.« Yarrel war ein Sendling, Sohn eines Hufschmieds, und mochte Pferde mehr als das Spiel. Er mochte auch mich, doch das hielt ihn nicht davon ab, mich wegen Mandor aufzuziehen. Ich nahm insgeheim an, daß Yarrel keine weiteren zehn Jahre in der Schulstadt verbringen würde. Er würde sich aufmachen, seine Familie auf dem Land suchen, und sich für die Pferde entscheiden.

Ich fragte ihn, woher er wußte, daß Mandor aus Bannerwell stamme, aber er konnte sich nicht erinnern. Vermutlich hatte er es irgendwo aufgeschnappt.

Nitch brachte die Jacke am Abend zurück, mit leichtem Naserümpfen, um sein Mißfallen an Jungen im allgemeinen auszudrücken. Die Jacke fühlte sich seltsam steif an, als ich sie anzog, und mein fragender Blick veranlaßte Nitch dazu, noch lauter zu schnüffeln. »Der Stoff taugte nicht mehr viel, Schüler. Nur Flocken und

Fetzen. Ich habe etwas neue Wattierung eingenäht, nachdem die Säume offen waren. Du brauchst mir nicht zu danken. Ich konnte es nicht mit meinem Pflichtgefühl Mertynhaus gegenüber vereinbaren, dich so herumlaufen zu lassen.« Und er zog, nachdem er so zum ersten und letzten Mal im Leben das Wort an mich gerichtet hatte, naserümpfend von dannen.

Am nächsten Morgen freute ich mich über die neue Wattierung, denn wir zogen unsere Festivalkleidung und die Masken bereits an, als es noch kühl war. Yarrel glättete meine Bänder und sagte, wie herrlich die Farben ineinanderflössen. Alle Glöckchen waren angenäht, die Masken fertig, und kaum hatte der Tag begonnen, rannten wir los, unsere Füße ein neuer Trommelwirbel auf der alten Brücke. Yarrel hatte grüne Bänder, daran konnte ich ihn im Getümmel erkennen. Alle Turmjungen trugen Bänder und Glöckchen, die verkündeten: ›Ein Schüler kommt, ein Schüler kommt, tragt ihm nichts nach, er ist noch jung …‹ So konnten wir uns, ohne daß es uns einer übelnahm, stehlend und possentreibend während des Festivals vergnügen, obwohl die Lehrer sagten, wir sollten es in Maßen treiben.

Was wir auch taten. Wir waren unmäßig mäßig. Stahlen Schweinefleisch aus den Markständen, klauten Bier aus den Buden und tranken davon, bis uns fast schlecht wurde. Wie Drachenschwänze wanden sich Schlangen ausgelassener Festivalbesucher durch die Straßen, verloren jemanden, erhielten wieder Zuwachs, tanzten zu der Musik, die laut an jeder Straßenecke erklang, Trommeln, Hörner, Lauten und Pfeifen, den Hügel hinauf und hinab. Schulmädchen waren da, Mädchen aus der Stadt und von DRAUSSEN, die man necken und verfolgen oder in irgendwelche heimlichen Ecken zu drücken versuchen konnte, und am späten Nachmittag verschwanden Yarrel und eines der Mädchen in einem

Stall, um Pferde anzuzuschauen, und blieben so lange fort, daß ich mir überhaupt nicht vorstellen konnte, was es wohl geben mochte, das soviel Zeit in Anspruch nahm. Ich machte es mir auf trockenem Stroh bequem, grinste breit in die Gegend, nippte an meinem Bier und beobachtete, wie die Sonne hinter der Stadt unterging und die ersten Feuerwerkskörper am Nachthimmel explodierten.

Die Gestalt, die plötzlich aus der Dunkelheit auftauchte, war mir völlig fremd, aber die Stimme klang erschreckend vertraut. »Peter, da bist du ja! Habe ich dich in dem Trubel doch noch gefunden! Komm mit mir, ich will dir zeigen, wie Festivalessen wirklich schmeckt!«

Im ersten Moment hätte ich fast gesagt, daß ich lieber auf Yarrel warten, im Stroh liegenbleiben und den Himmel betrachten wollte, aber dann siegte die Gewohnheit, dieser Stimme zu gehorchen. Ich stolperte auf die Füße, fühlte mich schäbig und unbeholfen neben dieser glitzernden Gestalt mit dem Prinzenhelm und der mit Juwelen und Goldplättchen geschmückten Maske. Wir gingen den Hang hinauf zu einer beleuchteten Terrasse, wo gedeckte Tische warteten, umgeben von stufenförmigen Gärten mit glitzernden Springbrunnen, deren Grün mit dem nächtlichen Schatten verschmolz. Dort gab es Wein, der einen schwindlig machte, Fleisch, vor dem der Schweinebraten aus der Bude unten vor Scham hätte erröten müssen, und viele funkelnde Spieler, die aus der Dunkelheit zum Tisch strömten, an dem mein Freund tafelte, auch der große Dämon und die beiden Tragamore aus Bannerwell, die Yarrel mir gezeigt hatte, und alle tranken und aßen zusammen, während die Nacht in einem Strudel aus Musik und Licht um uns herumwirbelte.

Bis sich plötzlich inmitten des Trubels etwas in mir erhob und von dannen schritt. Es war, als ob Peter seinen dahingerekelten Körper am Tisch zurückließe, während sein Geist woanders hinging, um von einem stillen Ort weit oben alles zu betrachten. Sein Geist sah den Dämon auf der obersten Stufe eines Absatzes der Marmortreppe stehen, den ersten Tragamor einen halben Absatz darunter und den zweiten finster brütend neben einer Trauerweide auf der unteren Terrasse. Im Schein der Fackeln, die hinter ihm brannten, fiel der lange geflügelte Schatten des Dämons auf den Gehweg unterhalb der Terrasse, wo rotes Licht wie Blut schwappte. Auf diese Stelle trat eine einsame, maskierte, aber unverwechselbare Gestalt. König Mertyn. Die warme Nachtluft wurde frostig wie im tiefsten Winter, und die Geräusche des Festivals verklangen. Mertyn schaute hoch, sah Mandor aufstehen und hörte ihn rufen: »Ich fordere dich heraus, König!«

Der König erhob nicht die Stimme, trotzdem verstand ich ihn so deutlich, als hätte er in mein Ohr gesprochen. »So, Prinz Mandor. Deine Botschaft, dich hier zu treffen, enthielt nichts von einer Herausforderung.«

Der Teil Peters, der beobachtete, starrte hinab, außerstande, sich zu rühren oder zu rufen. Sah der König denn nicht, wer sich da postiert hatte? Dämon und Tragamor, Substanz und Schatten. Das Wahre Spiel forderte ihn heraus, und die Nacht selbst vibrierte vor Kälte. Königsblut Vier, hier und jetzt, an diesem Ort und nirgends anderswo. Die schätzbare Domäne. Doch würde Mandor wirklich so unhöflich sein? Doch nicht jetzt... Es war *Festival*.

Der betrunkene Peter streckte die Hand aus, zerrte an Mandors Ärmel. »Nein, nein, Mandor. Es ist... unhöflich...« Die Hand, meine Hand, wurde von einem Kettenhandschuh beiseite gefegt, so grob, daß sie blutend vor dem betrunkenen Peter auf dem Tisch liegenblieb, während mein anderes Ich von oben herabstarrte.

Der König rief wieder: »Ist es nicht verboten, während des Festivals und in der Schulstadt zum Wahren Spiel herauszufordern, Mandor? Hast du vergessen, was du gelernt hast?«

Triumphierendes Lachen antwortete ihm. »Viele Dinge sind verboten, Mertyn. Sehr viele Dinge. Trotzdem tun wir sie.«

»Wie wahr. Nun, Prinz, wenn du es so willst – ich nehme die Herausforderung an. Hier ist mein erster Zug.«

Und hinter einem der kristallenen Springbrunnen, wo er sich die ganze Zeit über vor unseren Blicken verborgen hatte, trat der Magier hervor, über den ich mich so lange gewundert hatte, kam mit langen Schritten ins Licht, bis er hinter dem König stand, stumm wartend, klar wie Glas, und tief in sich tragend was immer man ihm an Schrecklichem zum Verwahren gegeben hatte.

Peter, der Betrunkene, fühlte, wie Mandor erstarrte, sah, wie sich die Hand mit dem Kettenhandschuh mit lautem Klirren zur Faust ballte. Peter, der Betrunkene, schaute auf und sah, daß Schweiß auf des Prinzen Stirn perlte und daß eine Ader hinter seinem starren Auge pochte. Licht quoll um den unten wartenden Magier empor, mit unaufhaltsamer Macht, wie sich Wasser hinter einem Damm staut. Peter, der Beobachter, wußte, daß diese Macht beim nächsten Zug freigesetzt werden würde. Peter, der Betrunkene, verstand nichts, hockte nur betäubt und elend vor dem verschütteten Wein und den Überresten des Essens, als Prinz Mandor sich über ihn beugte und sagte: »Peter ... ich möchte nicht ... unhöflich sein.« Seine Stimme brach beinahe vor Anspannung. Woher nahm er die enorme Kraft, daß sie so leicht und freundlich klang? »Geh hinunter und sag Spielmeister Mertyn, daß ich mir nur einen Spaß erlaubt habe. Lade ihn zu einem Gläschen Wein ein ...«

Oben stieß Peter, der Beobachter, einen stummen

Schrei aus. Peter, der Betrunkene, stolperte hoch, torkelte an dem Dämon vorbei, in dessen Gesicht unter dem halben Helm er einen Ausdruck von – ja, was? – Verachtung zu lesen glaubte. Lief dann die große Marmortreppe hinab in den Garten und taumelte mit offenem Mund, die Augen starr auf Spielmeister Mertyn gerichtet, auf den rotüberfluteten Gehweg, als von oben ein Aufschrei enttäuschter Wut zu hören war: »Talisman… auf Königsblut Vier.«

Peter, der Beobachter, sah den furchtbaren Schlag, mit dem sich die Macht des Magiers entlud. Peter, der Betrunkene, schrie, als er zu Boden stürzte: »Nein! Nein, Mandor… Du kannst mich doch nicht so hintergangen haben… mich so…« Bis es um ihn herum schwarz wurde.

Ich erwachte in einem Turmzimmer, in einem fremden Raum, durch dessen schmale Fenster ich Wolken an einem grauen Himmel dahintreiben sah. Es schmerzte mich, den Kopf zu bewegen. Bruder Chance saß dösend an meinem Bett, und meine Bewegung weckte ihn. Räuspernd und brummelnd kam er zu sich.

»Geht's einigermaßen? Nun ja, wenn nicht, hättest du kaum noch Gelegenheit, etwas dazu zu sagen. Du wüßtest nicht einmal, wieviel Glück du hattest.«

»Ich bin nicht… gestorben? Ich sollte eigentlich tot sein.«

»So ist es. Geopfert im Spiel, wie ein Bauer, tot wie eine Küchenmaus in den Fängen der Katze. Wärst du ohne auch – ohne das hier.« Er hob meine zerfetzte Jacke vom Fußboden auf und hielt sie so, daß ich sehen konnte, was die aufgeplatzten Nähte preisgaben – ein Maßwerk goldener Fäden und silberner Stränge, blinkende Funken winziger roter Edelsteine, hineingewoben in die Schulternähte. »Er bat Nitch, es in deine Jacke zu nähen. Für alle Fälle.«

»Aber wie konnte er das wissen? Ich begreife nicht…«

»Es ist auch schwer zu begreifen«, sagte Chance, »außer für jemanden, der schon oft mit Verrat zu tun hatte. Tja… Mertyn ist kein junger Bursche mehr, mein Junge. Er hat viel erlebt und noch viel mehr gelernt. Er betrachtete diese Bänder und wußte sofort Bescheid. Wären sie bloß einfach hübsch und bunt gewesen, hätte Mertyn erkannt, daß es sich um das Geschenk eines Freundes handelte. Ein Liebesbeweis, nichts weiter. Aber solche, wie du sie hattest? Prächtiger als alle anderen in der Stadt? Welchen Zweck sollte ein Geschenk wie dieses erfüllen?«

»Ich dachte, er gäbe sie mir, damit er mich besser unter den anderen Maskierten herausfinden konnte.«

»Dann hast du bereits, ohne es zu merken, eine Menge durchschaut, Junge.«

»Hatte er da bereits vor, mich zu benutzen?« Ich schluckte den Schmerz hinunter, einen Klumpen Pein, der weher tat als das feurige Brennen unter den Verbänden, die mein Gesicht und die Arme bedeckten.

Chance zuckte die Achseln und beugte sich vor, um mein Kopfkissen zu glätten. »Wißt ihr Schüler denn bereits immer, wie ihr spielen wollt, bevor ihr angefangen habt? Ihr stellt die Figuren auf, die alle glänzen, diejenigen, von denen ihr denkt, daß ihr sie benutzt, und diejenigen, die ihr als Reserve haben wollt. Vielleicht nahm er dich mit, damit du siehst, wie er gewinnt. Doch er war nicht stark genug, gegen den König zu gewinnen, und nicht tapfer genug, um das Spiel anzunehmen, wie es sich entwickelte. Deshalb warf er dich ins Spiel, wie man einem Fustigar einen Knochen hinwirft.«

Ich glaube, ich begann zu weinen, denn Chance sagte nichts weiter. Dann schlief ich. Als ich wieder erwachte, war es Morgen, und Mertyn saß auf dem Stuhl neben meinem Bett.

»Es tut mir leid, daß du verletzt worden bist, Peter«,

sagte er. »Vielleicht wäre es dir lieber, tot zu sein, aber ich wette, übers Jahr denkst du anders. Hätte ich soviel Erfahrung mit Rückstrahlen und Abschirmung wie mit anderen Strategien, wären dir diese Wunden erspart geblieben.«

Eine lange Zeit betrachtete ich ihn nur, das graue Haar, das ihm in einer wirren Locke über die Stirn fiel, die Linie seiner Wangen und die Kurve der Lippen, die meiner so ähnlich war. Nichts an ihm wirkte unfreundlich, und trotzdem war ich wütend auf ihn. Er hatte mir das Leben gerettet, und ich haßte ihn dafür. Der Ärger ebenso wie der Haß waren zwecklos und töricht. Da ich ihm seine Tat nicht mit Torheit vergelten wollte, konnte ich sie überhaupt nicht vergelten.

Er starrte auf seine Schuhe. »Als du ins Spiel geworfen wurdest, schlug der Magier zu. Ein Imperativ. Ich konnte nichts dagegen tun. Der Schutzschild in deiner Jacke war nicht vollkommen. Es gab eine ziemliche Hitzewelle, und ein bißchen davon traf auch dich. Mandor bekam das meiste ab.«

Ich konnte mich nicht beherrschen. »Der Prinz? Spielmeister Mandor …?«

»Ich weiß es nicht. Seine Mitspieler trugen ihn fort. In Havadhaus weiß auch niemand etwas über ihn. Möglicherweise ist er im Spiel verbraucht worden.Er hat mich mehr als einmal herausgefordert, Peter, doch trotzdem habe ich nach diesem SPIEL nicht verlangt.«

»Ich weiß.«

Er seufzte schwer. »Ich muß dich von Mertynhaus wegschicken. Es war verboten, dich abzuschirmen. Wenn wir verbotene Dinge tun, müssen wir immer einen Preis dafür bezahlen. Für mich bedeutet es, dich zu verlieren, ein hoher Preis, denn ich habe dich sehr gern, Peter.« Er beugte sich vor und gab mir einen Kuß… verboten, verboten, verboten. Dann ging er weg, und ich sah ihn nicht wieder.

Für mich war der Preis: fortgeschickt zu werden von allem, was ich kannte. Es war hart, aber nicht so hart, wie es hätte sein können, denn sie erlaubten Yarrel und Chance, mit mir zu gehen. Wir würden ein *Ordo Vagorum* bilden, sagte Chance. Ich hatte mich in die Hände einer anderen Person begeben, vollständig und ohne Arg. Ich hatte gelernt, warum das töricht ist. Es ist nicht wichtig, daß es verboten ist. Es ist töricht.

Sie verboten mir nicht, das Spiel zu spielen – eines Tages einmal. Ich war der Namensgebung nicht näher gekommen. Mein Gesicht trug Wunden, deren Narben mich mein Leben lang begleiten würden. Sie sprachen davon, uns zu einem anderen Haus zu schicken, zu dem uns eine lange Reise bevorstünde.

Mein Zorn auf König Mertyn verging. Jeden Morgen, wenn ich erwachte, hatte ich Tränen im Gesicht, hervorgerufen von leuchtendbunten Träumen, aber ich konnte mich nicht richtig entsinnen, wovon sie handelten.

2

Unterwegs

An die darauffolgende Zeit besitze ich nur wenige Erinnerungsfetzen, Bilder, Bruchstücke wie aus Träumen oder aus Erzählungen über Dinge, die jemand anderem widerfahren sind. Ich erinnere mich, daß ich an einem Fenster im Hafen saß, daß Wasser gegen eine Mauer unten schwappte und daß der blaugesäumte Vorhang, *klapp, klapp*, vom Wind gegen meinen bandagierten Kopf geschlagen wurde. Der Saum hatte ein eingewebtes Muster aus Schwänen, und ich ertrug den Schmerz lieber, als meine Stellung zu wechseln. Chance und Yarrel schienen mich vergessen zu haben, als sie mit den Reisevorbereitungen begannen. Hinter mir im Raum stapelten sich immer mehr Gepäckstücke, aber ich hatte keine Ahnung, was sie enthielten.

Ich erinnere mich, daß Chance den Passierschein vorlas, den Mertynhaus ausgefertigt und der vom Magistrat der Schulstadt gegengezeichnet worden war, einen Schein, der alle Spieler zur Nachsicht mit uns aufforderte und sie bat, uns unbehelligt unserer Wege ziehen zu lassen, gleichgültig, welche Händel sie gerade untereinander ausfochten. Der Schein war nicht mehr wert, als die Gutmütigkeit der Person gestattete, die ihn las, aber er beruhigte Chance trotzdem. Chance sprach von der Schulstadt als etwas, das geschützt und weit entfernt von den Gebieten des Wahren Spieles lag, um ›die Studien akademisch und lehrhaft zu halten, anstatt sich in gefährlichen Experimenten zu ergehen‹. Yarrel zog ihn auf, weil das so hochtrabend klang, aber Chance erwiderte, daß er lediglich Spielmeister Mertyn zitiere. Das blieb mir merkwürdigerweise im Gedächtnis.

Ich erinnere mich, daß Chance Karten von einem Kartenhändler kaufte, der sich mit Lobeshymnen über die Genauigkeit, mit der die Domänen eingezeichnet seien, und die Feinheit der Kartuschen – die Symbole, durch die Kartenzeichner anzeigten, welche Spieler an einem bestimmten Ort ansässig sein konnten – fast überschlug.

Ich erinnere mich, an Bord der *Wassernixe* gegangen zu sein, eines kleinen dickbauchigen Schiffs, das uns von der Mündung des Flusses Reave am nordwestlichen Ufer des Stürmischen Meeres entlang bis nach Vesterstadt bringen sollte, von wo aus eine Landstraße nach Süden führte. Ein Seher lehnte an der Reling, als wir an Bord kamen, das gazeverhüllte Gesicht mir zugewandt, so daß ich das Glitzern seiner Augen hinter den auf dem Tuch aufgemalten Falterflügeln sehen konnte. Dann erinnere ich mich, daß ich mich mit Chance und Yarrel über eine Karte beugte, die auf einem klobigen Tisch ausgebreitet lag, und über die im gleichen Rhythmus, wie sich das Schiff hob und senkte, Schatten der Deckenlaterne huschten. Chance deutete, las und murmelte …

»Dort drüben, im Osten, liegt die Domäne des Großen Drachen. Schaut euch die Kartusche an – hier der Kopf des Drachen, dort seine Gefolgschaft. Dieses Zeichen bedeutet Dämon, der Haufen Speere zeigt an, daß Waffenträger bei ihm sind. Nun ja, das liegt zum Glück ziemlich entfernt von unserer Route.«

»Woher wissen wir, daß die Landstraße sicher ist?« fragte Yarrel in seiner gewohnt praktischen Art.

»Wir werden uns mäuschenstill verhalten, versteht ihr, *mucksmäuschenstill.* Lautlos wie huschende Eulenschatten unter den Bäumen, ohne Jagdgeschrei und ohne die Aufmerksamkeit der Mächtigen auf uns zu ziehen. Vielleicht haben wir Glück. Schließlich gibt es ja eine ganze Reihe von Menschen, die in der Welt des Wahren Spiel leben, ohne jemals nur annähernd von einer Domäne berührt zu werden.«

»Das verstehe ich nicht«, sagte ich. Beide starrten mich erstaunt an.

»Hallo! Auch wieder unter den Lebenden? Wir hatten dich schon aufgegeben, wirklich, wir hatten schon beschlossen, deinen bewußtlosen Kadaver auch ohne deine Einwilligung den weiten Weg zu deiner neuen Schule zu schleppen. Nicht verstanden, sagst du? Dabei war das doch die allererste Lektion, die du im Leben gelernt hast.«

»Ich erinnere mich nicht«, murmelte ich. Es stimmte. Ich konnte mich nicht entsinnen.

»Nun«, sagte Chance, »als du ungefähr vier oder fünf Jahre alt warst, haben wir oft in der Küche vorm Feuer gesessen und mit unserem einfachen kleinen Modell gespielt, du und ich. Du mit deiner putzigen Königin und dem König auf jeder Seite, schwarz und weiß, deinen winzigen Waffenträgern, Priestern und den kleinen Schildwächtern zu beiden Enden hoch oben auf ihren Zinnen. Das gleiche Bild auf meiner Seite. Alle Figuren auf dem Brett in prächtiger Schlachtordnung, wie die mächtigste Armee, die sich ein kleines Knabenhirn ausdenken kann. Erinnerst du dich?«

Ich nickte, obwohl ich den Zusammenhang nicht begriff.

»Wir spielten hin und her, du und ich, Zug um Zug, und entweder gewann ich, oder durch irgendeine eigenartige Schlauheit« – er zwinkerte und nickte Yarrel zu – »durch irgendeine *zufällige* Schlauheit gewannst du. Und am Schluß blieb häufig ein einsamer Bauer oder der Schildwächter auf seiner Turmbrüstung zurück, ohne daß er sich seit Spielbeginn auf dem Brett bewegt hätte. Stimmt's?«

Wieder nickte ich. Langsam dämmerte es mir.

»Siehst du! Diese Figur wurde von der Grenze des Spiels nicht berührt. Sie stand da, und es kümmerte sie nicht, daß da und dort Waffenträger hochsprangen oder Kirchenmänner hinauf- und hinuntereilten. So verhält es sich auch im echten Spiel, mein Junge. Natürlich hat man euch in der Schule kaum etwas darüber erzählt, was ein Spieler tut, wenn er *nicht* spielt, aber um die Wahrheit zu sagen, die meiste Zeit im Leben verbringt man damit, durch die Welt zu reisen oder einfach irgendwo herumzustehen wie der kleine Bauer an der Seite des Brettes.«

Er hatte recht. Wir hatten uns in Mertynhaus niemals Gedanken über Dinge gemacht, die nichts mit dem Spiel zu tun hatten. Wir verbrachten die ganze Zeit mit dem Lernen, wie man spielte, welche Züge von welchen Figuren gemacht werden konnten, welche Kräfte jedem Spieler innewohnten, welche Bedingungen den Spielzug beeinflußten oder wie man schätzte, wo die Grenzen einer Domäne lagen.

»Aber selbst wenn sie nicht selbst spielen«, protestierte ich, »so *spüren* sie doch bestimmt die Kraft …«

»Nein«, erwiderte er. »Genausowenig, wie man sie in den Ländern der Unveränderlichen, die sich völlig außerhalb des Spiels befinden, spüren kann.«

»Keiner befindet sich außerhalb des Spiels«, protestierte ich erneut, doch nicht mehr so überzeugt.

»Keiner außer den Unveränderlichen, mein Junge, und deren Existenz steht außer Frage.«

»Ich dachte, sie seien eine Legende. Wie die Geisterfiguren.« Sogar beim Aussprechen des Wortes vollführte ich das diagonale Handzeichen, das vor dem Bösen schützt. Chance wackelte mit dem Kopf, seine Wangen blähten sich zu zwei kleinen harten Klumpen, während er über meine Worte nachdachte, die Augen so nachdenklich zusammengepreßt, daß sie sich unter dem Federflaum seines grauen Haares fast schlossen. »Nein, keine Legende. Und es könnte sein, daß Geisterfiguren auch keine sind. In der Schulstädten werden viele Dinge für Legenden gehalten, was sie ... in Schulstädten vielleicht auch sind. DRAUSSEN geschehen oft Dinge, die wir in den Städten nicht für möglich halten würden. Wer weiß, was auf uns zukommt, dort, wo wir hingehen.«

Ich bemerkte neugierig, daß ich nicht wüßte, wohin wir gingen, und die beiden begannen zu lachen. Nicht amüsiert, sonder eher so, als würden sie mich am liebsten fesseln und als Fischköder benutzen und als wäre das Lachen nur ein mehr oder weniger harmloser Ersatz dafür. Ich erkannte an ihrem Lachen, daß sie mir schon mehr als einmal erklärt hatten, wohin die Reise ging. Sogar Yarrels Stimme klang verdrossen, als er sagte: »Wir werden in die Schule nach Evenor geschickt, nahe den Seen im Hochland von Tarnoch.« Als er keine Antwort erhielt, fuhr er fort: »Wo die Söhne des Hochkönigs erzogen werden, Dummkopf.« Ich hätte gern mehr darüber gewußt, warum wir ausgerechnet dorthin sollten, aber das Lachen der beiden hatte mich schon genug gekränkt, und ich wollte ihnen nicht noch mehr Anlaß bieten. Wie hatte ich denn bloß die vergangenen Tage verbracht? Nun ja, ich ahnte schon, wie, und es war überflüssig, darüber weiter nachzudenken.

Chance klopfte mir freundlich auf die Schulter. »Ist schon gut, mein Junge. König Mertyn sagte, daß dir der Schock und die Schmerzmittel, die man dir wegen der Brandwunden gegeben hat, noch eine ganze Weile zu schaffen machen würden. Wir freuen uns, daß du bald wieder unter uns weilst, aber laß dir Zeit. Geh jetzt und versuche, etwas zu schlafen, damit du schneller auf die Beine kommst.«

Das nächste, woran ich mich entsinne, ist die Sonne, die wie zerbrochenes Glas auf den Wellen glitzerte, und an die Rufe der Männer, die von dem überhängenden

Heck des Schiffes mit einer Schleppangel nach Stör fischten. Zwei riesige Fische zappelten bereits auf den Deckplanken, umgeben von Matrosen, die fest entschlossen waren, sie in Stücke zu hacken. Ich wußte, daß sie vor allem den Kaviar wollten, die schwarzen Perlen des Stürmischen Meeres, der in allen Gegenden des Südens berühmt war, wie sie erzählten. Später an diesem Tag erreichten wir einen kleinen Seehafen, wo Säcke und Kisten entladen und neue an Bord gehievt wurden, alles mit großem Hallo und viel Bier. Wir aßen in einem Gasthaus gegrillten Fisch mit herben Kräutern, Salat, süße Butter und frisches Brot. Chance freundete sich mit der Köchin an, ich trank Wein, und das Mondlicht schien diamanten durch die Scheiben unseres Kabinenfensters und teilte die Nacht in glitzernde Stücke. Und am nächsten Morgen war ich wieder der alte.

Die Welt besaß wieder feste Ecken und Kanten, es gab keine seltsam geformten Lücken zwischen diesem Moment und dem nächsten, ich machte mir Gedanken darüber, wohin wir reisten und welchen Weg unsere Reise nahm. Ich war erstaunt über die Größe des Sees, als ich ihn sah. Von der Schulstadt aus hatte er ziemlich klein gewirkt, im Süden begrenzt durch die Reihe kleiner Inseln, die ein vorgeschobenes künstliches Ufer bildeten. Hier draußen auf dem See sah man keine Grenze außer dem Horizont, eine funkelnde Linie, die stets in gleicher Entfernung zu uns zu bleiben schien. Diese Begrenzung der sichtbaren Welt war von Wolken eingefaßt, die rot im Licht der untergehenden Sonne glänzten. Unser Kapitän betrachtete den Dunst, das Gesicht gerunzelt zur Seite geneigt. »Ich rieche Wind«, sagte er. »Tyeberstadt liegt zwei Stunden entfernt unten an der Küste. Weiter werden wir heute nicht kommen.«

Er irrte. Der Wind frischte auf und trieb unser Schiff weiter und weiter auf den See hinaus, rollend und schaukelnd. Gegen Abend dann, als der Wind abflaute, hörte man ein singendes Schwirren und einen lauten Schrei des Steuermanns. Wie es aussah, war etwas Wichtiges in die Brüche gegangen, und unser kleines Schiff konnte nicht mehr gesteuert werden. Während Chance und Yarrel schliefen und ich es versuchte, klapperten Füße und Werkzeuge über uns, als die Matrosen den Schaden zu beheben versuchten. Ich ging an Deck, um die dahintreibenden Wolken zu betrachten, und bemerkte die verhüllte Gestalt des Sehers. Er wandte mir sein konturloses Gesicht zu und fragte durch den Schleier, ob ich Peter sei, der Sohn von Mavin. Nein, sagte ich, ich bin Peter aus Mertynhaus, ohne Familie. Er betrachtete mich lange genug, um mich unruhig zu machen, also stieg ich wieder in die enge Koje hinunter und schlief schließlich ein.

Am Morgen stellte sich heraus, daß die Reparatur erfolgreich gewesen war, und wir segelten in einem Wind weiter, der noch stürmischer war als der am Vortag, aber nur um ein schwarzes Segel am unruhigen Horizont zu entdecken. Erschreckte Rufe ertönten von allen Seiten.

»Pfandleiher!« rief Chance im Chor mit den anderen. »Glaubt man's denn? Küstenschiffe werden nicht von Pfandleihern gekapert.«

»Im Augenblick befinden wir uns nicht an der Küste«, stellte ich fest. Diese Worte beruhigten ihn nicht gerade. Als die Stunden vorübergingen, kamen die Pfandleiher über das windgepeitschte Wasser näher und näher an uns heran und zwangen unseren Kapitän, den Versuch, ans Westufer zurückzukehren, aufzugeben und statt dessen umzudrehen, um vor dem Boot mit den schwarzen Segeln nach Osten zu fliehen. Wir versuchten davonzueilen wie eine fette Frau vor einem Tiger, doch das schwarze schlanke Segel holte auf, bis das Boot in Hörweite mit uns gekommen war.

»... lloo«, rief die Stimme, »... ollen ... bloß ... uuungen ... Nam ... eeeter!« Chance und Yarrel schauten mich erstaunt an, und der Seher trat dicht genug heran, um mir die Hand auf den Arm zu legen.

»Sei auf der Hut, Junge«, sagte er. »Ich sehe Übles und Schmerz. Seid auf der Hut, Kapitän. Glaubt nicht, was diese Männer sagen.« Die Luft um uns herum wurde frostig, und wir wußten, daß der Seher Kräfte gesammelt und eine kleine Domäne um uns geschaffen hatte. Ich fröstelte – und nicht nur deshalb, weil es kalt geworden war.

»Sie sagen, sie wollen nur den Jungen mit Namen Peter«, sagte der Kapitän. »Daß sie uns in Ruhe lassen würden, wenn wir ihn übergeben. Ich brauche eure Warnung nicht, Spieler. Es gibt keine ehrlichen Pfandleiher.« Ich betrachtete den Mann respektvoll. Er wand sich nicht und bettelte. Er erklärte bloß, wie die Dinge standen, und überließ es uns, die Entscheidung zu treffen. Spontan nahm ich das Spähglas aus seiner Hand, um unsere Verfolger näher zu betrachten. Hoch oben auf dem Vordeck des Bootes erkannte ich eine kadaverhafte Gestalt, die an der Reling lehnte und ebenfalls ein Spähglas an die Augen hielt, das auf uns gerichtet war, so daß wir uns beide Auge in Auge ansahen. Ich bemerkte, wie er die Lippen kräuselte und die buschigen schwarzen Augenbrauen runzelte, wie schurkenhaft er aussah – kein Wunder, bei dem, was er war! »Was sollen wir tun?« flüsterte ich dem Kapitän zu.

»Vor uns befindet sich eine kleine Nebelbank. Wir könnten sie benutzen, um zu fliehen, denn das Boot kommt nur langsam näher, weil man auf die Dämmerung wartet und uns in der Zwischenzeit mit Wortgeplänkel hinhalten will. Wenn uns das Schicksal günstig gesonnen ist, können wir uns unsichtbar machen und den Hafen der Holzköpfe anlaufen.«

»Hab ich mir's doch gedacht«, stöhnte Chance.

»*Holzköpfe*?«

»Die Unveränderlichen, junger Herr. Der einzige Ort, wohin die Pfandleiher vielleicht nicht folgen werden. Wenn sie uns trotzdem folgen und uns schnappen, sind wir verloren, denn sie sind in der Überzahl.«

Das stimmte allerdings. Das Boot mit den schwarzen Segeln besaß doppelt soviel Besatzung wie wir, junge, kräftige Männer. Ich nickte dem Kapitän zu und bedeutete ihm damit, daß er das tun solle, was er für das beste hielt. Vielleicht denkt ihr, ich sei nicht ganz bei mir gewesen. Ein naheliegender Gedanke. In diesem Augenblick fragte keiner von uns, warum ein solches Schiff aus dem Nichts heraus erschien, um mich zu suchen, einen Findling ohne Namen, ohne abgeschlossene Schulausbildung und für das Haus, aus dem er kam, nicht gerade ein Ruhmesblatt. Ich fragte nicht: »Warum gerade ich?« Genausowenig wie Yarrel oder Chance. Erst als die kleinen Nebelgeister zu Vorhängen zusammengewachsen und wir uns in den samtigen Falten davongestohlen hatten, erst als von dem Boot ein Wutschrei zu uns herüberscholl, körperlos und ohne Ziel in der Dämmerung, erst dann wandte ich mich an Chance, um zum erstenmal zu fragen: »Warum ich? Der Kapitän muß sich verhört haben. Wer soll mich schon suchen?«

Worauf der Seher murmelte, der während der Flucht bei uns gestanden hatte: »Dich und niemand sonst, Junge. Und die Zeit wird kommen, da du nur zu gut begreifen wirst, warum...« Um sich abzuwenden und, wie es meines Wissens Seher oft taten, in stilles Grübeln zu verfallen, aus dem niemand ihn aufwecken konnte.

Damals wußte ich nicht, warum. Noch weniger konnte ich mir *vorstellen,* warum. Es gab eine regelmäßige Übung, die uns die Spielmeister verordneten, wenn die Aufmerksamkeit der Schüler am Nachmittag nachließ. Sie hieß einfach ›sich etwas vorstellen‹, und die Aufgabe bestand darin, sich eine Folge von Zügen vorzustellen, deren Ergebnis eine äußerst unwahrscheinliche Konfiguration von Figuren sein sollte. Ich hatte diese Übung nie gut beherrscht. Yarrel beherrschte sie viel besser. Deshalb war ich auch nicht überrascht, als er zu der Zeit, als unser kleines verlorenes Schiff in den Hafen der Unveränderlichen schaukelte, bereits mit drei möglichen Gründen aufwartete.

»Mandor könnte sie gesandt haben. Wenn er nicht tot ist, wird er vielleicht von Reue geplagt und sehnt sich danach, sich mit dir auszusöhnen …« Das hielt ich für unwahrscheinlich. Ich hatte Mandors Gesichtsausdruck gesehen, nachdem Mertyn gezogen hatte. »Mertyn könnte sie gesandt haben«, fuhr Yarrel fort. »Ihm ist klargeworden, daß er eine falsche Entscheidung getroffen hat, indem er dich fortschickte, und nun …« Chance winkte ab, genau wie ich. Unserer Meinung nach – falls meine überhaupt zählte – machte Mertyn so gut wie keine Fehler irgendwelcher Art. »Oder jemand hat das Spiel beobachtet«, spann Yarrel weiter, »und den Schlag gesehen, der gegen Mandor erfolgte, und denkt nun vielleicht, die Kraft dazu sei von dir gekommen …«

Ich sagte ihm, daß ich das für Unsinn hielt.

»Ehrlich, Peter. Verwandte von Mandor denken womöglich so und sinnen auf Rache.«

»Ausgerechnet ich! Ich habe ihm nichts getan. Er war derjenige, der mich umbringen wollte.«

»Ja, aber das wissen sie vielleicht nicht. Jemand, der das Spiel von einem ungünstigen Blickwinkel aus beobachtete, könnte denken, du seist der Urheber gewesen.«

»Oder jemand von weit entfernt«, stimmte Chance zu. »Jemand, der es sah oder davon hörte, aber die Wahrheit nicht kennt. Vielleicht denkt er, du seist ein werdender Zauberer, und diese Pfandleiher haben den Auftrag, Spieler für ein Wahres Spiel zu rekrutieren, das irgendwo stattfindet.«

»Wo?«

»Keine Ahnung. Irgendwo. Irgendein mickriger König

mit einer kleinen Domäne hat vielleicht ein gutes Angebot für einen Zauberer gemacht. Kein erfahrener Spieler würde in so einer kleinen Umgebung spielen, also hält der Pfandleiher nach einem Schüler oder einem Jungen Ausschau, dessen Talent gerade erwacht.«

»Aber es war doch Mertyns Magier und nicht ich! Mertyns Kraft, nicht meine. Sie floß seit Tagen in den Magier hinein, allmählich, so daß es keiner von uns merkte, damit er bereit war, wenn es losging. Es war Mertyn! Nicht ich.«

Chance stimmte zu. Er schürzte die Lippen und legte den Kopf zur Seite wie ein Vogel, der nach Käfern unter der Baumrinde horcht. »Du weißt das, mein Junge. Ich weiß es auch, ebenso Yarrel. Andere wissen es vielleicht nicht.«

Ich verlor die Beherrschung. »Seh ich vielleicht so aus? Wie das Kind eines Zauberers?« Einen Moment lang herrschte entsetztes Schweigen. Niemand, der Wert auf ein langes Leben legte, plärrte lauthals Dinge über Zauberer oder ihre Kinder in die Welt hinaus. Doch kein Blitzstrahl zuckte aus dem Nebel, um mich zu zerschmettern. »Man sieht mir doch an, wer ich bin. Ein Schüler. Noch ohne Zeichen von Talent. Ohne einen Namen. Ohne alles … Klar, ich weiß, was sie in der Schule erzählten, was dieses Speckgesicht von Karl immer behauptet hat. Daß ich Mertyns Festivalssproß sei. Nun ja. Jetzt sieht man ja, was Wahres daran ist. Ich bin von Mertynhaus weggegangen ohne jedes Zeichen von beginnendem Königtum, auf das man bauen könnte. Also, hört mit diesem Unsinn auf. Euer Geschwätz macht mich krank.«

Yarrel hatte den Anstand, mir den Arm um die Schultern zu legen und mich zu drücken, und einen Moment später folgte Chance dem Beispiel, und so umschlungen standen wir für einen langen Augenblick, während sich das Schiff die Wogen durchpflügend und Wasser hochspritzend dem Pier näherte. Masten kleiner Boote hoben sich kräftigen steingrauen Pinselstrichen gleich vor wolkigem Grau ab, Zapfen von Takelagen knarrten und klingelten, während ein Kreis bleichen Lichts hoch über uns hing wie eine erloschene Laterne. Der Mittag hatte sich als Abend maskiert, mit Abendglocken, die irgendwoher aus dem Nebel erklangen, weit entfernt und hoch, als kämen sie von Hügeln, und mich ergriff ein Gefühl der Traurigkeit, wie ich es nie zuvor erlebt hatte. Nach Minuten merkte ich, daß das Gefühl von dem bitteren Geruch nach Salz und Rauch herrührte, als ob Gras auf Marschwiesen abgebrannt würde, ein Geruch, so traurig und wundervoll wie die Jugend und das Wissen um Werden und Vergehen. Ein Ruf durchdrang die Dämmerung, und das Schiff schrammte knirschend an die Kaimauer. Der Kapitän sprang mit einem Satz über die Reling an Land, wo sich zwischen ihm und den Menschen, die dort warteten, ein eindringliches Gespräch entspann. Eine Laufplanke polterte herunter und gestattete uns, das schwankende Deck zu verlassen, die Beine wacklig und blubbernd wie Teig nach der langen Zeit auf dem Wasser. Trotzdem rappelten wir uns rasch genug hoch, um unsere Ausrüstung zu schnappen und Chance durch die engen Gassen zu folgen, wobei wir uns immer wieder duckten und nach hinten spähten, bis wir zu einer Schenke gelangten. Ich nehme jedenfalls an, daß sie es eine Schenke genannt hätten, obwohl es dort nicht mehr als Tee und ein paar Gemüsegerichte gab.

Es wartete dort jemand auf uns, den sie ›Gouverneur‹ nannten, ein magerer brauner Mann mit kleinem silbernen Kinnbart wie die dünnen Barthaare einer Ziegenbocks. Er sagte, sein Name sei Rätsel.

»Rätsel. Eine Frage mit hintergründiger Antwort oder eine Antwort mit hintergründigem Sinn. Sagt meine Tochter jedenfalls. Sie wird gleich hier sein, um euch durch unser Gebiet nach Süden zu bringen. Wir wollen weder mit euch noch mit den Pfandleihern etwas zu tun haben, die gleich nach euch eintrafen.«

»Segelten sie wirklich hinter uns in den Hafen?« Chances Frage klang mehr neugierig als ängstlich. Nun ja, hinter ihm waren die Pfandleiher ja auch nicht her.

»Jawohl. Der Dämon, den sie dabei haben, beschwert sich bereits, wie taub und blind er hier in unserem Land ist. Dann sollten wir ihm doch am besten helfen, so schnell wie möglich wieder von hier fortzukommen, oder?« Er lächelte sarkastisch. »Und euch auch. Für euch Spieler gibt es hier kein Spiel. Eure Dämonen können hier keine Gedanken lesen außer ihren eigenen, eure Seher können nicht weiter sehen, als ihre Augen reichen. Eure Schildwächter können kein Feuer entfachen, außer mit Stahl und Funken, wie jedes Kind auch.«

»Euer Land liegt tatsächlich außerhalb des Spiels? Ich dachte eher, Chance hätte sich einen Scherz erlaubt, als er sagte…«

»Kein Scherz. Hier wird nicht gespielt. Trotzdem – wir wollen euch nichts Böses und und werden euch deshalb helfen, eure Reise fortzusetzen. Nach Süden, sagtet ihr?«

»Danke für Eure Hilfe«, murmelte ich, was ein barsches Lachen provozierte.

»Purer Eigennutz, Junge. Wir wollen hier nichts mit eurem unsinnigen Spiel zu tun haben, nichts von eurem Blut und Feuer wissen. Wenn ihr fort seid, verschwinden auch die Pfandleiher. Es ist also zu unserem Besten, nicht zu eurem.«

So lernte ich, daß Menschen hilfreich handeln können, ohne einen im geringsten zu mögen. Der Governeur schickte nach einer Weile seine Tochter zu uns, deren fohlenartige lange Beine zerkratzt vom Laufen im Unterholz waren und deren Haar wie ein goldener Vorhang bis zur Taille herabfiel. Sie hieß Tossa. Rätsel hielt sie bei der Schulter, ihre Augen in gleicher Höhe mit meinen, während er ohne Lächeln zu Chance sagte:

»Bei uns existiert kein Festival mit verrohten Bräuchen, Sir. Seht zu, daß Eure Burschen das kapieren. Seht zu, daß Ihr ihnen das klarmacht, oder Ihr werdet dieses Land nicht lebend verlassen.« Chance sagte, er würde es uns erklären, natürlich, und Yarrels rotangelaufenes Gesicht zeigte, daß er den Sinn bereits verstanden hatte. Ich war ein solches Unschuldslamm, daß ich nicht einmal wußte, wovon sie sprachen. Für mich war es gleichgültig, ob ein Junge, ein Mädchen oder ein altes Weib uns führte.Tossa warf den Kopf zurück wie ein kleines Pferd, und ich glaubte beinahe, sie wiehern zu hören, doch statt dessen sagte sie uns, wir sollten ihr so rasch wie möglich folgen, um in der Nacht unterzutauchen, die jetzt wirklich langsam hereinbrach.

Ach, Tossa. Wie soll ich sie euch bloß beschreiben? Im Grunde war sie einfach ein Mädchen, ohne besondere Fähigkeiten oder sehr viel Verstand. In der Welt des Wahren Spieles wäre sie Bauer geworden, und ihre einzigen Werte hätten in ihrer Jugend oder Jungfräulichkeit legen, denn einige der Mächtigen lieben das Vergängliche gerade deshalb, weil es vergänglich ist. Vielleicht hätte sie auch überhaupt keinen Wert besessen und ihr Leben als Nichts verbracht. Aber für mich – für mich wurde sie mehr als alles andere, was auf der Welt Wert besitzt. Ihre Arme, die sie der Sonne entgegenstreckte, ihre langgliederigen Hände, deren Gesten wie Blüten der Bäume in sanftem Wind waren, ihre Haare, die im Sonnenschein schimmerten oder in denen Schatten der Dämmerung nisteten, ihr Lachen, wenn sie mit mir sprach, das Gefühl, als sie die Verbände auf meinem Kopf berührte und sagte. »Armer Kerl, hat dich die Dummheit im Land dort draußen so zugerichtet …«

Sie wollte mich nur aufziehen. Yarrel sagte, daß Mädchen Jungen immer aufzögen, aber mir fehlte seine Erfahrung. Wir verbrachten sieben Tage und sieben Nächte zusammen. Tossa wurde mein Atem, mein Augenlicht, meine Musik. Ich hatte nur noch Augen für sie, hörte nur noch sie, füllte mein Innerstes mit ihrem Geruch, der warm war, animalisch, wie ein Ofen voll Brot. Sie war einfach ein Mädchen. Ich kann keine großartigen Dinge in sie hineindichten. Trotzdem wurde sie Sonne und Gras, Wind und das Blut, das in meinen Adern floß. Ich glaube nicht, daß sie etwas ahnte. Und wenn, hätte es sie nicht gekümmert. Sieben Tage. Ich hätte sie nicht berührt, außer um ihr die Hand beim Klettern zu reichen, ihren Namen nichts anders als anbetend geflüstert …

Bis wir am siebten Tag unserer Reise in der Abenddämmerung an die Grenze des Gebietes kamen, das die Unveränderlichen ihr eigen nannten. Wir standen auf einem großen Felsenbuckel im Schatten stachliger, verzwirbelter Bäume und schauten den langen Abhang hinunter auf einen Fluß, der sich, rot in der untergehenden Sonne, zwischen Sandbänken hindurchschlängelte und der so breit wie ein Halbtagesmarsch, aber nicht mehr als knöcheltief war. Weit entfernt am gegenüberliegenden Ufer warf eine verfallene Ruine, Überreste einer früheren Stadt oder Festung, lange Schatten, und Chance kramte die Karten hervor, um nachzusehen, wo wir waren. Wir kauerten uns darüber und merkten erst nach einem Augenblick, daß Tossa nicht mehr bei uns war. Sie stand auf einer Anhöhe und blickte stirnrunzelnd auf den Pfad zurück, den wir gekommen waren.

»Männer«, sagte sie. »Mehrere.« Sie setzte das Glas wieder an die Augen und forschte zwischen den Bäumen, an denen wir erst kürzlich vorbeigekommen waren. »Auf unserer Spur. Rätsel sagte doch, sie würden uns nicht folgen!« Ihre Stimme klang erschreckt.

Chance lieh sich das Glas. »Schlagen sie dort ihr Nachtlager auf? Schwer zu sagen. Man sieht kein Feuer, aber sie sind auch nicht mehr unter den Bäumen hervorgekommen. Aha, Jungen, ein Waffenträger. Und ein Tragamor.«

»Aber innerhalb unserer Grenzen sind sie doch machtlos!« rief Tossa. Trotzdem hörte sie sich immer noch ängstlich an.

Chance nickte. »Jaja, aber sie haben Schwerter, Speere und Fustigare, die unsere Spur aufnehmen können. Sie besitzen mehr Kräfte als wir. Und die Grenze ist zu nahe. Unten am Fluß, stimmt's?«

Tossa bejahte. Yarrel überlegte, das Gesicht in angestrengte Falten gelegt. »Am besten, das Mädchen macht sich seitwärts aus dem Staub, während wir zum Fluß gehen. Sie werden ihr nicht folgen. Der Fluß wird die Fustigare verwirren. Sie haben doch keinen Seher bei sich? Oder einen Unterherold?«

Chance sagte ihm, er sehe keinen, aber Tossa wollte von Yarrels Vorschlag nichts hören. Sie hatte den Auftrag bekommen, uns zur Grenze zu führen, und das würde sie auch tun. »Am besten, wir beeilen uns, zum Fluß zu kommen, bevor sie hier oben sind und feststellen, welchen Weg wir genommen haben.«

Als wir den Hang hinab zum Flußbett liefen, dachte ich seltsamerweise über die Grenze nach und was sie für die Menschen bedeutete, die hier lebten. Sie sind nichts als Bauern, dachte ich, nur auf die Kraft ihrer Arme und ihren Verstand angewiesen. Kein Waffenträger konnte sich in diesem Gebiet wie ein Falke in die Lüfte schwingen, kein Tragamor konnte die Steine unter unseren Füßen bewegen, damit wir stolperten und stürzten. Hier waren wir ihnen fast gleich, keine frostige Domäne würde um uns entstehen, aufbrechend wie eine häßliche Blume, mit uns allen im Mittelpunkt ihrer Blüte. Ich lächelte beinahe. Heute krampft sich in mir alles zusammen, wenn ich an dieses Lächeln denke, diesen plötzlichen unüberlegten Glauben daran, daß wir und diejenigen, die uns folgten, ebenbürtig seien. Wir galoppierten beinahe fröhlich den Abhang hinunter in den Fluß hinein, während die Dämmerung sich über uns senkte. Chance murmelte, daß wir ein Stück im Wasser entlanglaufen und dann unbemerkt wieder in das Land der Unveränderlichen abbiegen sollten. Das Wasser umspritzte unsere Füße, Tossa streckte die Hand aus, um mich zu packen und mit sich zu ziehen. Als sie zu Boden stürzte, dachte ich, sie sei gestolpert. Ich neckte Tossa wegen ihrer Tölpelhaftigkeit, und erst als ich sie ungeduldig mit dem Fuß anstieß, um sie zum Aufstehen zu bewegen, bemerkte ich den gefederten Schaft, der aus ihrem Rücken ragte. Ich schrie laut, und der Ton blieb in der Luft um uns hängen wie ein schwerer Geruch. Chance rannte herbei, hob Tossa hoch, und nun lachte niemand von uns mehr, während wir den Flußlauf hinunter um unser Leben liefen, an der nächsten Biegung einen Bach hochjagten, der dort in den Fluß mündete, rannten, rannten und hofften, daß unsere Verfolger weiter am Fluß entlang und nicht den kleinen Bach hochlaufen würden, bis wir schließlich an einem sumpfigen Fleck zwischen Bäumen ans Ufer fielen, Tossa neben uns, die kaum noch atmete.

Ich spürte den Pfeil in meinem Körper, in meiner Lunge, spürte, wie mein Atem blubberte und meine Nasenlöcher sich langsam mit Blut füllten, den brennenden Schmerz, als wäre der Pfeil aus glühendem Eisen. Ich schluchzte und umkrampfte meinen Brustkorb, bis Chance mich schüttelte. »Sei still«, zischte er. »Du bist nicht verletzt. Sei still, oder wir sind tot.«

Der Schmerz hörte nicht auf, aber ich wußte nun, daß er nicht von dem Pfeil rührte, sondern von einer anderen Verletzung. Ich hatte Schmerzen, weil Tossa Schmerzen hatte, gerade so, als wäre ich an ihrer Stelle. Es gab keine Erklärung dafür. Ich konnte es nicht einmal auf so etwas wie ›Liebe‹ schieben. Ich hatte Mandor geliebt und nie gespürt, wenn er sich verletzt hatte. Diese Gedanken kreisten in meinem Kopf, während ich meine heißen Tränen hinunterschluckte und daran würgte, um jeden Laut zu ersticken. Vom Süden her ertönte das Bellen der Fustigare, ein leiser werdender Mißklang, der sich den Fluß hinunter auf die Grenze zu entfernte. Ich hörte, wie Yarrel fragte: »Ist sie tot?« Und Chance antwortete, daß sie kaum noch atme.

»Ein Heiler«, sagte ich. »Chance, ich muß einen Heiler finden. Wo?«

Er brummte etwas in seinen Bart, was ich nicht verstand, deshalb packte ich ihn, um ihn zu schütteln. »Ich muß einen finden! Wo?«

»Die Ruine«, stammelte er. »Hinten, wo wir zum Fluß gekommen sind. Die Karte zeigte eine Hand, eine Hand, eine Kugel und eine Trompete ...«

Die Hand war das Symbol für Heiler. Die Kugel gehörte einem Priester und die Trompete einem Herold.

»Ich gehe!« Yarrel warf bereits sein Gepäck ab. Ich stieß ihn auf die Erde neben Tossa zurück.

»Hilf ihr hier, wenn du kannst. Ich kann nicht. Es schmerzt mich zu sehr. Wenn ich nicht gehe, sterbe ich. Sie werden nicht nach einer einzelnen Person Ausschau halten, allein ...«

»Deine Bandagen«, wandte Yarrel ein. »Ein Blick auf dich, und die Pfandleiher wissen, mit wem sie es zu tun haben.«

»Kaum«, zischte ich. Ich riß mir die Gazebinde vom Kopf, tauchte sie in das schlammige Flußwasser und wrang sie aus, bevor ich sie mir so um den Kopf wand, daß sie mein Gesicht bedeckte. »Deinen Umhang«, forderte ich Chance auf. Bevor er protestieren konnte, hatte ich den Umhang bereits in der Hand.

»O Hochkönig des Spiels!« stöhnte er. »Nimm das ab,

Peter. Von allen verbotenen Dingen ist dies das Verbotenste.«

»Und trotzdem tun wir sie«, zitierte ich wütend. »Rasch, der Ruß der Laterne für das Gesicht ...«

Er stocherte mit den Fingern in der Öffnung der Laterne, fluchte, als er sie sich an dem heißen Glas verbrannte, und fluchte wieder, als er mit rußigen Fingern über die schmutzige Gaze fuhr, um darauf Nase, Augen und den geschlitzten Mund eines Nekromanten zu malen. »Oh, bei der Kälte! Du begehst ein furchtbares Verbrechen.«

Ich wandte mich von ihnen fort, von *ihr*, die so hilflos neben ihnen lag, und sagte ihnen, daß sie Tossa über den Fluß bringen sollten, sobald sie mich wiederkommen sähen. Es hatte keinen Sinn, den Heiler hierher in das Land der Unveränderlichen zu bringen. Dann rannte ich los, ohne zu merken, daß ich rannte, und dachte an nichts weiter als an die Hand in der Ruine, den Heiler, der dort weilte.

Das Flußwasser spritzte mir an den Beinen hoch. Das stoppelige Gras des Ufers verschwand immer weiter hinter mir, bis schließlich die Ruine hoch oben auf dem steinigen Hügel vor mir auftauchte. Ich spürte einen kalten Windhauch, und mit der Kälte kam eine gewisse geistige Klarheit, die mir sagte: ›Du hilfst Tossa nicht damit, wenn du hier in einem Spiel gefangen wirst. Sei besser langsam.‹ Die Wahrheit dieses Gedankens ließ mich innehalten. Fröstelnd umkreiste ich den Hügel, um die Domäne zu schätzen, maß die Kälte über meiner rechten erhobenen Hand, sechshundert Schritte, vielleicht etwas weniger. Eine kleine Domäne. Irgend jemand in ihrem Zentrum sammelte gerade soviel Kraft, wie man vielleicht braucht, um in die Luft zu steigen und die Gegend auszuspähen, wie Herolde es taten. Ich kroch zur Mitte der Ruine, wobei ich den

Horizont keinen Moment lang aus den Augen ließ. Zerbröckelnde Korridore führten zu Räumen ohne Dächer, und schließlich fand ich eine Mauer mit Fensterspalten, die mir einen Blick in den Innenhof gestatteten.

Von den drei Gestalten, die sich dort versammelt hatten, erblickte ich zunächst nur die Heilerin. Die Falten ihres hellen Gewandes breiteten sich über die bemoosten Steine, halb im Dunkeln und halb im Licht der Feuersäule, die sich in lüsterner Trägheit hob und senkte. Daneben stand eine Priesterin, die sich im Rhythmus des Feuers bewegte. Ich wußte auf Anhieb, was sie war, denn soviel Schönheit und Glanz waren unwirklich, jenseits jeder natürlichen Lieblichkeit. Der Herold saß neben ihr in seiner schimmernden Uniform und bewegte die Hände auf und nieder, um das Feuer tanzen zu lassen. Die drei Gestalten befanden sich in Atemnähe, und ich befürchtete fast, daß sie meine Herzschläge hörten. So lange, wie ich die Heilerin nicht von ihnen fort und zum Ufer gelockt hatte, wäre dies verhängnisvoll gewesen.

Als ich mich gerade bemühte, einen Plan zu entwerfen, fiel das Feuer von einer tanzenden Säule zu einer gewöhnlichen Flamme zusammen, einem kleinen Lagerfeuer. Die Priesterin seufzte und sagte in anklagendem Ton: »Jetzt habe ich ein Feuernetz gewoben, Borold, und niemand konnte es bewundern ...«

Er holte einen Umhang und legte ihn um ihre Schultern, wobei er ihren Arm sanft streichelte. »Ich habe es bewundert, Dazzle. Wie immer ...«

Die Heilerin machte eine verärgerte Handbewegung. »Es ist jetzt kalt hier, das ist das einzige, was du fertiggebracht hast. Warum findest du dich nicht endlich damit ab, allein zu leben, und läßt diese kindischen Spielereien sein?«

»Laß gut sein, Seidenhand«, wandte der Herold ein. »Dazzle hat eine Feuersäule geschaffen, und die habe ich tanzen lassen. Dabei haben wir zusammen nicht mehr Kraft versammelt, wie du zum Heilen eines Spatzes bräuchtest. Warum soll sie sich nicht ein bißchen vergnügen?«

»Wann hätte sie je etwas anderes außer zu ihrem eigenen Vergnügen getan?« konterte die Heilerin. »Wir hocken hier wie Dachse auf einem Erdhaufen, weil Dazzle es nicht lassen konnte, sich zu vergnügen.«

Als sich die Priesterin nach ihr umwandte, sah ich wieder ihr makelloses Antlitz, das sich nun spöttisch verzogen hatte. »Du wirst erst zufrieden sein, wenn du mich vernichtet hast, Heilerjungfer. Du bist mir gegenüber treulos, weil du wie immer eifersüchtig und neidisch auf meine Gefolgschaft bist.« Die Frau drehte und wand sich im Feuerschein, streckte sich wie eine Katze in zufriedener Selbstversunkenheit. »Wir werden nicht lange hier bleiben. Himaggery wird feststellen, daß er mich vermißt – was er auf jeden Fall tun wird –, und mir eine Nachricht schicken lassen, daß ich zur Leuchtenden Domäne zurückkehren soll. Der Zauberer wird uns bald zurückholen.«

»Ich bin nie treulos gewesen«, erwiderte die Heilerin mit leiser, angespannt klingender Stimme. Auch ohne daß ich ihr Gesicht sehen konnte, wußte ich, daß sie mit den Tränen kämpfte. »Aber ich würde lieber dort leben, wo ich meine Kräfte einsetzen könnte, um zu heilen. Hier kann ich gar nichts tun, nicht das geringste.«

Sie wird schon bald genug zu tun bekommen, dachte ich, als ich mich von dem Fensterspalt abwandte, um zu den dreien hinunterzugehen. Ich hatte ein oder zwei Schritte getan, als ich, einer plötzlichen Eingebung folgend, mein weißes Hemd auszog und in den Fensterspalt hängte. Eine leichte Brise bewegte es gut sichtbar im Feuerschein.

Draußen im Freien angekommen, legte ich die Hände an den Mund, um den hallenden Geisterruf auszustoßen, mit dem wir Jungen uns gegenseitig auf den Dachböden in Mertynhaus erschreckt hatten. Als ich mich dem Grabhügel näherte, erhob sich der Herold hoch in die Luft. »Wer naht?« rief er, aber ich antwortete nicht. Ich wußte, daß er bloß einen schwarzen Umhang sah, ein Schädelgesicht, einen Nekromanten. Ich breitete den Umhang zur Begrüßung wie Fledermausflügel aus und rief in der tiefsten Stimmlage, die ich hervorbringen konnte:

»Der Überbringer einer Nachricht, Herold, von einem Zauberer für eine, die unter dem Namen Seidenhand, die Heilerin, bekannt ist ...«

Gesteinsbrocken lösten sich, als die beiden Frauen auf den Hügel kletterten, um sich neben den Herold zu stellen. Ich schaute die Priesterin nicht an, sondern hielt meine Augen in die Ferne gerichtet, und trotzdem spürte ich die Anziehungskraft ihres Blickes. Priesterinnen besitzen diese Kraft, ebenso Könige. Manche nennen dieses Talent ›Folge-mir‹, andere ›Betörung‹. Dazzle besaß mehr von dieser Kraft, als ich bis jetzt bei einer Person erlebt hatte, deshalb vermied ich es, ihr ins Gesicht zu sehen.

»Kommt, Nekromant!« rief sie. »Tretet näher, damit wir Eure Botschaft in Ruhe anhören können ...«

»Mitnichten werde ich das tun, Sprecherin der Götter. Die, deren Namen ich genannt habe, soll zu mir kommen, damit sie Himaggerys Botschaft hören kann.« Die Heilerin kletterte vorsichtig den Steinhügel zu mir herab. Als sie dicht bei mir war, flüsterte ich: »Ihr sollt mit mir kommen, Heilerin, um einen Wunsch des Zauberers zu erfüllen.« Sie folgte mir, als ich mich abwandte, aber die Priesterin beabsichtigte keineswegs, uns so einfach gehen zu lassen.

»Kommt doch zu mir, Nekromant, damit ich sehen

kann, ob die Nachricht wirklich echt ist ...« Ihre Stimme klang süß, süß wie Honig, schmeichelnd und von magischem Zauber. Fast hätte ich mich umgedreht, ohne nachzudenken. Die drei besaßen nicht die Kraft des Weitsehens, aber die Verkleidung hielte einem näheren Augenschein nicht stand, wie Chance richtig gewußt hatte. Also mußte ich meine vorbereitete List anwenden. Ich drehte mich zu dem Steinhügel um, auf dem die Priesterin stand.

»Mein Gebieter, der auch Euer Gebieter ist, hat mich gewarnt, daß Ihr nicht gleich bereit sein würdet, seinen Willen zu erfüllen. Deshalb hat er mir geraten, mir die Zeit zu nehmen und Euch, solltet Ihr mir lästig fallen, Euren Tod zu zeigen ...« Und ich hob die Hand, wobei der Ärmel zurückglitt und meinen bleichen Arm enthüllte, um auf den Fensterspalt hinter ihnen zu deuten. Ich hatte Glück. Gerade als die drei sich umdrehten, packte der Wind mein Hemd und bewegte es wie etwas Lebendiges oder Untotes zwischen den Steinen. Wieder ließ ich den Geisterruf ertönen. Die Priesterin erschauderte. Ich konnte es selbst da, wo ich stand, erkennen und wußte jetzt, daß sie zu denjenigen gehörte, die Grund hatten, sich vor dem Tod zu fürchten. Ich führte Seidenhand weg. Hinter mir hörte ich eine verstörte Stimme rufen:

»Der Schatten, den Ihr gerufen habt, ist immer noch da, Nekromant. Wollt Ihr ihn nicht entfernen?«

»Der Schatten bleibt nur für eine kleine Weile, Sprecherin der Götter. Schlaft jetzt. Morgen früh wird er verschwunden sein.« Und er würde verschwunden sein. Ich hatte nicht vor, ihnen meine List zu verraten. Die Heilerin folgte mir schweigend, bis wir nahe am Fluß waren. Ich deutete auf die Stelle, wo Yarrel und Chance, einen dunklen Fleck zwischen sich, etwas entfernt warteten. Sie rannte zu ihnen. Ich versuchte etwas zu sagen, ihr zu befehlen, aber mein Körper war plötzlich wie erstorben, als ob die ganze Kraft, die mich in die Ruine und zu der Maskerade getrieben hatte, verschwunden sei und mich völlig ausgelaugt zurückgelassen hätte. Ich fühlte blankes Entsetzen, Atemlosigkeit, eine schmerzende Leere, stürzte zu Boden und hörte dabei die Stimme der Heilerin, die aufschrie: »Sie ist tot. Tot.«

3

DER ZAUBERER HIMAGGERY

ICH ERWACHTE UND SPÜRTE die Hände der Heilerin auf meiner Brust, und mein Herz schlug, als würde es von ihnen umschlossen. Eine rätselhafte Botschaft schien sich zwischen meinen und ihren Augen auszutauschen, die vom nächtlichen Dunkel beschattet waren. »Nun, dieser lebt«, sagte sie, »und er ist kein Nekromant. Und es gab – dafür verbürge ich mich – auch niemals die Botschaft irgendeines Zauberers, die dich zu mir geführt hätte. Warum hast du mich zu ihr gebracht?« Sie wies mit dem Kinn zu dem Platz, wo Tossa lag, fest in ihren Umhang gewickelt, nichts als ein lebloser Packen. »Selbst wenn sie noch gelebt hätte, als ich kam, hätte ich sie nicht heilen können. Sie gehört zu den Unveränderlichen und ist für mein Heilen nicht offen.«

Ich entwand mich ihren Händen. »Ich dachte, wenn wir sie aus ihrem Gebiet herausbringen …«

»Nein, nein«, erwiderte sie ungeduldig, mit einer verzweifelten Geste, die ich später noch oft sehen sollte. »Nein. Sie tragen es in sich, genauso wie wir unsere Talente in uns tragen. Nicht alle von ihnen, aber dieses Mädchen war gegen jemanden wie mich fest gepanzert.«

»Ihr könnt das erkennen? Obwohl sie tot ist?«

»Sie ist gerade erst gestorben. Besäße ich außerordentliche Kräfte, und wäre sie nicht das gewesen, was sie war – nun, vielleicht wäre es gelungen, sie zu retten. Aber sie war nun einmal, was sie war. Genauso wie du bist, was du bist, und zwar bestimmt kein Nekromant aus Himaggerys Domäne.«

Chance trat vor, um ihr einen Becher Tee anzubieten, sein greises Haupt schief zur Seite gelegt wie ein zerrupfter Vogel, die Augen krähenhaft neugierig. Er entschuldigte sich und fing mit Erklärungen an. Ich empfand keinen Stolz über die List, die ich zustande gebracht hatte, obwohl die Heilerin darüber auf gewisse Weise belustigt wirkte. Ich wäre auch belustigt gewesen, wenn die List Erfolg gehabt hätte. Statt dessen fühlte ich mich innerlich leer.

»Was ist mit mir passiert?« fragte ich.

»Es war, als wärst du selbst das Mädchen«, antwortete die Heilerin. »Von einem Pfeil getroffen, tödlich verwundet. Aber du hast nicht die geringste Wunde. Bist du mit ihr verwandt? Nein, natürlich nicht. Wie dumm von mir! Sie war ja eine Unveränderliche. Was hat sie dir bedeutet?«

Ich gab keine Antwort, denn ich wußte es nicht. Der Augenblick verstrich. Was hatte Tossa mir bedeutet? Chance murmelte etwas, um Tossa näher zu beschreiben, daß sie unsere Führerin gewesen sei, eine flüchtige Bekanntschaft, Tochter des Governeurs der Unveränderlichen (Seidenhand zog scharf die Luft ein, als sie das hörte.) Was hatte sie mir bedeutet? Ich geriet in Panik, denn ich konnte mich zwar an sie erinnern, fühlte aber nichts dabei, überhaupt nichts. Die Heilerin bemerkte meinen erschrockenen Blick und legte die Hände auf mich. Plötzlich kehrte alles zurück, der Schmerz des Verlustes, die Todesangst.

»Willst du es ertragen?« fragte sie. »Oder soll ich es heilen?«

Zu diesem Zeitpunkt erschien es mir schlimmer als alles andere, von dem Schmerz geheilt zu werden, während Tossa unbeweint dalag. Ich sagte: »Laßt es mich ertragen – wenn ich kann.« Ich war nicht sicher, ob ich es vermochte.

Sie trugen ihren Körper, der fest in Decken gewickelt

war, um ihn gegen Vögel und wilde Tiere zu schützen, zu den Bäumen hinüber, begruben ihn dort unter einem Steinhügel und hinterließen für diejenigen, die Tossa finden würden, eine Nachricht an ihren Vater. Chance schlotterte vor Angst bei dem Gedanken, wie der Grimm dieses Mannes uns verfolgen würde; man sagte von den Unveränderlichen, daß sie furchtbar in ihrem Zorn seien. Wir machten uns zur Ruine auf, während ich weinte und es mich wie Messerstiche schmerzte, wenn ich Luft holte. Sie war ein Mädchen gewesen, bloß ein Mädchen. Gewesen. Vorbei. Ich konnte eine Welt nicht begreifen, in der so etwas passieren und der Schmerz darüber so wirklich sein konnte. Ich hatte Tossa noch nicht einmal richtig gekannt. Nun war ich der einzige, der um sie trauerte. Das war noch schrecklicher als ihr Tod.

Die Heilerin stieß einen lauten Ruf aus, als wir uns der Ruine näherten. Während die anderen außen herum gingen, durchquerte ich das verfallene Gemäuer, um mein Hemd zu holen. Meine List war zwar entdeckt worden, aber es war ein gutes Hemd, und ich beabsichtigte nicht, es einfach liegenzulassen. Meinem Gedächtnis war entfallen, welchen Weg ich in der Nacht zuvor genommen hatte, und deshalb erreichte ich diesmal den Fensterspalt von der anderen Seite. Plötzlich vernahm ich ein scharfes, warnendes Knacken, der Boden tat sich unter meinen Füßen auf, und ich plumpste unversehens in eine staubige Grube, wo mein Kopf mit einem dumpfen Schlag auf dem Boden aufprallte. Als ich mich betäubt hochrappelte, stellte ich fest, daß ich mich in einem Keller oder einem tiefer liegenden Geschoß befand, in dem es nach Staub und Ratten roch. Überreste halbverrotteter Holzregale mit modrigen Büchern lehnten schief an den Wänden. Ich spürte etwas Kleines unter meiner Fußsohle.

Als ich es aufhob, bemerkte ich noch mehr davon, so

daß ich mich schließlich hinkniete, um alles aufzusammeln. Es handelte sich um winzige Spielfiguren, nicht größer als mein kleiner Finger, aus Holz oder Knochen geschnitzt, so filigran wie Spitze und unversehrt vom Zahn der Zeit. Dicht daneben lagen Teile eines vermoderten Spielbretts, außerdem ein winziges Buch. Ich hob es ebenfalls auf, gerade als ich Chance von oben rufen hörte.

Hinterher wunderte ich mich, warum ich es so eilig gehabt hatte, den Fund zu verbergen und in meine Gürteltasche zu stecken. Verständlicher wäre doch gewesen, es laut hinauszutrompeten, voll Stolz auf meinen neuen Besitz. Ich überlegte später, daß das von der Art und Weise herrührte, wie wir in den Schulhäusern gelebt hatten, völlig ohne Privatsphäre oder etwas, das einem wirklich ganz allein gehörte. Es gab wenig Geheimnisse und so gut wie keine persönlichen Besitztümer. Geheime Sachen besaßen einen hohen Wert, und diese hier waren wirklich wunderbar, so sammelte ich sie ein wie ein Eichhörnchen Nüsse, um sie rasch zu horten. Chance und Yarrel achteten sowieso nicht auf mich, denn ihre ganze Aufmerksamkeit war auf die Heilerin gerichtet, die festgestellt hatte, daß ihre gesamten Habseligkeiten verschwunden waren, Borold und Dazzle ebenso, und die nun laut wehklagte.

»Meine Kleider«, jammerte sie. »Mein Schuhe, meine Schachtel mit Kräutern. Alles weg … Warum haben sie das getan?«

»Vielleicht wollten sie Euch folgen«, gab Yarrel zu bedenken. »Zu diesem Zauberer, von dem Peter Euch angeblich eine Botschaft gebracht hat.«

»Bei Eis und Wind und den sieben Höllen«, sagte sie. »Diesen Narren ist das zuzutrauen.« Dann versank sie in Schweigen, und wir konnten zunächst nicht begreifen, was sie eigentlich damit gemeint hatte. Es blieb uns nichts anderes übrig als gemeinsam weiterzuziehen, denn die Leuchtende Domäne des Zauberers Himaggery lag im Süden, auf unserem Reiseweg.

Bevor wir aufbrachen, ruhten wir uns noch einmal aus, und ich weinte mich in den Schlaf, zutiefst traurig wegen Tossa, wobei ich zu mir selbst sagte: ›So ist es, wenn man liebt.‹ Es war keine Liebe, ganz und gar nicht, aber das wußte ich damals noch nicht. Als wir aufwachten, stand der Mond hoch am Himmel, um uns den Weg nach Süden zu beleuchten.

Während der Weiterreise lernte ich einiges mehr über Frauen. Yarrel brachte es mir bei. Für ihn war die Heilerin kein geheimnisvolles oder fremdartiges Wesen, sondern einfach eine Frau. Soweit ich feststellen konnte, behandelte er sie genauso, wie er Tossa behandelt hatte, nämlich mit einer Art augenzwinkerndem Respekt, der viel Humor enthielt. Im ersten Dorf, das wir erreichten, bestand er darauf, Seidenhand ein Gewand zu kaufen, weil sie nur eine einzige Robe mit Umhang bei sich hatte, beides bereits ziemlich mitgenommen von der Reise. Die Menschen, die sahen, daß eine Heilerin kam, konnte das jedoch nicht davon abhalten, den Ofen auf dem Marktplatz anzufeuern und die Kranken herbeizuschleppen und darauf zu legen. Die Heilerin ging in sich gekehrt und mit glitzernden Augen herum und berührte die Kranken da oder dort, bis sich schließlich am Ende die meisten erhoben hatten und der Ofen genauso kalt geworden war wie meine Hand, soviel Kraft hatte Seidenhand aus der Umgebung gezogen. Man bezahlte sie gut, und sie bestand darauf, uns das Geld für das Gewand wiederzugeben, obwohl ich meinte, die Kleidung sei nur eine kleine Wiedergutmachung dafür, daß sie mich geheilt habe.

»Ich habe eure Gesellschaft«, erwiderte sie schlicht, ohne diesmal wie ein Haufen Krähen loszuplappern. Sie war erschöpft. Ich las es in ihrem Gesicht. »Es ist gut, unterwegs Gesellschaft zu haben, selbst wenn sie nur aus Bauern und Jungen besteht, falls ihr mir die Bemerkung nicht übelnehmt.«

Wir sagten, daß wir die Wahrheit überhaupt nicht übelnähmen. Später, als wir unser Nachtlager aufschlugen, schlang sie ihren hellen Umhang um sich und kämmte sich das Haar. Wieder fielen mir Vögel ein, aber diesmal die prächtigen, unberechenbaren Papageien mit ihrem plötzlichen Gelächter und den klugen Augen. Seidenhands Haar besaß die Farbe silberner Holzasche, und ihre Augen waren grün wie Blätter in ihrem blassen, ovalen Gesicht. Chance ergötzte sich wieder einmal an seinen Karten, und sie lehnte sich an seine Schulter, um mit dem Finger unseren Weg südlich durch die Berge zu verfolgen. »Dazzle ist zur Leuchtenden Domäne gegangen«, sagte sie. »Sie und Borold glauben, Himaggery habe nach mir geschickt. Ha, diese Hexe! Das hat ihre Eifersucht zum Kochen gebracht – der Gedanke, jemand könnte nach mir geschickt haben.« Sie klang sehr müde. Ich erinnerte mich an Dazzles Schönheit und fröstelte. Worauf konnte jemand wie sie eifersüchtig sein? »Sie bildet sich ein, ihn zu lieben, den Zauberer, versteht ihr!« fuhr Seidenhand fort. »Doch Himaggery ist für ihre Künste unempfänglich, und das treibt sie fast zum Wahnsinn. Nun, wir werden bald nach ihr eintreffen und sie ohne Zweifel wieder mitnehmen dürfen. Sie wird außer sich sein vor Zorn.«

»Was kümmert dich das?« wollte Yarrel wissen. »Ist sie dein Herzblatt?«

»Nein, meine Halbschwester. Wir haben denselben Vater, aber sie hat eine andere Mutter als Borold und ich. Ich bin sechs Jahre älter.«

»Warum hat man Euch weggeschickt?«

»Weil Dazzle Schwierigkeiten aufrührt wie ein Koch die Suppe. Du nanntest sie Sprecherin der Götter, aber sie ist keine Priesterin. Sie ist eine Hexe, unberechenbar wie der Sturmwind.«

»Wo liegt diese Leuchtende Domäne?« fragte Chance. »Ich finde sie auf der Karte nicht, obwohl sie doch recht groß sein dürfte.«

Sie half ihm suchen, doch auf der Karte war nicht das geringste verzeichnet. Chance blähte anklagend die Wangen auf. »Man kann keinem mehr trauen, soweit ist's inzwischen. Du bezahlst ehrlich, mit Gold, mit Heilen oder mit Späßen, falls du ein Clown bist, und wirst doch hinten und vorn betrogen. Diese Karte sollte vollständig sein, aber schaut sie euch an – nichts als ein alter Wisch, den man abgestaubt und als neu verkauft hat.« Niedergeschlagen faltete er die Karte zusammen, wobei er mit der schwieligen Hand über das Pergament strich. Ich konnte mir vorstellen, wie er sich fühlte. Es war ein göttliches Gefühl, die Karten auszubreiten und vorsichtig mit dem Finger die eigene Route zu verfolgen, die Linie der Hügel entlangzufahren, sich den Weg vorzustellen, die Namen und die Beschaffenheit des Landes zu lernen. Es war weniger schön, wenn man wußte, daß die Karten logen. Dann war es nur Schein, aber kein Wahres Spiel.

In dieser Nacht lag ich wach, von einem strahlendhellen Mond geblendet, während die anderen schliefen, und holte die kleinen Spielfiguren hervor, die ich gefunden hatte. Zum ersten Mal fiel mir auf, daß sie nicht den Figuren glichen, mit denen ich als Kind gespielt hatte. Die größte der weißen Figuren war eine Königin, doch es war kein König dabei, sondern ein weißer Heiler, außerdem zwei Seher, Waffenträger und Schildwächter, doch keine Kirchenmänner. Der Nekromant war der größte der schwarzen Figuren, doch der Zauberer war beinahe genauso groß, danach kamen zwei Tragamore, Portierer und Dämonen. Was die ganz winzigen, im Mondlicht geduckt und kraus aussehenden Figuren darstellen sollten, konnte ich nicht feststellen. Im Morgengrauen betrachtete ich sie noch einmal genauer. Sie waren tatsächlich geduckt, Gestaltwandler, alle von der gleichen Art, aber verschieden im einzelnen. Jede Figur übte die gleiche Faszination auf mich aus wie beim ersten Mal, als ich sie in der Hand gehalten hatte. Zögernd packte ich sie wieder weg, umwickelte jede Figur mit einem Fetzen Stoff und versteckte sie unter meinen Sachen.

Nach Süden reisen, Sonne und Regen, Wald und Wiesen, Seidenhands Geplapper, Yarrels Schweigen, die trockenen Kommentare von Chance über den Zustand der Welt. Kein Frost, keine Bedrohung. Seidenhand erzählte, daß Himaggery einen großen Teil des Landes um den See Yost herum in Besitz genommen und Tausende von Spielern um sich versammelt habe. Chance lachte, aber sie behauptete, daß es stimme. Wie sie alle genug Kräfte versammeln konnten, um zu existieren, erklärte Seidenhand nicht. Wir fragten nicht weiter, sondern hielten es für ein aufgeblasenes Märchen. Bienengesumm, sanfter Windhauch. Doch dann plötzlich, als wir einen felsigen Gebirgskamm hochkletterten, traf uns ohne Vorwarnung eine kalte, winterliche Bö von oben. Wir retteten uns unter einen Felsvorsprung, unter dem wir hervoräugten wie Dachse.

»Drachen«, flüsterte Yarrel. Dann sah ich ihn auch schon über das Tal gleiten, die großen Flügel gespannt, mit pfeilartig gestrecktem Hals, den Schwanz gerade wie ein Speer. Feuer wallte um seine Kiefer. Ich bemerkte als erster von uns den anderen Drachen weiter oben, der aus der Sonne herabtauchte. So etwas hatte ich noch nie gesehen. »Eisdrache«, zischte jemand. Es wurde kälter. Wir kauerten uns zusammen, holten aus dem Gepäck Kleidung und Decken, in die wir uns wickelten, um die Körperwärme zu halten. Keiner der beiden Spieler wußte, daß wir in der Nähe waren. Es hätte sie auch nicht gekümmert. Sie würden unsere Hitze genauso aufsaugen wie die Wärme aus den sonndurchglühten Felsen. Uns blieb nichts anderes übrig, als im Schutz des Felsvorsprungs zu warten und zu beten, daß sie weiterfliegen sollten, ehe es für uns zu kalt wurde.

Während ich dalag, dachte ich an die unzähligen Bauern – und geringeren Spieler –, die so gestorben waren, hilflos unter Steinen oder Bäumen oder in ihren Häusern liegend, während ihre Lebenswärme von Spielern aufgesaugt wurde, langsam, Grad für Grad, bis sie in ihren letzten, endgültigen Schlaf fielen. Hier und dort hatten wir auf unserer Reise Knochen gesehen, verstreut am Wegrand, aufgehäuft um die Ruinen, wo ich Seidenhand gefunden hatte, Knochen derer, die während eines Spiels kalt und still geworden waren. Trotz allem war es ein faszinierender Anblick, die beiden Drachen kämpfen zu sehen, der erste eine einzige rollende, sich ringelnde Bewegung, Schwarz auf Schwarz mit frostklirrendem Atem, der andere wie ein Pfeil vorschnellend, hochsteigend und niederstoßend, Bernstein auf Gold mit dem Atem des Feuers. Als die Temperatur um uns herum sank, wurde es auch für die beiden Spieler mühsamer, genügend Hitze zu sammeln, und ihre Bewegungen wurden langsamer. Wir hofften weiterhin, daß sie wegfliegen würden, zu den sonnenüberfluteten Ebenen hinüber, aber sie blieben. Das sagte uns, daß sie sich duellierten, ein begrenztes Gebiet für ihr Spiel ausgewählt hatten und nicht eher aufzuhören gedachten, bis einer von ihnen oder beide tot waren.

Es endete so plötzlich, wie es begonnen hatte. Der Eisdrache ringelte sich um den anderen Drachen wie eine sich windende Schlinge, die sich immer fester zuschnürte. Der Drache brüllte. Ineinander verschlungen, stürzten beide hinab, schneller und schneller, mit schlaffen Flügeln, ein Streifen am klaren Himmel. Dann erreichten sie das Tal und verschwanden in einer aufwirbelnden Wolke aus eisigem Staub, die hoch in den Wind stob und sich dort auflöste. Die Heilerin kam schluchzend aus dem Versteck hervor und stolperte zu den entfernt liegenden Körpern hinüber, wir hinterher. Sie verweilte bei dem ersten Körper nur einen Augenblick lang und ging dann weiter zu dem anderen. Der Spieler, der jetzt seine ursprüngliche Gestalt wieder besaß, atmete nur schwach, ein schlanker Jüngling, der kaum älter aussah als ich, mit blasser Haut, schwarzem Haar und den länglichen Ohren der Südländer. Er versuchte, seinen schmerzerfüllten Blick auf die Heilerin zu richten, und sagte: »Bitte … Heilerin …« Seidenhand streckte die Hand aus, um ihn zu berühren, hielt dann aber inne.

»Zu kalt«, sagte sie und drehte sich weg. »Und nichts, womit man ein Feuer machen könnte. Wenn wir rasch ein Feuer machen könnten …« Wir schauten uns alle um, entdeckten aber auf der hartgebackenen Erde nichts, das man hätte verbrennen können. Der Jüngling, dem blutiger Schaum vor dem Mund stand, stieß einen Schrei aus und verstummte. Ich wandte mich um und sah, wie Seidenhand weinte. »Zu kalt, immer zu kalt, und ich kann nichts tun. Keine Macht, keine Möglichkeit, Kräfte zu sammeln. O Herr der sieben Höllen, ich wollte, du wärst ein Tragamor …« Schluchzend barg sie den Kopf wie ein Kind an Chances Brust. Den Blick auf den entfernten Waldrand geheftet, wünschte ich mir auch, einer zu sein, bezweifelte aber, daß selbst ein Tragamor bei dieser Kälte rechtzeitig Holz aus dem Wald hätte herbeischaffen können. Meine Augen bemerkten dort ein Funkeln, und im nächsten Moment starrten wir alle auf die sich nähernde Prozession. Sie war nicht lang, aber prächtig, und am prächtigsten war die große Gestalt auf dem mächtigen roten Pferd. Noch bevor Seidenhand auf die Knie sank und murmelte: ›Der Zauberer Himaggery‹, sagten mir sein pelzbesetztes Gewand mit den eingestickten Mondsternen, wer er war. Meine Augen ruhten nicht lange auf ihm, weil hinter ihm jemand ritt, an dessen Gesicht ich mich nur zu gut erinnerte, der Pfandleiher vom Stürmischen Meer, der mich gesucht hatte, mir gefolgt war. Tja, dachte ich, gleichgültig, wie schnell wir auch gerannt sind, jetzt hat er mich gefunden. Das Blut schoß mir in den Kopf, und ich sprang mit einem Schrei auf ihn zu.

Im nächsten Moment lag ich auf dem Boden, und zwei Männer hockten auf mir. Eine plötzliche Hitzewelle war von irgend jemandem aus dem Troß gekommen, wahrscheinlich von einem Magier. Die Portierer, die auf mir saßen, benötigten diese Unterstützung nicht. Meine Ungeschicklichkeit und ihre eigene Kraft hatten ausgereicht. Der Zauberer klang belustigt.

»Wodurch begründet sich denn diese Feindseligkeit, mein guter Pfandleiher? Ist es derjenige, von dem du mir erzählt hast?« Man hörte eine leise gemurmelte Antwort, bevor der Zauberer weitersprach. »Laßt ihn aufstehen, behaltet ihn aber im Auge. Im Moment haben wir keine Zeit für solche Sachen. Wir müssen zuerst nach den Körpern dieser beiden törichten Jünglinge sehen.« Damit ritt er weiter, beinahe über mich drüber, während ich, nicht gewillt aufzugeben, mit den beiden Portieren rang. Bei dem Körper des Jünglings hielt er inne und sprach mit Seidenhand. Ein Magier trat aus dem Troß heraus und bot der Heilerin die Hand, damit sie Macht aus seinen gespeicherten Kräften ziehen konnte. Sie schüttelte den Kopf. Zu spät. Der Zauberer wendete sein Pferd und kam wieder zu uns. »Hör auf zu zappeln, Junge«, sagte er. »Man wird dir Gerechtigkeit zuteil werden lassen.« Mit diesen Worten ritt er auf den Wald zu.

In der Hoffnung, daß die Duellanten in der Lage seien, heimzureiten, hatte man zwei zusätzliche Pferde mitgebracht. Chance und Seidenhand bekamen das eine, Yarrel und ich das andere. Die Körper der beiden Duellanten erhoben sich in die Luft und schwebten hinter uns her. Vor jedem ritt ein Tragamor und dazwischen ein Magier. Trotz meiner Verstörtheit bewunderte ich, wie gekonnt diese Handlung durchgeführt wurde, wie jeder genau wußte, was er zu tun hatte und es auch tat. Yarrel bemerkte es überhaupt nicht. Er zeigte einen entrückten Gesichtsausdruck. Es würde niemals etwas auf der Welt geben, was ihm wichtiger war als Pferde.

Der Spieler, der neben mir ritt und den ich nicht erkennen konnte – eine goldene Tunika, bestickt mit spinnwebhaftem Muster, Elsterhelm und grauem Umhang –, fing an, über die beiden zu sprechen, die hinter uns schwebten. »Der junge Yvery und der noch jüngere Yniod«, sagte er. »Die beiden hatten eine Leidenschaft für die Seherin Yillen aus Pouws entwickelt, und durch die Beschäftigung mit den Ritualen der höfischen Liebe (eine Beschäftigung, der sie sich wie noch ein paar andere Dummköpfe aus Himagggerys Reich ausgiebig hingaben) kamen sie auf die Idee, sich gegenseitig einer Beleidigung der Seherin zu beschuldigen. Sie selbst konnte dazu nichts sagen, weil sie sich schon seit sieben Monaten in Trance befindet. So wurde die Herausforderung ausgesprochen, und niemand konnte die beiden davon abhalten. Himaggery meint, daß jeder tun kann, was ihm beliebt, und so nahm das Unglück seinen Lauf.«

Ich fand meine Stimme irgendwo zwischen meinen Innereien wieder und stieß mühsam hervor:

»Und wen der beiden liebte die Seherin?«

»Keinen. Sie kannte sie überhaupt nicht. Sie hatten sie nur schlafend gesehen.«

»Was ist diese höfische Liebe, von der Ihr sprecht?«

Der Spieler wies auf Seidenhand. »Frag deine Heilerin, sie weiß Bescheid.«

Seidenhand wandte mir ein beschämtes, betrübtes Gesicht zu. »Ja, der Ranzelmann hat recht. Ich weiß Bescheid. Es ist wie eine um sich greifende Bösartigkeit, die Dazzle aufgebracht und unter den leicht beeinflußbaren Jugendlichen verbreitet hat. Vielleicht hat sie davon in einem uralten Buch gelesen, oder es ist ihr bei ihren Vergnügungen selbst eingefallen. Niemand kann der Sache entrinnen, bevor es nicht zum Kampf oder Streit kommt. Aus diesem Grund sind wir in die Ruinen verbannt worden. Dreimal haben wir bereits in der Leuchtenden Domäne gelebt, und stets war Dazzle für irgendeine Dummheit verantwortlich. Immer endet es in Schwierigkeiten, Duellen, Tod, Irrsinn. Jedesmal hat Himaggery sie fortgeschickt ...«

»Sie? Dich nicht?«

»Nein.« Sie wirkte über diese Frage beinahe ärgerlich. »Mich nicht. Und Borold auch nicht. Aber wir können sie doch nicht alleinlassen ...«

»Ich könnte schon«, knurrte Yarrel. Nun, er hatte sie auch noch nie gesehen. »Warum sollte sie ihr Benehmen ändern, solange ihr sie so hätschelt?«

»Dasselbe sagt Himaggery auch«, stimmte Seidenhand zu. »Diese Sache hier muß aber schon vor langer Zeit angefangen haben. Dazzle kann nicht bereits wieder neues Unheil ausgebrütet haben. Dafür ist die Zeit zu kurz gewesen.«

Ich murmelte etwas Beruhigendes. Wir ritten aus dem Wald hinaus und erblickten das klare, blauschimmernde Seeufer. Einen Augenblick lang begriff ich überhaupt nicht, was da vor uns aus der Erde herauswuchs. Nebel wirbelte spiralförmig aus dampfendheißen Quellen, deren Wasser den See speiste. Zwischen diesen Nebeln lag die Stadt, und ich begriff jetzt, warum Himaggery den See Yost gewählt hatte und warum sich so viele Spieler hier versammeln konnten.

»Hier ist Kraft«, sagte ich, als ich die Hitze spürte.

»O ja,« stimmte Seidenhand zu. »Sehr viel Kraft, mehr, als hier gebraucht wird. Außerhalb, wo sie benötigt wird, gibt es keine. Dort, wo ich sie brauche, gibt es niemals welche!« Ihre Stimme hob sich zu einem wehen Schrei.

»Es schmerzt Euch«, sagte ich. »Wenn Ihr Kraft zum Heilen braucht und keine zur Verfügung steht, schmerzt es Euch!« Der Gedanke war mir gerade gekommen.

»Ja. Das ist bei allen Heilern so. Und auch bei den Sehern und allen Dämonen. Alle, die von Spielmutter Didir abstammen, tragen diesen Schmerz in sich.« Sie sprach von der legendären Großmutter unserer Rasse. Didir war die Ahnherrin aller geistigen, Spielvater Tamor der Ahnherr aller materiellen Kräfte. Die Religionsbücher behaupteten, daß wir alle von diesen zweien abstammten. Ich hatte nie viel darüber nachgedacht, ebensowenig über das Konzept des Schmerzes.

Als Tossa verwundet worden war, hatte ich ihren Schmerz gespürt, ebenso ihren Tod. Wenn Seidenhand Schmerz empfand, fühlte ich ihn auch. Was bedeutete das? Ich hatte mich noch nie mit so etwas beschäftigt. Für Jungen meines Alters – und für Mädchen wahrscheinlich auch, obwohl ich das nicht mit Sicherheit behaupten kann – gibt es nichts Wichtigeres, als den zukünftigen Namen zu erfahren, herauszufinden, welches Talent wir in uns tragen. Wir suchen nach Hinweisen, Zeichen, Vorankündigungen. Wir bitten Seher, für uns in die Zukunft zu blicken (was sie natürlich niemals tun, weil es verboten ist). Aber was bedeutete dies hier? War ich ein im Entstehen begriffener Dämon, der die Gefühle anderer lesen konnte? Nein, das war ein dummer Einfall. Zu Tossas Gefühlen hätte ich trotzdem keinen Zugang gehabt. Meine Gedanken drehten sich im Kreis, und ich versuchte, nicht weiter darüber nachzudenken.

Wir erhielten Essen und Trinken und die nötigen Annehmlichkeiten, damit wir so erfrischt in der Audienzhalle dem Zauberer Himaggery vorgeführt werden konnten. Ich hörte Wasser unter dem Fußboden rauschen, die Wärme der Steine erzählten ihre eigene Geschichte über Macht. Dazzle war schon anwesend, ebenso der Pfandleiher. Nachdem beide gesprochen hatten, holte Chance unseren Passierschein aus der Brusttasche und zeigte ihn dem Zauberer, der ihn sorgfältig studierte.

»Also, mein Junge«, sagte er dann, »du hast gehört, daß der Pfandleiher sagte, er sei von einem Dämon angeheuert worden, dich zu suchen, und sei für seine Arbeit gut bezahlt worden. Du hast gehört, wie Seidenhand erzählte, daß du ein verbotenes Spiel gespielt hast, um die Heilerin zu einer verwundeten Unveränderlichen zu locken, wobei dir jeder hätte sagen können, daß du dich umsonst mühst. Ich habe Dazzles Beschwerde vernommen, aber für diese Sache wirst du nicht bestraft. Also, sprich jetzt selbst! Warum sucht dich dieser Dämon?«

»Das weiß ich nicht. Ich habe in meinem Leben nur einen einzigen Dämon getroffen, beim letzten Festival, und kann mich nicht einmal an seinen Namen erinnern.«

»Nun, diese Behauptung kann leicht von einem meiner Dämonen überprüft werden.« Er bedeutete einem großen Dämon, der zu seiner Rechten stand, seine Augen auf mich zu richten. Ich fühlte ein Prickeln im Kopf, sah ein flüchtiges Kaleidoskop von Farben und Gerüchen. Der Dämon schüttelte den Kopf und sagte zu Himaggery: »Er sagt die Wahrheit. Er ist wirklich nur ein Schüler, ein Junge, nichts weiter.«

»Aha. Also, warum wolltest du diesen Pfandleiher töten? Er befand sich schließlich unter meinem Schutz.«

»Er hat Tossa umgebracht«, knirschte ich. »Er hat sie umgebracht oder jemand anderen dazu veranlaßt. Was hatte sie ihm getan? Nichts! Überhaupt nichts! Er hat sie einfach getötet.«

Der Pfandleiher krümmte sich. »Ein Unglück, Herr. Ein … Mißverständnis. Ich wollte niemanden töten, aber einer meiner Männer ... das Jagdfieber hatte ihn gepackt ...«

»Die Sache scheint geklärt«, sagte Himaggery. »Der Junge hat bis auf diese kleine verbotene Maskerade nichts verbrochen. Der Pfandleiher aber hat die Tochter des Governeurs der Unveränderlichen umgebracht. Wahrscheinlich lebt er nicht mehr lange genug, um das zu bereuen. Wir werden den Unveränderlichen deinen Namen melden, Pfandleiher. Ich beabsichtige nicht, die Schuld auf mich oder meine Leute zu laden.«

»Aber Herr ...«

»Sei still. Wenn du mich verärgerst, liefere ich dich gleich an sie aus, anstatt ihnen nur deinen Namen zu sagen. Was dich betrifft, Seidenhand, so hast du nichts weiter getan, als wieder einmal in bestimmten Angelegenheiten, die wir schon häufig diskutiert haben, die falsche Entscheidung zu treffen. Und Dazzle weilt also auch wieder unter uns ...«

Er war beim Sprechen an mich herangetreten, um mir die Hand auf die Schulter zu legen. Ich spürte ihr Gewicht, roch den Duft, gemischt aus Leder und Kräutern, der in Himaggerys Kleidung hing, und folgte seinem Blick zum Fenster, wo Dazzle einem exotischen Vogel oder einer edlen Katze gleich posierte. Ich sah sie an, schaute noch einmal hin und drehte mich entsetzt zur Seite. Eine Augenhöhle gähnte leer. Die ganze Seite der Nase wirkte wie weggefressen. Knochensplitter und Zähne ragten aus dem vernarbten Kiefer, als wäre die Hälfte des Gesichts von einem wilden Tier zerfleischt worden. Ich würgte. Himaggery zog die Hand weg, und das schreckliche Bild verschwand sofort. Ich griff nach ihm, um mich festzuhalten, und die Vision kehrte zurück. Himaggery, der das Entsetzen in meinem Gesicht sah, beugte sich über mich und flüsterte mir zu: »Siehst du es?« Ich nickte, unfähig zu sprechen, worauf Himaggery sich von mir löste.

»Schweig«, flüsterte er. »Sei ganz still.« Ihm waren die neugierigen Blicke der anderen aufgefallen. »Erzähl ihnen einfach, daß ich dir verboten habe, dich als Nekromant aufzuspielen.« Daraufhin ließ er mich zitternd stehen. Ich schaffte es nicht, die Halle rasch genug zu verlassen. Sogar in meinem Zimmer übergab ich mich noch weiter und fühlte mich sterbenselend. Als ich mich wieder etwas gefaßt hatte, trat ich auf den kleinen Balkon hinaus, kauerte mich dort gegen die Mauer und versuchte, an nichts zu denken. Ich beobachtete, wie der Pfandleiher unten im Hof mit einigen Männern sprach. Gleich darauf sattelten alle auf und ritten fort, das Seeufer Richtung Süden entlang. In diesem Augenblick dachte ich mir nichts dabei. Später wunderte ich mich. Warum ausgerechnet nach Süden? Das Stürmische Meer und das Schiff des Pfandleihers lagen im Norden. Ich hatte nicht lange Gelegenheit zum Grübeln, denn Seidenhand kam, um mich zu Himaggery zu bringen.

Wir fanden ihn umgekleidet in seinen eigenen Räumen, das Gewand des Zauberers hatte er gegen ein lockeres Hemd und eine Hose ausgetauscht, die jedermann hätte tragen können. Er betrachtete einen Obstbaum im eingezäunten Garten.

»Gewöhnlich wachsen sie nicht so weit im Norden«, sagte er. »Außer wenn sie ewigen Sommer finden, wie hier bei uns zwischen den Geysiren. Wir ernten Obst, wenn andere schon lange keines mehr haben, versammeln Kräfte, wenn sie anderen längst ausgegangen sind. Wenn wir unseren Weg ins Zentrum des Lebens fänden – oder ins Zentrum des Spiels oder aus ihm hinaus –, könnte ein mächtiges Volk aus dem Ort hier erwachsen.«

Ich glaube, ich zuckte zusammen, als ich diese ketzerischen Worte vernahm, und war mir nicht sicher, ob ich sie überhaupt hören wollte, aber Himaggery tat so, als bemerke er es nicht, grinste mich über seinen Bart hinweg an, und seine blauen Augen funkelten vor Humor und Verständnis.

»Und du, Heilerin«, fuhr er fort, »bist du jetzt bereit, einzusehen, daß deine Gegenwart Dazzle nicht hilft, sondern ihr Benehmen noch verschlimmert?«

»Herr, es ist wohl wahr, daß ich ihr nicht helfen kann.«

»Weißt du, daß dieser Bursche hier sie *erblickt* hat?« Seidenhand schaute bestürzt in mein Gesicht, dessen Ausdruck sie von der Wahrheit überzeugte.

»Aber wie? Niemand kann das. Niemand außer mir und Euch, Herr.«

»«Er kann's«, erwiderte Himaggery, »obwohl ich mir nicht vorstellen kann, wieso. Nun, das Leben ist voller Geheimnisse, aber es wäre besser für dich, Junge, wenn du dieses hier rasch vergißt. Habe ich richtig bemerkt, daß du durch meine Augen gesehen hast? Dachte ich's mir doch. Nun, vielleicht manifestiert sich gerade ein Talent in dir, und es gibt keinen Grund, sich weiter Gedanken zu machen.«

»Wie hat sie ... wie ist sie ...« Ich brachte die Frage nicht über die Lippen.

»Wieso sie so scheußlich verstümmelt ist? Warum ist das nicht aller Welt bekannt? Warum nicht? Wieder eines dieser Geheimnisse, von denen ich sprach. Aber ich glaube, Seidenhand wird es mir nicht verübeln, wenn ich es dir erzähle.« Er schaute sie fragend an, und sie nickte, die Augen auf die gerungenen Hände gerichtet. Er klopfte ihr auf die Schulter und fing an, mir die Geschichte zu erzählen.

»Finler, der Seher, hatte mit seiner geliebten Frau, einem Tragamor aus dem Osten, zwei Kinder, Seidenhand und ihren Bruder Borold, der zwei Jahre nach ihr geboren wurde. Die Mutter starb, als die beiden noch klein waren, und Finler heiratete eine andere Frau, einen Tragamor aus Guiles, deren Name Tilde war.

Beide bekamen eine Tochter, sechs Jahre jünger als Seidenhand, Dazzle.

Borold und Seidenhands Talente zeigten sich recht früh, ungefähr im Alter von fünfzehn Jahren. Seidenhand wurde als Heilerin in der Gegend, wo die Familie lebte, sehr geachtet, wie es oft bei Heilern der Fall ist, ob sie es verdienen oder nicht, obwohl ich aus meiner Erfahrung sagen würde, Seidenhand verdiente es mehr als die meisten anderen. Borold konnte bereits früh fliegen, dann gesellte sich Portation dazu, und er wurde Schildwächter genannt. Dazzle war selbst als kleines Kind schon eine Schönheit und wurde als erwachsene Frau schöner als irgend jemand, den man je in dieser Gegend gesehen hatte. Aber sie konnte Seidenhand nicht leiden...«

»Was irgendwie Tildes Schuld war«, unterbrach ihn Seidenhand. »Sie verabscheute meine Mutter, obwohl diese schon so lange tot war. Tilde war eifersüchtig auf den guten Ruf meiner Mutter in der Stadt und auf die Tatsache, daß ich, ihre Tochter, Heilerin war. Man kann Dazzle nicht die ganze Schuld...«

»Mag das sein, wie es will«, fuhr der Zauberer fort. »Dazzle haßte ihre Schwester aus tiefstem Herzen. Und als sie selbst ein Talent zeigte, lag es genau auf der Ebene, die sich schon so frühzeitig bei ihr abgezeichnet hatte – Glanz, Betörung, Kräftespeichern und Feuer, die Bandbreite einer Priesterin oder Hexe. Weil sie Kräfte speichern konnte, versuchte Seidenhand, Dazzle dazu zu bewegen, ihr beim Heilen zu helfen, denn mit Dazzles Hilfe hätte sie viele, viele heilen können...«

»Sie wollte nicht!« rief Seidenhand. »Sie lehnte es ab. Sie wollte keine Kräfte speichern außer für ihr eigenes Vergnügen. Wenn Kranke dalagen, drehte sie sich weg und sagte: ›Die sind mir gleichgültig. Außerdem stinken sie. Es ist besser, wenn sie sterben.‹«

Der Zauberer nickte. »Genau. Und Borold geriet unter

Dazzles Bann. Er wandte sich von Seidenhand ab und unterstützte sie auch nicht mehr beim Heilen, obwohl er sie früher immer durch die Luft getragen hatte, um Kranke und Verwundete zu finden. Er hörte damit auf und flog nur noch zu Dazzles Vergnügen.«

»Dann fand ein Spiel statt«, sagte Seidenhand in einer monotonen Sprechweise, als rezitiere sie aus einem alten Text. »Ein sehr großes Spiel, zu dem mächtige Armeen nahe dem Ort aufmarschierten, wo wir lebten. Die Tragamore dieses Spieles ließen unter der Aufsicht von Sehern und Dämonen Steine auf die gegnerischen Armeen herabregnen, aber irgend etwas mißlang, und die Steine stürzten auf die Stadt und das Haus, in dem wir uns befanden.

Mein Vater war sofort tot. Tilde lag schreiend da, die Beine unter einem Stein eingeklemmt. Und das Spiel hatte soviel Kraft verbraucht, daß ich keine mehr zur Verfügung hatte, um sie zu heilen; also rief ich Dazzle zu, während Borold und ich versuchten, den Stein wegzurollen: ›Dazzle, deine Mutter ist schwerverletzt. Gib mir Kraft, sie zu heilen, oder sie wird sterben.‹ Aber Dazzle sagte: ›Ich bin alt genug, ich brauche keine Mutter mehr. Ich brauche die Kraft für mich selbst, um mich in Sicherheit zu bringen.‹ Mit diesen Worten kauerte sie sich in die Ecke und begann eine Betörung *für sich selbst* zu weben, um *sich selbst* zu betören, daß sie sicher sei …

Dann krachte ein weiterer Stein auf uns, zerschmetterte das Dach, und ein großer Dachziegel fiel wie ein Messer herab und zerhieb Dazzles Gesicht. Borold bemerkte es nicht. Ich sah es und schrie vor Entsetzen über den grauenhaften Anblick. Dazzles Geist war unverletzt, und ich bat sie um Kraft, damit ich sie heilen konnte, aber sie sagte bloß: ›Laß die faulen Tricks, Seidenhand. Mir geht es gut. Laß mich in Ruhe. Versuch nicht, wegen dieser Alten da Saft aus mir herauszupressen.‹

Und sie fuhr mit all ihrer Kraft fort, die schöne Täuschung um sich herum weiterzuweben, so daß Borold das Gewebe ebensowenig durchschauen konnte wie sie selbst, wenn sie in den Spiegel blickte, und so hat sie gewoben, seit Tilde starb. Ich konnte damals nichts weiter tun, als ihre Schmerzen ein wenig zu lindern. Es war sehr kalt. Kurz nachdem das Spiel zu Ende war, kam Hilfe, aber sie erschien zu spät. Und Dazzle wob weiter an ihrer Betörung …«

»Sie *weiß* es also nicht einmal selbst?« fragte ich erstaunt.

Himaggery schnitt ein säuerliches Gesicht. »Sie weiß es nicht. Manchmal stellt sie mir nach, und es bedeutet eine fortwährende Beleidigung für sie, daß ich ihre Gelüste nicht erwidere, aber ich kann es nicht. Könnte es auch nicht, wenn sie unverletzt wäre, denn sie trägt eine noch tiefere Verstümmelung in sich als die in ihrem Gesicht.«

»Kann sie wirklich nicht geheilt werden? Hier ist doch soviel Kraft versammelt.«

»Die heilende Kraft wirkt durch den Geist, Peter«, erwiderte Seidenhand traurig, »wie alle unsere Kräfte. Wenn eine alte Wunde längst verheilt ist, hat sich der Geist damit abgefunden und hilft mir nicht mehr, sie zu bekämpfen. Ich bin kein Nekromant, der totes Gewebe zu einem scheinbaren Leben erwecken kann.«

»Also, mein Junge«, sagte Himaggery, »ich werde dich in dieser Angelegenheit entscheiden lassen. Das ist bei uns in der Leuchtenden Domäne manchmal üblich – ein Bauernurteil in dieser oder jener Angelegenheit …«

»Aber«, wandte ich ein, »die Bauern kennen doch die Regeln überhaupt nicht.«

»Eben. Du hast es erfaßt. Da du also die Regeln nicht kennst, wie würdest du in diesem Fall entscheiden? Ich glaube, Seidenhand sollte von hier fortgehen. Ihr Zusammensein mit Dazzle verschlimmert die Dinge nur. Was meinst du?«

Da es keine Regeln gab, mußte ich meinen Verstand einsetzen. Obwohl mich Chance in dieser Hinsicht nie für übermäßig gut ausgestattet gehalten hatte, war ich manchmal darüber anderer Meinung gewesen, und versuchte nun mein Bestes. Ich dachte an den jungen Drachen und den Eisdrachen, die aufgrund von Dazzles Machenschaften gestorben waren. Ich dachte an Mandor, wie ich ihn zuletzt gesehen hatte, von tiefem Neid erfüllt und bereit, mich deshalb zu vernichten. Ich dachte an Seidenhand und ihren Schmerz darüber, daß sie nicht mehr heilen konnte …

»Sie sollte fortgehen«, sagte ich. »Wenn Dazzle genauso ist wie jemand, den ich gut kannte, wird sie nicht eher Ruhe geben, bis sie Euch vernichtet hat, Seidenhand. Wenn Ihr weggeht, wird ein Teil ihres Ärgers verschwinden.«

»So ist es!« Himaggery strahlte mich an. »Seidenhand muß eine Botschaft für mich überbringen, und sie muß fort. Du benötigst Gesellschaft während der Reise, genau wie sie, und du reist zum selben Ort wie sie. Schau, wie gut sich das alles trifft.« Er wandte sich an Seidenhand. »Ich möchte, daß du mit dem Jungen zur Hohen Domäne bei Evenor gehst. Er ist noch nicht ganz geheilt, deshalb kannst du ihn vielleicht auf dem Weg von seinen Narben befreien.«

»Warum ich?« fragte sie und wischte sich die Tränen ab.

»Weil du dort willkommen sein wirst. Heiler sind immer willkommen. Wenn ich einen Seher oder einen Dämon schicke, würde man denken, ich hätte einen Spion geschickt. Weil du zu einem guten Freund von mir gehen sollst, der deine Hilfe und Fürsorge braucht. Vielleicht kannst du ihn mit dir zurückbringen. Der Hochkönig wird ihn nicht freiwillig gehen lassen, also mußt du deine ganze List und Tücke anwenden, ohne aber unehrlich zu werden – was dir nicht schwerfallen wird, denn du bist grundehrlich und könntest an Betrug nicht einmal denken. Sind das Gründe genug?«

Sie weinte, und Himaggery tröstete sie. Ich hörte ihnen zu, und die Stunden verstrichen, während sie über andere Dinge sprachen. Sie redeten über *Heteroletisches* (ich schrieb es mir auf) und ein Tier, das in der Wildnis von Bleer *szazonische* Angriffe unternahm (das schrieb ich mir ebenfalls auf). Sie unterhielten sich über große Spieler der Vergangenheit: Dodir von den Sieben Händen, den größten Tragamor, der je gelebt hatte, und über Mavin Vielgestalt. Der Name kam mir vertraut vor, aber ich wußte nicht, wo ich ihn schon einmal gehört hatte. Und sie sprachen ausgiebig über die Person, zu der Seidenhand geschickt werden sollte, einen alten Mann, einen Spielmeister, aber noch mehr als das oder noch etwas anderes. Sie sprachen lange, und ich schlief ein. Als ich erwachte, saß Himaggery grübelnd am Kamin, und Seidenhand war gegangen.

Mich verlangte danach, ihm zu danken. Die Situation forderte etwas von mir, mehr als bloße Worte. Ich zog den Beutel aus meinem Gürtel und drückte ihn in seine Hand, wobei ich sagte: »Ich besitze nichts von Wert, was ich Euch geben könnte, Herr, abgesehen vielleicht von diesen Sachen hier, die ich gefunden habe. Wenn sie Euch gefallen, würdet Ihr sie als meinen Dank für Eure Güte behalten wollen?« Als er den Beutel öffnete, floh die Farbe aus seinem Gesicht, und er nahm eine der Figuren in die Hand, als wäre sie aus Feuer. Nachdem er mich gefragt hatte, woher ich sie hätte, und ich ihm geantwortet hatte, sagte er: »Also von einem Ort, den ich selbst wegen jener, die ich dorthin verbannt hatte, nicht aufsuchen würde. Die Figuren sind demnach nicht für mich bestimmt, und es ist besser, ich mache mir keine weiteren Gedanken darüber.

O Junge, ich hätte ohne Zögern die Leuchtende Domäne für die Möglichkeit eingetauscht, diese Figuren selbst finden zu dürfen. Wie dem auch sei – sie fielen nicht in meine Hand. Zum Verschenken sind sie nicht bestimmt. Ich darf dir nicht sagen, was sie sind – möglicherweise weiß ich es selbst nicht ganz genau. Ich darf sie nicht von dir in Empfang nehmen. Nimm sie, steck sie unter deine Kleidung, bewahr sie sicher auf, erzähl keinem etwas davon. Ich werde mich auch ohne das Geschenk mit Freude an dich erinnern.«

Ich wollte ihn fragen, ihn inständig bitten, mir mehr zu erzählen, irgend etwas zu sagen, aber sein Gesichtsausdruck verbot es mir. Am nächsten Morgen verließen wir die Leuchtende Domäne, und erst da fiel mir auf, wie seltsam dieser Ort war. Kein einziges Spiel hatte während meines Aufenthaltes stattgefunden. Kein einziger Knochenhaufen war mir zu Gesicht gekommen. Ich hatte keine Ahnung, welches Talent der Zauberer sein eigen nannte. ›Seltsam sind die Talente eines Zauberers‹, sagt man, aber seine waren nicht einfach seltsam, sie waren unentdeckbar. Später natürlich wunderte ich mich, durch welches Talent er imstande war, Dazzle so zu erblicken, wie sie wirklich war. Später natürlich fragte ich mich, welches Talent mich befähigt hatte, durch seine Augen sehen zu können.

4

Die Strasse nach Evenor

Noch bevor wir die Leuchtende Domäne verließen, hielt Dazzle es für angebracht, eine unerquickliche Szene zu machen, in der sie Seidenhand aller erdenklichen Schlechtigkeiten beschuldigte: Himagerrys Liebchen zu sein oder seine verbündete Dienerin, Intrigen gegen Borold und Dazzle zu spinnen, neidisch zu sein, vor jemandem davonzulaufen, mit dem sich zu messen sie Angst habe, weil ihre eigenen Kräfte zu läppisch und schwach seien – lauter kindische, böse, ätzende Worte. Weder Dazzle noch Borold erschienen, um uns Lebewohl zu sagen, aber Himaggery kam. Seidenhand sah erschöpft und in sich gekehrt aus, sie wirkte um Jahre älter, als sie wirklich war. Sie biß sich nur auf die Lippen, als Himaggery ihr sagte, sie solle sich keine weiteren Gedanken machen, er werde sich schon um Dazzle kümmern. So ritten wir besudelt und von Seidenhands Traurigkeit umgeben fort. Ich konnte ihren Schmerz fühlen. Die anderen konnten ihn nur zu gut sehen.

Genauso wie ich Seidenhands Schmerz fühlte, so fühlte ich Yarrels Freude. Wir ritten auf großen roten Pferden aus Himaggerys Stall, und Yarrel strahlte, als hätte er sie selbst gezeugt. Was mich betraf, so bat mich Seidenhand, die Bandagen abzunehmen, und während wir dahinritten, hielt sie meine Hand und hieß mich, mich mir unversehrt vorzustellen. Eine tiefe Wunde wollte nicht heilen, eine aufgeworfene Stelle an meiner Augenbraue, und Seidenhand meinte, daß ich sie unbewußt als Erinnerung behalten wollte. Sicher, ich hatte nicht vor, all das zu vergessen, was in der Schulstadt passiert war.

Sie hieß mich an Tossa zu denken und von ihr zu erzählen, bis diese Verletzung ebenfalls heilte. Ich begriff, daß es keine Liebe gewesen war, was ich gefühlt hatte, sondern etwas, das viel tiefer saß, eine Art besonderer Faszination, hinter der sich ein Traum verbarg und dahinter eine Person, die diesen Traum verursacht hatte. Seidenhand ließ mich von meinen frühesten Erinnerungen sprechen, von der Zeit vor Mertynhaus (obwohl ich bis zu diesem Augenblick gar nicht gewußt hatte, daß ich Erinnerungen an die Zeit davor besaß), und ich fand Erinnerungen – Gerüche, Gefühle, die Bewegung graziöser Arme in der Sonne, Licht auf einer herabfallenden Kaskade weizengelben Haares. Demnach hatte mir Tossa mehr bedeutet, als ich geahnt hatte, und gleichzeitig weniger. Selbst als ich ihren Verlust betrauerte, betrauerte ich gleichzeitig die Tatsache, daß ich nicht wußte, wer die andere Person war, die ich vor meinem Aufenthalt in Mertynhaus gekannt hatte. Ich konnte nicht älter als zwei oder drei Jahre gewesen sein. Ich bemühte mich verzweifelt, fand aber nur Bilder ohne Worte. Es war eine unerklärbare Vision, die Tossa erzeugt hatte, eine namenlose Vergangenheit.

Neben Heilen betätigte Seidenhand sich auch noch als Lehrerin. Fest überzeugt, daß Yarrel und ich viel zu lange ohne Studium geblieben waren, hämmerte sie uns, während wir ritten, den Index ein, tagein, tagaus. Es war zumindest eine Beschäftigung, um die Zeit totzuschlagen, also gehorchten wir.

»Seher«, sagte sie zum Beispiel. »Sagt mir den Index für Seher.«

Gehorsam fing ich an: »Graue Gewänder, Maske mit grauer Gaze, mit aufgemalten Falterflügeln, den Kopf unter einer Kapuze. Beim Ziehen kann der Seher die Zukunft oder einen entfernten Ort nahe bringen. Seine

Domäne ist klein, nur ein paar Schritte, und seine Kräfte sind nicht sehr beständig. Seher gehören zu den geringeren Beständigen. Sie stehen allein oder sind durch einen Schwur an ein größeres Spiel gebunden…« Und Seidenhand fragte nach der nächsten Figur.

»Der Dämon besitzt eine geflügelte Form… atmet Feuer… bei seinem Zug fliegt er durch eine weite Domäne. Drachen gehören zu den bedeutenden Vergänglichen… der Schildwächter ist rotgekleidet… das Gewand eines Dämons ist silbrig mit einem halben Helm… eines Tragamors schwarz, mit Fängen am Helm… ein Magier trägt Weiß und Rot und eine Stachelkrone…« Und so weiter und so fort. Einige der Namen, die Seidenhand nannte, hatte ich noch nie gehört. Was war ein Onoeiromancer, ein Kerinator, ein Hierophant? Was war ein Derwisch? Ich wußte es nicht. Seidenhand jedoch kannte die Kleidung, den Zug, die Domäne, die Kraft, die Einstufung.

»Als ich klein war«, sagte sie, »langweilte ich mich oft in diesem kleinen Dorf. Doch es gab einige Bücher, unter anderem einen Index. Weil ich nichts Besseres zu tun hatte, fing ich an, ihn auswendig zu lernen. Ich glaube, einige der Namen, die ich lernte, sind ziemlich selten. Einige der Figuren habe ich mein Lebtag noch nicht gesehen.« Trotzdem trieb sie uns weiter an.

»Die Kleidung eines Ranzelmanns ist spinnwebartig golden, mit Elsterhelm… ein Portierer ist blau, mit Reiherflügeln… ein Waffenträger schwarz und rostfarben, bewaffnet mit Speer und Bogen… ein König ist in echtes Gold gekleidet und trägt eine juwelenbesetzte Krone…«

»Gestaltwandler«, unterbrach sie mich. »Wie lautet der Index eines Gestaltwandlers?«

Ich antwortete, daß ich es nicht wüßte, daß es mir gleichgültig sei und daß ich viel zu hungrig sei, um noch einen einzigen Schritt weiterzugehen. Seidenhand stimmte einer Pause zu, hörte aber mit dem Lehren nicht auf, selbst als wir aßen.

»In seiner ursprünglichen Form ist der Gestaltwandler in Fell gehüllt, sonst trägt er natürlich die Kleidung der Gestalt, die er angenommen hat. Die Domäne eines Gestaltwandlers ist sehr klein, aber äußerst kompakt, und sie verschwindet rasch. Für den Wandel braucht man nicht viel Kraft und für seine Stabilisation fast überhaupt keine. Die Gestaltwandler werden zu den beständigsten Spielern gezählt, weil man sie so gut wie überhaupt nicht töten kann. Sie sind sehr selten und furchtbar, und einer der berühmtesten ist Malvin Vielgestalt.«

»Wieso Vielgestalt?« fragte Yarrel. »Kann sie gleichzeitig in mehr als eine Form schlüpfen?«

»Nein. Aber sie kann sich in sehr viele Formen verwandeln, während die meisten anderen Wandler nur eine oder zwei Gestalten annehmen können, höchstens drei. Mavin aber... man sagt, sie könne alles werden, was sie will, sogar ein anderer Spieler. Das ist natürlich unmöglich. Das kann niemand vollbringen.«

Nach dem Essen ritten wir weiter, für eine Zeitlang schweigend, um zu verdauen. Yarrel hielt uns ein paarmal an, um uns Spuren vor uns auf der Straße zu zeigen. »Reiter«, sagte er, »vielleicht vier oder fünf. Nicht sehr weit von uns entfernt.« Zum erstenmal dachte ich an den Pfandleiher, der nach Süden geritten war.

»Wie weit entfernt?« fragte ich. Ich beabsichtigte nicht, in die Nähe dieses Mannes zu kommen, und bereute plötzlich, daß ich Himaggery nicht gebeten hatte, ihn bei sich zu behalten oder unter Aufsicht zu seinem Schiff zurückzuschicken.

»Ungefähr einen Tagesritt. Wir hängen ihnen nicht dicht auf den Fersen, Peter. Meinst du, es könnte der Pfandleiher sein?«

»Ich denke, er hat irgendwie erfahren, wohin wir reisen.«

»Wir haben kein Geheimnis daraus gemacht.«

»Das hätten wir vielleicht besser getan.« Meine Dummheit und Einfalt beschämten mich. Wie hatte ich annehmen können, daß der Mann aufgeben würde? Unser ganzes Nachdenken wurde jedoch durch einen kalten Windstoß von oben unterbrochen. Seidenhand warf einen Blick über die Schulter, schrie »*Afrit*!« und ritt wie wild auf ein Wäldchen zu, wir in unserem, wie es schien, ständigen Zustand der Verwirrung hinterher.

»Sucht es uns?« fragte ich. Sie schüttelte den Kopf. Ein weiterer kalter Windstoß kam aus der anderen Richtung. Seidenhand runzelte die Stirn.

»Was geht da vor sich?« Sie führte uns zu ansteigendem Gelände, damit wir von oben das Umland besser sehen konnten. Schließlich fanden wir einen felsigen Buckel und kletterten hinauf. Wir erblickten ein weites Tal, durch das unser Weg ursprünglich führen sollte, bis zu einer Kerbe zwischen den weit entfernten Hügel. Es war allerdings kein Weg, den wir jetzt noch nehmen konnten. Auf den Wiesen drängten sich dichte Formationen eines Spiels ungeheuren Ausmaßes, auf jeder Seite Reihe um Reihe Magier mit Gehilfen, sprühend vor gespeicherter Kraft. Fuhrwerke, hochbeladen mit Holz, markierten die Grenzen der feindlichen Gebiete, wo sich Bauern unter dem Hieb von Peitschen bemühten, die schweren Teile der riesigen Kriegsöfen aufzurichten. Über den Kommandoposten standen Waffenträger, die Kriegsumhänge vom Wind gebläht, hoch in der Luft und stiegen wie Spinnen an Seidenfäden auf und nieder, wenn sie den Untenstehenden Bericht erstatteten.

»Herr der sieben Höllen«, sagte Chance. »Laßt uns von hier verschwinden.«

Seidenhand schaute hilflos über das Tal. Da lag unser Weg. Doch der Weg war versperrt. Wir konnten nicht warten, bis das Spiel vorbei war. Spiele dieses Ausmaßes dauerten manchmal Jahre. Wir konnten nicht sehr dicht daran vorbeireiten, oder wir riskierten es, in der Wut dieses Gefechtes gefroren zu werden. Seidenhand besaß nicht die Kraft, Wärme aus diesen riesigen Öfen herauszuziehen und uns so geschützt durch das Schlachtgetümmel zu führen. »Borold«, rief sie, »warum bist du nie da, wenn ich dich brauche?« Ihr Bruder hätte diese weit entfernte Kraftquelle anzapfen können. Wir waren zu einer schicksalhaften Entscheidung gezwungen, die uns aber überhaupt erst zur Hohen Domäne bringen sollte. Hätten wir das Tal durchquert, wäre unsere Reise beendet gewesen. Wir wußten es nicht, aber man erwartete uns dort in der Kerbe zwischen den Hügeln. Seltsam, wie das Schicksal so spielt. Mertyn pflegte das oft zu sagen.

»Wir schlagen einen großen Bogen«, sagte Seidenhand, und Chance stimmte zu. Es war das einzige Vernünftige. Doch wir hätten es nicht so ohne weiteres geschafft, wenn Yarrel nicht bei uns gewesen wäre.

Er war es, der Karten studierte, Pfade aufspürte, Nachtlager aussuchte, wo wir vor Wind und Regen geschützt waren, der die Pferde davor bewahrte, sich lahm zu laufen, und uns davor, durch schlechte Nahrung oder noch schlechteres Wasser vergiftet zu werden. Er erstarkte vor meinen Augen, wurde von Tag zu Tag größer. Eines Morgens erwachte ich und sah, wie er neben einem hohen Baum stehend über das Land schaute, das Gesicht so strahlend wie der Schein, den Spielmutter Didir auf alten Bildern um den Kopf hat. »Yarrel«, sagte ich, »warum warst du überhaupt in der Schulstadt? Welchen Sinn hat es für dich gehabt?«

Er umarmte mich sogar, als er antwortete. »Keinen, Peter. Außer, daß meine Mutter ein paar Jahre lang keine Angst um mich haben mußte. Das Leben von uns Bauern ist manchmal sehr kurz. Meine geliebte Schwester ist in einem Spiel verbraucht worden, ›geopfert‹

von irgendeinem Gestaltwandler, der einen Bauern benötigte und dem es gleich war, um wen es sich handelte. Du weißt doch, daß die Spieler uns für völlig unwichtig halten. Wenn sie ein paar Hundert von uns in der Schlacht verbrauchen wollen, dann tun sie es einfach. Wenn sie ein paar unserer Frauen in irgendeinem widerlichen Spiel benutzen wollen, tun sie es. Indem meine Eltern mich in die Schule eingekauft haben, haben sie mich für eine Zeitlang geschützt.«

»Eingekauft?«

»Mit Pferden. Prächtige Pferde. Bezahlung für meinen Aufenthalt und meine Erziehung. Wer weiß, vielleicht ist es sogar gut für mich. Ich weiß jetzt auf jeden Fall mehr über Spieler als meine ganze Familie. Und über Spiele. Und was passieren kann und was nicht. Für die meisten von uns ist das Spiel ein völliges Rätsel. Wenn ich zu Hause bin, werde ich eine eigene Schule gründen – für Bauern. Um ihnen das Überleben beizubringen.«

»Also hat keiner je erwartet, daß du ein Talent entwickelst.«

»Nein. Damit ich in der Schule aufgenommen wurde, mußte meine Mutter lügen. Sie behauptete, ich sei ein Festivalsproß und mein Vater ein Spieler. Ich glaubte es nie. Mein Vater ist mein Vater, wir gleichen uns wie ein Ei dem anderen.«

»Du könntest bei den Unveränderlichen leben. Dort wärst du sicher.«

»Ja«, erwiderte er ernst. »Daran habe ich in letzter Zeit auch schon gedacht.«

Yarrel, mein Freund. Yarrel, der Bauer. Yarrel, der Pferdenarr, mein eigener Yarrel. Yarrel, der mir geholfen und mich geleitet hatte. Ich sah ihn wie durch einen Nebelschleier, wie er, gebückt unter der Peitsche, Kriegsöfen zusammenbaute, riesige Wagenladungen Holz zerkleinerte. Yarrel. »Wie sehr mußt du uns hassen«, sagte ich. »Zwischen uns zu leben, seitdem du ganz klein warst…«

»Tat ich auch. Und tue es heute noch manchmal. Aber ich begriff irgendwann, daß ihr euch im Grunde gar nicht viel von uns unterscheidet. Ihr wollt auch bloß leben und essen, wenn ihr hungrig seid und es mit Mädchen treiben – jawohl, obwohl du es vielleicht noch nicht getan hast – und ein gemütliches Zuhause besitzen. Der einzige Unterschied ist, daß ihr mit dem Erwachsenwerden etwas erhaltet, was ich nicht erhalte, und was euch verwandeln und von mir unterscheiden wird. Und von diesem Zeitpunkt an werde ich dich vielleicht hassen.« Er war nachdenklich geworden und blickte über die nebligen Täler, die bekränzten Hügel und zu den felsigen Steilhängen des Gebirgszuges, zu dem unsere Reise führte. Als er weitersprach, zeigte sich die ganze wahrhafte Großzügigkeit, die er sonst auch immer besaß. »Aber Seidenhand hasse ich nicht. Und Himaggery auch nicht. Und vielleicht werde ich nicht aufhören, dich zu mögen.«

»In der Leuchtenden Domäne gab es keine Spiele.« Ich wußte nicht, warum ich das sagte. Es schien wichtig.

»Nein. Es gab keine Spiele, und ich habe darüber viel nachgedacht. All die Spieler, die ganze Kraft, die dort versammelt war. Und keine Spiele. Was passiert ist, mit den Drachen, meine ich, wurde bedauert. Dahinter steckt etwas. In Mertynhaus haben wir nie gelernt… wurde uns nie gesagt… daß eine freie Entscheidung möglich ist.«

Freie Entscheidung. Ich kannte den Begriff. Seine Bedeutung war allerdings sehr gering gewesen. Ein Glas Wein oder nicht. Brot oder Grütze. Aus der Küche Fleisch stehlen oder nicht. Freie Entscheidung. Ich hatte sie nie besessen.

»Schwer vorzustellen, diese… freie Entscheidung«, sagte ich. Yarrel wandte mir ein Gesicht zu, das so entfernt schien wie die Steilhänge der Bergkette, die Augen in eine andere Zeit gerichtet.

»Versuch es, Peter«, erwiderte er. »Ich habe es versucht. Manchmal habe ich mir vorgestellt, wie viele es von uns gibt, Bauern, Unveränderliche, und alle leben in diesem Land, ohne zu spielen. Trotzdem werden die meisten von uns durch das Spiel regiert. Wir lassen uns davon regieren. Stell dir vor, was geschähe, wenn wir das nicht täten. Mehr verlange ich gar nicht von dir. Stell dir's einfach nur vor.«

Ich war nicht gut darin, mir einfach etwas vorzustellen. Yarrel wußte das nur zu gut. Eine Zeitlang dachte ich, er verhöhne mich. Ich fühlte mich gepiesackt und war ein bißchen ärgerlich. Wir arbeiteten uns tiefer ins Gebirge hinein, immer näher einem bestimmten Gipfel zu, der den Paß nach Evenor markierte, und der Weg dorthin war beschwerlich. Wir unterhielten uns wenig, weil wir alle erschöpft waren. Aus dem Tal weit hinter uns stiegen immer noch Rauchwolken auf, und man hörte Kampfgetümmel. Vor uns lagen nur Berge, Berge, Berge. Ich blieb ärgerlich, bis es mir schließlich langweilig und dumm vorkam, und dann versuchte ich mir das Ganze vorzustellen, wie Yarrel es verlangt hatte. Ich probierte es, strengte mich an, mehr, als ich es jemals in Mertynhaus getan hatte, aber ohne Erfolg. Ich konnte mir weder eine freie Entscheidung vorstellen noch die Bauern und das übrige. Und dann in der Nacht …

… sah ich mich selbst auf einem flachen Hügel neben meinem Pferd stehen und das Schlachtfeld überblicken. Ich sah die Öfen, die vor Hitze glühten, und die Waffenträger, die wie Fliegen durch die Luft schwirrten und ihre Speere und Pfeile auf die Spieler unten hinabregnen ließen. Ich hörte das tiefe *Bumm! Bumm!* der Felsbrocken, die von Tragamoren und Magiern gemeinsam aus der Erde herausgehoben und von ihnen als Geschosse verwendet wurden, wobei sie mit ineinander verschränkten Händen ihre Kräfte bündelten, um die mächtigen Steine durch die Macht ihrer Gedanken fortzuschleudern. Hinter den feindlichen Linien sah ich Blitze, als Portierer auftauchten, mit Doppelmessern um sich hieben und dann jäh verschwanden, nur um eine Sekunde später hinter ihren eigenen Linien wieder aufzublitzen. Auf den Anhöhen riefen Dämone und Seher laute Anweisungen an die Tragamore und Waffenträger, während Magier zwischen den Reihen der Spieler hindurchgingen, um ihnen Kraft zu geben. Wandlerbestien rannten zwischen den Reihen hindurch, rissen mit Fängen und Hauern Wunden oder stürzten auf gefiederten Schwingen aus der Luft herab, um mit ihren Krallen zu blenden.

Und auf jeder Seite, im Zentrum des Spiels, standen der König und die Prinzen und die anderen charismatischen Figuren, durch deren Betörung sich die Armeen versammelt hatten. Heiler, jeder mit einem Magier an der Seite, schritten zwischen den Verwundeten hindurch. Ich sah es so klar, als ob es gerade vor meinen Augen geschähe.

Und ich sah noch mehr. Am Rande des Schlachtfeldes, jenseits der Domäne, standen Bauern dicht aufgereiht. Sie standen mit Steinen in der Hand und Dreschflegeln und Heugabeln, so scharf wie Nadelspitzen. Und mir wurde im Traum klar – denn es war ein Traum –, was geschähe, wenn die Kriegsöfen erkaltet und die Magier ihrer Kraft entleert, die Waffenträger auf dem Boden, die Tragamore hilflos und die Portierer unfähig wären, sich von einer Stelle zur anderen zu blitzen. Was dann? Ich hörte das Grummeln der Bauern, sah, wie die Dreschflegel sich hoben, und spürte, wie das Schlachtfeld kalt wurde …

Und erwachte. Eine Zeitlang blieb der Traum so klar wie ein Fresko, die Farben leuchtend wie Edelsteine. Dann verblaßte er, wie es Träume immer tun, nur ein paar Erinnerungsfetzen blieben übrig. Wieso ich ihn immer noch so deutlich beschreiben kann? Weil ich ihn immer wieder träumte und immer wieder, von Zeit zu Zeit. Auf dem Trampelpfad nach Evenor träumte ich ihn nur kurze Zeit in der kalten Morgendämmerung und vergaß ihn danach. Doch während dieser Zeit war ich vor Angst in kalten Schweiß gebadet und glaubte, den stummen Zorn der Bauern und die Berührung der Heugabeln auf meinem Fleisch zu spüren.

5

Windlow

Nirgends auf der Welt habe ich einen Ort gesehen, der so schön ist wie die Seen im Hochland von Tarnoch. Eine wilde Erhabenheit umgibt sie, die mich sofort überwältigte und für Stunden verstummen ließ, während wir uns abschüssiges Gelände hinunterquälten, im Rücken den Bergpaß, den wir am Mittag überquert hatten. Wenn ich sage, daß Seidenhand, die Schnatterente, ebenfalls schwieg, werdet ihr verstehen, daß hier nicht einfach nur die romantischen Gefühle eines Jungen entfacht wurden. Am Mittag wirkten die Seen wie Saphire auf grünem Samt, der Samt zerfranst von alabasterweißen Felsklippen, über denen sich Regenbogen spannten. Im Lauf des Nachmittags tränkten die immer länger werdenden Schatten das Grün mit dunklen Tönen, bis schließlich am Abend die ganze Gegend wie ein Diadem aus Licht und Dunkel unter der westlichen Sonne schimmerte, die Seen scharlachrot im Licht des Sonnenuntergangs.

Die Hohe Domäne erhob sich auf einer weißen Felsklippe über einem Katarakt, dessen wirbelndes Wasser sich in unaufhörlichem Strom in die darunter liegenden glänzenden Teiche ergoß. Wir erreichten den Burgweg bei Sternenlicht, die Tore der Brücke vor uns kauernd wie *Fustigare*, die massiven steinernen Pfeiler gleich Tatzen im Staub, während die Turmspitzen mit lampenerleuchteten Augen auf uns herabstarrten. Wir wurden erwartet. Jeder von uns spürte das Prickeln im Kopf, als ein Dämon darin herumstöberte, und jeder bemerkte, wie das Signalfeuer des Schildwächters aufblitzte, als wir um die letzte Biegung ritten. Ich ertappte mich bei der Hoffnung, daß sie meinen Hunger und Durst LESEN und gastfreundlich sein würden.

Ich hätte mich darum nicht zu sorgen brauchen. Statt einer offiziellen Begrüßung geleitete uns eine geschäftige Wirtschafterin in Räume, wo wir, sobald wir dazu bereit waren, mit Essen und heißem Badewasser versorgt wurden. »Der Hochkönig wird euch morgen empfangen«, sagte sie und verschwand mit unseren Stiefeln und Umhängen, um zu sehen, ob daran noch etwas zu retten war, denn sie waren böse mitgenommen vom Staub der Straße. Sie überließ uns leckerem, dampfendem Essen, gewaltigen Weinkrügen und der unsagbaren Wonne eines sauberen, weichen Bettes.

Dies alles geschah vermutlich vor allem zu dem Zweck, uns zur Ruhe kommen zu lassen, denn in der Nacht wurden wir mehr als einmal untersucht. Warum ich wachlag, während die anderen schliefen, weiß ich nicht. Seidenhand hatte ein Zimmer für sich, doch Chance, Yarrel und ich teilten uns einen Raum mit mehreren Betten, der von der Größe her als Festivalhalle hätte dienen können. Vielleicht war Chances Schnarchen schuld – er hatte die Angewohnheit, bisweilen wie ein Herold zu trompeten, um dann alsbald ein langes, rasselndes Brüllen wie die Trommler auf dem Schlachtfeld auszustoßen, so daß ich in der Nacht erwachte und horchte, ob nicht gleich die Querpfeifen einsetzten. Deshalb spürte ich auch immer wieder das Prickeln des Dämons in meinem Kopf, tiefer und noch tiefer, bis meine Arme und Beine zuckten und sich wanden und ich das Gefühl niederkämpfen mußte, mich zu kratzen. Wonach sie suchten, weiß ich nicht, außer daß Seidenhand auch davon erwachte, wie ein Totengespenst an mein Bett trat, schlank und weiß in ihrem Nachtgewand, und sich den Kopf rieb, als ob er schmerze.

»Oh, sie haben's immer wieder auf mich abgesehen«,

beklagte sie sich. »Alles, was ich weiß und denke, trage ich offen wie einen Krug Wasser oben auf dem Kopf, aber sie graben tiefer und tiefer, gerade so, als ob ich irgendwo noch einen Gedanken vor ihnen versteckt hätte.«

»Ist das möglich?« fragte ich. »Kann man seine Gedanken vor einem Dämon verbergen?«

»Oh, manche behaupten, sie könnten ein Wortspiel aufsagen, angestrengt über ein Spiel oder ein Sprichwort nachdenken oder den Index rezitieren und dahinter ihre tieferen Absichten verbergen. Ich habe es noch nie probiert und auch noch nie einen Dämon danach gefragt. Aber dieses ständige Herumgebohre in mir beweist, daß sie so etwas zumindest für möglich halten. Ich wünschte, sie ließen mich schlafen.«

»Hat Himaggery nicht gesagt, daß der Hochkönig den Verdacht schöpfen könnte, er habe ihm einen Spion geschickt, falls es sich um keinen Heiler handelt? Vielleicht vermuten sie es trotz alledem.«

»Meinetwegen mögen sie denken, was sie wollen. Der gesunde Menschenverstand könnte sie etwas Besserem belehren, und ich wünschte, sie ließen es bis morgen auf sich beruhen und mich schlafen. Komm, laß mich zu dir ins Bett, du kannst mich massieren.«

So legte sie sich neben mich auf den Bauch, und ich massierte ihr die Rippen und den Rücken. Dies hatte ich bei Mandor auch getan, und es machte keinen Unterschied bei Seidenhand, außer daß ihre Hüften im Gegensatz zu den seinen schwollen und sie kleine schnurrende Laute von sich gab, was er nicht getan hatte, so daß wir schließlich Seite an Seite wie zwei Kätzchen einschliefen. Yarrel konnte sich am Morgen vor lauter Stichelei kaum beherrschen, bis sie ihm sagte, er solle sein Mundwerk zügeln und still sein. Sein Spott brachte mich darauf, daß ich beim nächsten Mal, vorausgesetzt, Seidenhand war einverstanden, vielleicht nicht so rasch einschlafen würde, aber weiter reichten meine Gedanken nicht.

Der Seher erschien bei unserem Frühstück, mit Gaze und allem, um uns anzustarren, die Augen glitzernd hinter den aufgemalten Flügeln. Wir seufzten und versuchten, ihn nicht zu beachten – oder *sie*, denn es konnte sich auch um eine Frau handeln, die starrte und starrte, ohne ein Wort zu sagen, und schließlich fortging. Danach erschien ein Examinierer, um uns über Himaggery und unsere Reise sowie über die Schlacht auf der Ebene und über alles auszufragen, was wir jemals im Leben gedacht oder getan hatten. Und danach kam das Mittagessen und dann eine Audienz bei dem Hochkönig, der, wie es aussah, entschieden hatte, daß wir ihn oder seine Domäne nicht zerstören wollten.

Zu ihm fühlte ich mich nicht hingezogen wie zu Himaggery. Der Hochkönig war ein großer Mann mit finsterem Gesicht, in dem sich tiefe Furchen von der Nase zum Kinn hinabzogen, die seinen Mund wie Gräben einklammerten. Seine Nase war lang und groß, und die Augen verbargen sich unter schweren bläulichen Lidern. Er war nicht erfreut, uns zu sehen, und die ganze Fragerei in unseren Köpfen hatte sein Mißtrauen nicht ganz ausräumen können, denn als allererstes mußten wir ihm noch einmal erzählen, was alles passiert war, seitdem wir damals von der Mutterbrust entwöhnt worden waren.

»Ihr kommt also von dem Zauberer Himaggery?« fragte er noch einmal. »Der wohl immer noch denselben Blödsinn verzapft, was? Daß Könige keine Könige sein sollen, zum Beispiel. Diejenigen von uns, die zum König geboren wurden, sehen das allerdings anders.« Er beobachtete uns mit zusammengekniffenen Augen, als erwarte er eine Antwort auf seine Worte. Dann fuhr er fort: »Weshalb seid ihr gekommen?« Seine Stimme war krächzend wie die einer Krähe und tief.

»Um Himaggerys alten Lehrer, den Seher Windlow, zu besuchen. Weil Himagerry wünscht, daß ich meine Kräfte für den alten Mann einsetze, Hochkönig, falls das bei seiner Altersschwäche von Nutzen sein könnte. Außerdem überbringe ich Grüße der Freundschaft und Hochachtung und bin beauftragt zu fragen, ob der Seher Windlow Himaggery in der Leuchtenden Domäne besuchen kommen könnte.« Die ganze Zeit über, als Seidenhand sprach, nickte der König und nickte, und hinter ihm nickten der Seher, der Dämon und der Examinierer ebenfalls, so daß ich dachte, wir befänden uns an einem jener Festivalstände, wo man probieren kann, nickenden Puppen die Köpfe mit Lederbällen herunterzuwerfen, fünf Versuche pro Münze. Irgend jemand LAS mich, denn der König warf einen Blick in meine Richtung, und alle hörten auf, die Köpfe zu bewegen. Ich errötete verlegen.

»O nein«, erwiderte der Hochkönig, »Windlow ist alt. Viel zu alt für solch eine Reise. Der Gedanke wird ihn jedoch erfreuen. Er schätzt Besuche oder Nachrichten alter Schüler. Allerdings … verlassen können wird er uns nicht. Allein der Versuch wäre für ihn zu gefährlich. Wir würden ihn zu schmerzlich vermissen. Aber die Idee, ja, die Idee ist ganz reizend. Ihr müßt ihm davon berichten, selbst wenn es unmöglich ist …«

Plötzlich wandte er sich an mich. »Und du, Junge, du bist also ein besonderer Schüler meines alten Kollegen Mertyn, wie? Warst in ein gefährliches kleines Spiel während des Festivals verwickelt, wie du sagst, und hast einen Passierschein vom Rat der Stadt erhalten? Um hierherzukommen nach Windlowhaus.« Er seufzte, ein kehliger tiefer Seufzer, der betrübt klingen sollte, in dem aber zuviel Befriedigung mitschwang. »Windlowhaus ist ziemlich geschrumpft, seit Mertyn es verließ. Ich frage mich, ob er dich hierhergeschickt hätte, wenn er wüßte, wie *sehr* es geschrumpft ist. Es sind keine Schüler mehr hier. Meine Söhne sind erwachsen – ohne daß ich Windlow mit ihrer Erziehung belästigt hätte; die Söhne meiner Gefolgschaft sind weggezogen. Ich bezweifle, daß überhaupt nur noch ein einziger Schüler da ist, aber du bist natürlich willkommen, du und deine Diener …«

Ich spürte, wie Yarrel an meiner Seite erstarrte. Ich legte die Hand auf seinen Arm und sagte mit fester Stimme: »Keine Diener, König. Freunde und Führer. Ohne ihre Fähigkeiten und ihren großen Mut hätten wir es nicht bis hierher geschafft.« Der König nickte und winkte mir, beiseite zu treten. Meine Worte kümmerten ihn nicht. Der Unterschied bedeutete ihm nichts. Doch ich merkte, wie Yarrels Muskeln sich unter meiner Hand entspannten, und er lächelte mir zu, als wir die Halle verließen.

Windlowhaus lag offenbar eine ganze Strecke von der Burg entfernt, doch der Hochkönig war nicht bereit, uns sofort dorthin aufbrechen zu lassen. Statt dessen waren wir gezwungen, mehrere Tage in der Gesellschaft seines Gefolges zu verbringen, seiner Oberexaminierer, Ausplauderer (obwohl wir nicht ernsthaft mit Folter bedroht wurden) und Unterherolde. Er war sich über uns noch immer nicht ganz schlüssig, und er wollte uns nicht aus der Aufsicht seiner Beschützer entlassen, bis er vollkommen überzeugt war, daß wir wirklich keine Bedrohung für ihn darstellten. Ich beklagte mich darüber und wurde wieder einmal wegen meiner Unwissenheit verspottet.

»So ist das Spiel nun einmal«, sagte Chance. »Ein großes Spiel beginnt häufig auf diese Art. Erst tröpfeln ein paar unwichtige Personen über eine Grenze, Gerüchte und Geschichten fließen hin und her, Nachrichten über dies und jenes. Dann kommen die Spione herein oder in die Nähe, um die Domäne zu lesen …«

»Der Hochkönig hat Grenzwächter«, sagte Yarrel. »Ich habe sie bemerkt, als wir hereinritten. Ich bezweifle, daß ein Dämon von außerhalb nahe genug herankommen kann, um irgend jemanden in der Hohen Domäne zu lesen. Bedenkt auch, wo sie sich befindet, oben auf diesen Steilklippen, die kein Waffenträger überfliegen kann. Nein, dieser Hochkönig ist ein erfahrener Spieler und bestens geschützt.«

»Und nicht ungastlich«, sagte Seidenhand mit Nachdruck und erinnerte mich dadurch erneut daran, daß alles, was ich dachte, dem Hochkönig gemeldet wurde und daß es besser wäre, wenn ich an etwas anderes dächte. Das fiel mir leicht, denn der Hochkönig hatte mehr getan, als seine Domäne an einem Ort natürlicher Schönheit zu errichten. Er hatte dieser Schönheit Blumengärten und Obsthaine von unübertreffbarer Lieblichkeit hinzugefügt und sie mit einer Reihe exotischer Bauern bevölkert, Tänzer, Jongleure und Tierbändiger. Ihre Vorführungen wirkten zunächst weder phantastisch noch schwierig, bis man begriff, daß alles, was sie taten, durch Geduld und Training entstanden war und nicht durch Talente. Wenn die Tänzer in die Luft sprangen, schnellte die Kraft ihrer eigenen Muskeln sie hoch über das Gras, nicht das Talent des Waffenträgers zum Fliegen. Wenn die Jongleure sieben Bälle zwischen dem Himmel und ihren Händen wirbelten, war es Training, das sie dazu befähigte, nicht das Talent eines Portierers. Sobald man das wußte, empfand man beim Zuschauen eine unaufhörliche Faszination. Als sie merkten, daß ich noch kein Talent entwickelt hatte, erkannten sie mich beinahe als einen von ihnen an, und eine Gruppe Akrobaten brachte mir ein paar einfache Kunststücke bei, auf die ich übermäßig stolz war. Ich bewunderte die Grazie, mit der sie sich bewegten. Talente waren nicht graziös. Oder besser gesagt, die meisten nicht. Ich hatte einige Spieler gesehen, die Anmut beim Üben ihres Talents an den Tag gelegt hatten, aber nicht viele. Diese Bauern jedoch bewegten sich geschmeidig wie Wasser oder Wind über Grashalmen. Ich fragte mich, warum Talente nicht in gleicher Weise genutzt wurden.

»Seidenhand übt ihr Talent mit Grazie aus«, bemerkte Yarrel trocken.

Ich dachte darüber nach – und natürlich, es stimmte. »Himaggery auch«, sagte ich. »Obwohl ich mir nicht sicher bin, welches Talent er besitzt.«

»Vielleicht benutzt er überhaupt kein Talent.«

Nun, das war eine kühne Behauptung! Wie viele von Yarrels Kommentaren war auch dieser Gedanke beunruhigend, unbefriedigend und biß sich in den Schwanz. Also kümmerte ich mich lieber darum, weiter Rad zu schlagen und auf Händen zu laufen. Vergeßt nicht, ich war schließlich nur ein Junge.

Schließlich, nach etwa neun oder zehn Tagen Vergnügungen und Völlerei an des Hochkönigs üppiger Tafel, wurden wir wieder zu ihm gerufen. Er hatte an diesem Morgen verschiedene Geschäfte zu erledigen: Delegationen von Händlergruppen zu empfangen, einem Vogelhändler seltene Exemplare abzukaufen und uns aus seiner Obhut zu entlassen. Er brachte alles in großer Eile hinter sich und gab uns Kräutertöpfe und einen eingesperrten Vogel als Geschenk für den alten Mann mit. Der Vogel sollte eigentlich sprechen, tat aber während des Weges nichts weiter, als Früchte zu essen und den Boden des Käfigs zu beschmutzen. Er war sehr schön, aber ich mochte seinen Geruch nicht.

Der Weg nach Windlowhaus führte uns durch einen Wald, in dem seit Menschengedenken nichts mehr gerodet oder gefällt worden war. Die Bäume erhoben sich hoch wie Türme, ihre Kronen bildeten riesige Wolken. Tannennadeln übersäten den Pfad, und es roch nach Harz, würzig und angenehm in der Nase. Im Unterholz blühten Blumen, ihre Gesichter versteckt dem Moos zugewandt, und überall hörte man Wassergeplätscher. Wir ritten auf einem Trampelpfad, über den, wie ich annahm, Windlowhaus von der Hohen Domäne aus versorgt wurde, anders als die Schulhäuser, die ich kannte, die eigene Bauernhöfe und Läden besaßen. Wir fragten, ob diese Vermutung stimme, und der Führer antwortete, daß abgesehen von Fleisch, Milch, Wolle, Obst und Gemüse und Feuerholz, das von den Schuldienern gefällt wurde, alle Vorräte von dem König kämen.

Das Haus lag einen Tagesritt entfernt von der Hohen Domäne, oberhalb eines sanft nach Süden abfallenden Tals, ein einzelner weißer Turm, um dessen Fuß sich einige niedrige Gebäude scharten. Es wirkte einsam. Trotzdem fanden wir, als wir eintrafen, eine Menge Dienstboten vor. In der Küche herrschte reges Treiben, die Ställe waren ausgemistet und gekehrt, das Hofpflaster glänzte frisch gesäubert. Die Männer, die mit uns gekommen waren, luden die Vorräte ab, erhielten eine Mahlzeit und machten sich dann wieder auf den Heimweg. Nur wir sowie drei oder vier Spieler aus der Hohen Domäne blieben, die offenbar schichtweise Wache bei Windlowhaus hielten. Von Windlow selbst bekamen wir zunächst nichts zu sehen. Wir mußten bis zum nächsten Morgen warten. Dann fanden wir ihn im Garten hinter dem Turm, in der Wärme der frühen Morgensonne, in eine dicke Decke gehüllt.

Ich hatte noch nie zuvor jemanden gesehen, der so alt war, so klapprig und gebrechlich. Sein Gesicht war verrunzelt wie ein im Faß gelagerter Apfel. Doch als er uns anlächelte, merkten wir, daß sein Geist keineswegs getrübt war, denn sein Blick funkelte uns an, im vollen Bewußtsein darüber, wer wir waren.

»Aha! Hat euch mein alter Schüler, der Hochkönig, endlich freigelassen? Ich fragte mich schon, wie lange er meine Gäste diesmal bei sich behält. Das letzte Mal konnte ich von Glück sagen, daß ich sie überhaupt irgendwann zu Gesicht bekam. Wißt ihr, er beschützt mich nämlich.« Er zwinkerte heftig und setzte eine ernste Miene auf. »Er sagt, daß ich seiner Meinung nach viel Schutz brauche.« Und er verdrehte die Augen wie ein Clown himmelwärts.

Seidenhand lachte, setzte sich neben ihn und nahm seine Hand in die ihre. Wir übrigen machten es uns einfach im Sonnenschein gemütlich und warteten, bis Windlow bereit wäre, unsere Fragen zu beantworten oder zu uns zu sprechen, ganz, wie er wollte. Eine friedliche Atmosphäre umgab uns, und ich berichtigte meinen früheren Gedanken an Einsamkeit. Eher Friede. Zufriedenheit. Eine große Stille, in der das Gegacker der Hühner oder die Waschfrau, die eilig über den Hof raschelte, überhaupt nicht als Störung empfunden wurden.

»So«, sagte der alte Mann, »jetzt berichtet mir alles, von überall her. Mein Talent war nie besonders groß, und in letzter Zeit reicht es nicht mehr weiter als bis zum Küchengarten. Ich sehe eine Insektenplage auf uns zukommen, aber erst im Spätsommer.« Wieder zwinkerte er und zog diese Clownsgrimasse, und diesmal verstand ich, was sie bedeutete, nämlich Schutz für die ernsteren Gedanken, die somit harmlos maskiert daherkamen, aber tiefgründig wie Meere waren. Er fing meinen Blick auf und sagte sehr leise: »Du kannst unbesorgt sprechen, mein Junge. Hier werden deine Gedanken nicht ausspioniert. In meinem Garten hat heute kein Dämon Zugang.«

Während Seidenhand also sein Handgelenk hielt, um sich mit seinen Arterien zu beschäftigen (sie erklärte es uns später), erzählten wir ihm alles, was wir wußten und über die Welt außerhalb vermuteten. Besonders ausgiebig erzählten wir von der Leuchtenden Domäne und Himaggerys Einladung. »Er braucht Euch, Herr. Er sagt, wir sollen Euch sagen, wie sehr er Euch braucht und daß jetzt die Zeit gekommen sei, da Ihr …«

Er schwieg eine Weile, als er diese Worte hörte, bevor er sich mit seiner freundlichen Stimme anschickte, über die Entfernung zu sprechen, die Anstrengung der Reise und den Hochkönig. Wir wußten alle, daß davon nur zählte, was er über den Hochkönig sagte, und ebenso wußten wir alle, daß der Hochkönig nicht beabsichtigte, ihn gehen zu lassen. »Prionde war früher mein Schüler, ein stolzer, hochmütiger Junge«, sagte Windlow. »Er forderte meine Liebe, meine Verehrung. Was ist das Talent eines König schließlich wert, wenn es keine Verehrung entfachen kann? Ich glaube, er wußte sogar damals schon, daß er König werden würde. Doch was ist ein Lehrer wert, den man herumkommandieren kann wie ein zahmes *bunwit?* Was taugt ein Seher, der blind für die Eigenschaften derer ist, die um ihn sind? Ich konnte für ihn nichts anderes tun, als ihn zu lehren. Er brachte mir Respekt entgegen, aber kein Verständnis. Er begriff nicht, was ich ihm beizubringen versuchte, und als die Zeit reif war und er es hätte verstehen können, machte er mich zum Gefangenen seiner Unwissenheit, wie um zu sagen: ›Seht her, ich habe Macht über diesen Spielmeister! Was sind seine Lehren wert? Ich verlange Gehorsam von ihm, und was ich nicht verstehe, ist es auch nicht wert, verstanden zu werden.‹ Er bildet sich eine Menge darauf ein, mich zu besitzen, denn andere achten mich hoch, und er denkt, dieser Besitz mehre sein Ansehen. Er begreift nicht, daß er nichts besitzt. Nichts. Dieses Knochengerüst ist nichts ...« Er schlief mitten im Satz ein, den plötzlichen Schlaf der Uralten. Seidenhand blieb bei ihm, während wir anderen im Garten spazierengingen und Hunderte Arten eingetopfter Kräuter betrachteten, von der unscheinbarsten Sorte bis hin zu der Größe eines kleinen Baumes. Ihre vermischten Gerüche im warmen Sonnenlicht benahmen uns die Sinne.

Später folgten noch mehr dieser Gespräche, doch Windlow schien immer reger zu werden. Am Abend jagte ich mit Yarrel Glühwürmchen in den Wiesen, und wir genossen es ohne Einschränkung, uns wie Kinder zu benehmen. Chance trank eine ziemliche Menge Wein und erzählte sich mit dem Küchenpersonal lange Geschichten. Wir verbrachten eine angenehme, sorglose Zeit.

Am dritten Tag war bei dem alten Mann der Erfolg von Seidenhands Bemühungen sogar für unsere Augen sichtbar. Er wirkte lebhafter, hielt sich aufrechter, und er stellte uns rasche, präzise Fragen. Seidenhand erklärte, daß sie kleine Veränderungen im Blutstrom des Gehirns vorgenommen habe, hier eine Substanz hinzugefügt, dort verklumptes Gewebe entfernt und an anderen Stellen kleine Dämme gebaut habe. »Nur ein paar kleine Reparaturen«, sagte sie. »Ich kann weder das Altern aufhalten noch den Tod vereiteln. Er wird unvermeidlich kommen. Doch die kleinen Schwächen und Mühseligkeiten des Alters kann ich verhindern, und es für Windlow zu tun, ist ein Vergnügen. Sein Geist fühlt sich in meinem Geist wie Sonnenschein und Regen an.«

Gleichzeitig mit den präzisen Fragen kam auch Windlows Dialog mit sich selbst in Schwung. Zum ersten Mal hörten wir etwas über sein eigenes Leben, darüber, wer und was er war.

»Sie gaben mir den Namen Seher«, stöberte er die Erinnerung an eine längst vergangene Zeit hervor. »Sie gaben mir den Namen Seher, weil ich, wie Seher es tun, Dinge in der Zukunft erkennen konnte. Ein Regenschauer hier, eine gewonnene Wette dort. Den Ausgang eines Spieles. Das Leben oder den Tod eines Mannes. Als Talent ist es selten kontrollierbar, man kann sich niemals auf sein Erscheinen verlassen, und doch ist es fehlerlos, wenn es sich zeigt. Nun ja … Jede Domäne muß einen oder zwei Seher haben – oder sechs oder ein Dutzend. Je mehr, um so besser die Voraussage, sagt man. Und so wurde ich Seher, gebunden an einen König. Das ist der beste Platz für einen Seher. Wenigstens kann man sich dann auf die Mahlzeiten verlassen. Nun haben Seher ziemlich viel Muße. SEHEN nimmt keine Zeit in Anspruch. Also begann ich zu lesen. Bücher. Alte Bücher vor allem. Es gibt wenig neue, außer bei einer gewissen Schicht der Unveränderlichen und Bauern. Diese Bücher las ich auch. Ich las alles. Verschimmelte alte Bücher, halbvermoderte alte Bücher. Alte zerfallene Bücher. Alte Bücher über noch ältere Bücher. Ihr könnt Euch nicht vorstellen, was sich alles im Laufe der Zeit in den Kellern alter Schulhäuser oder von den Unveränderlichen aufgegebenen alten Städten oder irgendwelchen alten Ruinen angehäuft hat. Ich hörte auf, mich als Seher zu begreifen, und begann, von mir als einem LESER zu denken. Nun, wer liest, lernt natürlich, und es dauerte wenige Jahrzehnte, bis ich begriff, daß alle diese Bücher Teile eines großen Puzzles waren, Scherben eines zerbrochenen Kruges, Hinweise auf ein großes Rätsel. Es gab etwas in der Vergangenheit. Etwas, das sich wesentlich davon unterschied, wie die Dinge heute sind.«

»Wart Ihr der einzige, der las?« fragte Yarrel. »Wie kamt Ihr an die Bücher? Alle die vielen Reisen ...«

Der alte Mann lächelte. »Kleine Lügen da, kleine erbettelte Gefallen dort. Für eine besonders gute Voraussicht erbat ich mir Belohnungen vom König oder Prinzen, oder um wen es sich in der Zeit damals auch handelte.« Er schmunzelte in sich hinein wie über eine unschuldige alte Schurkerei. »Seher wandern ja sowieso ziemlich viel herum. Man sagt, es schärfe die Qualität ihrer Visionen. Zu deiner anderen Frage, mein Junge – nein, ich war nicht der einzige, der las. Die meisten anderen waren Nekromanten oder Ranzelmänner. Ihr kennt keine Ranzelmänner? Sie sind ein bißchen wie Unterherolde. Ihr Talent ist es, verlorengegangene Dinge aufzustöbern.

Tja, ich glaubte, daß es ein ungelöstes Rätsel in der Vergangenheit gebe, weit zurück, vielleicht in der Zeit von Didir und Tamor, am Anfang aller Dinge. Ich glaubte, daß ein Dokument existieren müsse, ein Buch, ein bestimmtes Buch… das *Onomastikon*, das Buch der Wahren Namen. Ich glaubte, daß ich es finden könne, daß ich dazu bestimmt sei, es zu finden. Begreift ihr, wenn ich erst einmal die richtigen Namen für die Dinge gelernt hätte, wäre ich in der Lage, das Rätsel zu lösen. Versteht ihr?«

»Ihr meint, daß es einst andere Bezeichnungen für die Dinge gegeben hat? Und wenn wir sie wüßten, könnten wir erfahren, wie alles begonnen hat?« Yarrel schien von dem Gedanken belustigt. »Aber wir würden sie doch überhaupt nicht verstehen.«

Windlow blieb geduldig. »Vielleicht doch. Möglicherweise sind es keine fremdklingenden Worte, sondern Worte, die bloß anders gebraucht werden, als wir es tun. Als ich die alten Bücher las, dann ältere und ältere, merkte ich, wie sich die Bedeutung der Worte veränderte. Ich hörte auf, mich als Seher zu betrachten, und wurde ein HISTORIKER.« Er schürzte selbstironisch die Lippen, als ob wir ihn nicht zu ernst nehmen sollten. Seidenhand allerdings nahm alles im Leben ernst.

»Das ist kein Name aus dem Index, Meister. Ich kenne alle Namen aus dem Index, jeden einzelnen, und dieser ist nicht…«

»Ich weiß«, beruhigte er sie. »Natürlich weiß ich das. Aber er würde doch hineinpassen, oder? Das Wort ist nicht unverständlich. Jeder von euch wußte sofort, was damit gemeint ist.«

»Ja«, sagte Yarrel, »bei den Bauern gibt es welche, die sich Vegetarier nennen, weil sie sich darauf versteift haben, nur Gemüse zu essen. Und Bibliothekare, die es als ihre Aufgabe betrachten, Bücher zu bewahren. Also könnte ein Historiker jemand sein, dessen Streben es ist, Historie ... zu bewahren?«

»Aber es steht nicht im Index«, beschwerte sich Seidenhand. »Es hat nichts mit Talenten zu tun ...«

»Aber natürlich«, sagte der alte Mann. »Man braucht ein gewisses Talent, um lesen, studieren und sich erinnern zu können.«

»Das sind keine TALENTE«, erwiderte sie. Windlow zuckte die Schultern. »Heute vielleicht nicht mehr. Doch früher waren es vielleicht welche. Historie. Geschichte. Die Geschichte des Spieles. Der Welt. Warum wird man ein König? Warum sind Magier das, was sie sind? Wer war der erste Unveränderliche, und woher kam er?«

»Ihr sprecht über Religion«, warf ich ein. »Das ist alles Religion.«

»Tja, mein Junge, ich dachte nicht so, verstehst du. Ich dachte, wenn man eine Frage hat und eine stimmige Antwort darauf findet, sei das keine Religion. Ich dachte, dann handle es sich um Geschichte. Doch die meisten Spieler denken haargenau wie du, und so stellte es sich heraus, daß ich überhaupt kein Historiker war. Ich war ein KETZER.«

Ich machte unwillkürlich das diagonale Zeichen, um Böses abzuwehren. Ich glaubte keinen Augenblick lang, daß Windlow ein Ketzer war, aber ich handelte unbewußt. Er trug weder Hörner, noch troff Säure von seinen Zähnen. Jeder wußte, daß Ketzer so aussahen. Ich krümmte mich unter dem mitleidigen Lächeln, mit dem er mich bedachte. »Ich glaube nicht, daß Ihr ein Ketzer seid«, sagte ich. »Wirklich nicht.«

»Nett von dir«, erwiderte er trocken. »Ich weiß das zu schätzen. Ich wünschte, der Hochkönig nähme deine Meinung als Tatsache hin, aber er ist ein sehr religiöser Mensch. Trotzdem – wenn irgend jemand genug Ranzelmänner in die Welt hinausschickte, um nach dem

Verlorenen zu suchen – vielleicht würde einer von ihnen mit einer Antwort zurückkehren. Ach, ich merke plötzlich, wie müde ich bin …«

So verließen wir ihn, damit er im Sonnenschein ein Nickerchen halten konnte, umgeben von Kräuterduft, Vogelgezwitscher, dem *klatsch! klatsch!* der nassen Wäschestücke der Waschfrau und dem fernen Rufen der Hirtenjungen auf den Weiden.

»Weißt du, ich verstehe, was er mit den verschiedenen Bedeutungen eines Wortes meint«, sagte Yarrel. »In dem Dorf, wo ich als Kind lebte, nannten wir es den ›Trampelnden Tod‹, wenn die Spieler in Kampfordnung durchmarschierten. In Mertynhaus lernten wir es die Schlachtdomäne des Wahren Spiels zu nennen.«

»Ich lernte es als Kind das Wahre Spiel zu nennen«, sagte Seidenhand. »Doch als die Steine durch das Dach unseres Hauses donnerten, nannte ich es Tod.«

Was sie sagten, stimmte. Wenn es Yarrel gewesen wäre, der die Kriegsöfen unter der Peitsche hätte zusammenbauen müssen, hätte ich es nicht das Wahre Spiel genannt. Als Mandor während des Festivals mit mir spielte, dachte ich daran nicht als ein Wahres Spiel, sondern nannte es bei mir selbst Verrat. Doch etwas wunderte mich immer noch. »Wieso weiß er, daß es ein solches Buch gibt?« fragte ich. »Um die vielen Ranzelmänner auf die Suche danach zu schicken … Wie kann er das wissen?«

»Peter, manchmal glaube ich, du denkst kein bißchen nach«, klagte Yarrel. »Der Alte ist ein *Seher.* Das sagte er uns doch. Er hat die Sache *gesehen,* nach der er sucht, vielleicht sogar in seinen eigenen Händen, irgendwann in der Zukunft, vielleicht hier an diesem Ort, was möglicherweise ein Grund sein könnte, weshalb er uns nicht zu Himaggery begleiten will.«

Der alte Mann war uns gegenüber so freundlich gewesen, so verschmitzt mit seinem Zwinkern und so humorvoll in seinen Worten, und ich hatte nicht daran gedacht, daß er ein Seher war, nicht einmal dann, als er erzählt hatte, dies sei sein Talent. Außerdem trug er nicht die Gazemaske mit den Falterflügeln oder ein anderes Zubehör, das die ehrfürchtige Aufmerksamkeit auf des Sehers Gegenwart lenkte. Das brachte mich auf den Gedanken, daß es doch einfach sei, so zu tun, als sei man Seher. Schließlich, wenn man vorgab, Visionen aus ferner Zukunft zu haben, wer konnte sie nachprüfen? Dieser Gedanke war aufregend, denn es geschah zum ersten Mal, daß ich mir bewußt etwas *vorstellte.* Bis zum Abend hatte ich mir einige recht originelle und interessante Ideen ausgedacht. Als ich sie an Yarrel ausprobierte, sah es so aus, als hätte er sie bereits schon selbst gedacht, und ich genierte mich. Zumindest begriff ich jetzt allmählich, was es mit dem *Vorstellen* auf sich hatte.

Am nächsten Tag in Windlows Garten sagte er:« Wenn ich über Ketzerei spreche, könnte es euch beeinflussen. Irgendein Dämon könnte es aus euren Köpfen herauspicken und jemandem erzählen, dem Hochkönig vielleicht, der möglicherweise auf die Idee kommt, euch auf außergewöhnliche Weise zu bestrafen, wie euch zu häuten oder an einen Pfandleiher zum Transport zu den Südinseln zu verkaufen oder etwas ähnlich Unangenehmes. Laßt uns deshalb lieber über Religion sprechen.«

»Meister«, unterbrach ich ihn, »hat Mertyn uns nicht hierhergeschickt, damit Ihr uns etwas beibringt? Wenn dem so ist, gibt es bestimmt eine Menge zu tun für uns. Wenn nicht, sollten wir Eure Gastfreundschaft nicht über Gebühr …«

Der Blick, den er mir zuwarf, ging mir durch Mark und Bein. Ich spürte ihn deutlich, sogar meine Fußsohlen prickelten. »Mein Schulhaus ist nicht mehr sehr groß, Junge. Die Söhne des Hochkönigs sind längst ins

Spiel hinausgezogen, aber es war mir sowieso nicht erlaubt, ihnen viel beizubringen Die Söhne seiner Gefolgsleute sind ebenso in die Welt hinausgegangen. Es gibt nicht viele junge Menschen in Evenor. In den Seen im Hochland von Tarnoch schallt kein Kinderlachen mehr, kein Lärm von bubenhaftem Herumgeplansche. Ich weiß es. Schließlich bin ich Seher. Ich habe Prionde schon vor langer Zeit vorher gesagt, daß sein Königreich schwindet, daß er zu guter Letzt wie ein alter Hahn über nichts weiter als einem alten Misthaufen, Asche und zerbrochenem Geschirr kräht. Ich sagte es ihm, aber ich beging den Fehler, ihm zu verraten, woher ich das wußte. Geschichte, sagte ich. Nicht, daß ich es GESEHEN hätte. Seit jener Zeit zieht er es vor, meinen Visionen keinen Glauben mehr zu schenken. Ich sage dir, mein Junge, die Menschen glauben einem stets, wenn man sagt: ›Die Götter sagten ...‹ Sie glauben jemandem, der sagt: ›Ich hatte eine Vision ...‹ Sie glauben jemandem, der sagt: ›Ich las es auf einem Tablett aus einem versteckten Schatz ...‹ Aber wenn man sagt: ›Die Geschichte lehrt, daß ...‹, dann glauben sie es nicht.

Mertyn hat dich hierhergeschickt, damit du etwas lernst. Also lehre ich dich. Himaggery hat dich aus eigenen Beweggründen hierhergeschickt. Ihnen wird Genüge getan werden. Also sei geduldig. Unterhalte dich mit mir in meinem Garten, während die Sonne scheint. Jage abends die Glühwürmchen in den Wiesen. Schäkere mit den Jungfern, die den Turm saubermachen und unsere Mahlzeiten kochen. Genieß dein Dasein. Alles andere kommt früh genug!«

So lehrte er uns. »Erinnert ihr euch an das Abstammungsverzeichnis?« fragte er. »Könnt ihr es aufsagen?« Ich sagte ihm, ich könne es nicht. Wir hatten sie natürlich gesehen, die große Karte, die an der Wand in Mertyns eigenen Gemächern hing, und ich hatte sie dort an dem Tag betrachtet, als er mich vor Mandor warnte, aber wir hatten nicht viel darüber gelernt. Wir hatten uns in Mertynhaus nicht viel mit Religion beschäftigt.

»Ich will, daß ihr es lernt«, meinte er und sagte uns Zeile für Zeile vor, das erste Mal von zehn oder zwanzig Malen.

»In der Zeit der Vorfahren wurde Didir geboren, und sie besaß das Talent, LESEN zu können, was im Geist derer um sie herum vorging, und deshalb nannte man sie DÄMON, und sie wurde von ihnen genommen. Zur selben Zeit wurde Tamor geboren, und er besaß das Talent, sich in die Luft zu erheben und zu fliegen, so daß er auf die Behausungen der Menschen hinabschauen konnte, und so nannten sie ihn DER LUFTGETRAGENE oder WAFFENTRÄGER, und er wurde von ihnen genommen zu einem anderen Ort. Und aus der Vereinigung von Didir und Tamor wurde ein Sohn geboren, Hafnor, ein PORTIERER. Und aus der Familie der Didir entsprang nach vielen Generationen Sorah, genannt die SEHERIN, eine Tochter. Und aus der Linie Didirs und der Linie Hafnors kam ein Sohn, Wafnor, der erste TRAGAMOR. Und von einem Sohn Hafnors und einer Tochter Sorahs stammte die erste HEILERIN, ihre Tochter Dealpas.

Und aus der Familie der Dealpas und der Linie Sorahs entsprang ein Sohn, Thandbar, der GESTALTWANDLER, und von dieser Linie Gestaltwandler bis auf den heutigen Tag. Und aus der Linie Wafnors kam Buinel, der SCHILDWÄCHTER, und aus dieser Linie Schildwächter bis auf den heutigen Tag. Und aus einer Verbindung zwischen Wafnors und Hafnors Linie wurde Shattnir, die MAGIERIN, geboren, und aus ihrer Linie und der von Sorah kam eine Tochter, Trandilar, eine mächtige KÖNIGIN, und aus deren Linie Könige und Prinzen bis in die Gegenwart. Und aus dieser Linie entsprang nach vielen Generationen Dorn, der NEKROMANT, und aus seiner Linie Nekromanten bis in die Gegenwart.

Und aus den Bauern, die unseren Vorvätern gedient hatten, wurde ein neues Volk gezüchtet, die Unveränderlichen, erdacht und geschaffen von Barish und Vulpas, ZAUBERERN der zwölften Spielgeneration, und aus dieser Linie kommen Unveränderliche bis auf den heutigen Tag. Doch Barish und Vulpas wurden vom Hohen Rat gesucht, weil sie sich der Ketzerei schuldig gemacht hatten, indem sie diese Unveränderlichen erschufen. So erklärte der Rat sie für bäurisch und des Lebens nicht länger würdig und schickte Leute aus, Barish und Vulpas zu erschlagen.

Doch die Unveränderlichen, die sie geschaffen hatten, konnten ins Gebirge und in die Höhlen fliehen und vermehrten sich dort zu einem zahlreichen Volk, so daß sie, als sie später zu den Spielern zurückkamen, nicht länger benutzt werden konnten, sondern geschützt waren gegen alles, was die Spieler taten.«

Seidenhand hatte soviel davon mitgeschrieben, wie sie konnte, und ich sah, wie Yarrel stumm die Lippen bewegte, als wolle er es sich einbläuen. Am Nachmittag sortierten wir alles Gehörte auseinander und schrieben es auf ein solches Pergament nieder, wie ich es aus Mertyns Zimmer in Erinnerung hatte. Als wir es Windlow abends zeigten, lachte er glucksend in sich hinein. »Sehr gut«, sagte er. »Doch lernt es lieber so auswendig, wie ich es euch gesagt habe, denn so steht es in den Religionsbüchern geschrieben. Wenn ihr auf diese Art daran denkt, werden die Dämonen nicht darauf kommen, daß ihr Ketzergeschrei veranstaltet.«

Nachts unterhielten wir uns darüber, daß wir nicht verstehen konnten, was das ganze Gerede über ›Ketzerei‹ bedeuten sollte. Windlow hatte uns nichts besonders Neues oder Wunderbares erzählt. Chance hörte uns reden und sagte: »Halte dich nicht zu lange bei diesem Thema auf, Junge, wenn du noch etwas älter werden willst. Ein bißchen ketzerisches Gerede kann in Windlows Garten bei den zahmen Vögeln und Pflanzentöpfen durchaus ungefährlich sein, wo die Wachen vor sich hindösen und Meilen zwischen hier und der Welt draußen liegen. Du kannst hier vielleicht denken, was du möchtest, aber wie bekommst du es wieder aus deinen Gedanken heraus, bevor wir von hier fortgehen, mhm? Und das müßtest du wohl, Junge, oder du kannst die verbleibenden Lebenstage an einer Hand abzählen.«

So hörten wir auf, weiter darüber zu sprechen und fuhren damit fort, was Windlow Schulunterricht nannte. Wir besprachen verschiedene Spielarten wie das Spiel zu zweit, das ›Duell‹, und Ränkespiele wie das von Mandor während des Festivals, außerdem Schlachtspiele aller Größenordnungen und versteckte Spiele, von Spielern aus Beweggründen gespielt, die keiner außer ihnen selbst kannte, Vergnügungsspiele, künstlerische Spiele und Spiele der Verzweiflung. Und wir redeten über die Sprache des Wahren Spiels, die Bezeichnungen der Risiken wie Königsblut Vier, Drachenfeuer, Waffenträgerflug, Magiermacht, Hand des Heilers – über alle miteinander. Man sagt ›Königsblut‹, wenn der König im Spiel gefährdet ist. Wenn die Gefahr gering ist, sagt man ›Königsblut Eins‹. Wenn die Gefahr besteht, daß der König vielleicht getötet oder gefangengenommen wird, heißt es: ›Königsblut Zehn‹. Ich fragte Windlow, warum wir nicht einfach ›König gefährdet‹ oder ›Drache gefährdet‹ dazu sagten. Das würde doch alles vereinfachen.

»Es liegt in der Natur des Kunsthandwerkers, Dinge komplexer zu machen, nicht einfacher«, erwiderte er, die Mundwinkel ernst, während seine Augen schmunzelten. »Wir erfinden verschiedene Bezeichnungen für Sachen, die nicht verschieden sind, um eine Unterscheidung zwischen ihnen herbeizuführen. Ich habe gelesen, daß die Menschen so etwas in dunkelster Vergangenheit bei Tiergruppen taten. Die Gruppe hieß bei jeder Tierart anders. Das hat sich bis heute nicht geändert. Wir sagen, ein Schwarm Krähen oder eine Meute Fustigare. Dadurch klingen wir gelehrt. Wir Spieler klingen gern in allen Aspekten des Spiels gelehrt. Also benutzen wir die richtigen Bezeichnungen für die Gefahren, die wir eingehen. Es hört sich dramatischer und befriedigender an, ›Magiermacht Neun‹ zu sagen anstatt ›Ich haue Euren Magier gleich in Stücke …‹« Wir lachten. Er fragte, ob wir es verstanden hätten. Ich erwiderte, daß ich nur zu gut verstünde. Königsblut Vier meinte, daß der König nicht ernsthaft bedroht war, möglicherweise aber eine andere Figur.

»Das stimmt«, sagte er achselzuckend. »Es müssen immer Figuren geopfert werden. Talisman, Totem, Fetische verschiedenster Art. Bauern oder geringere Figuren, die geopfert werden, weil ein Zug erforderlich, der Spieler aber nicht gewillt oder bereit ist, mit einer wertvollen Figur zu ziehen. Und dann gibt es noch die Geisterfiguren …«

»Ich dachte, das seien Märchen«, sagte Yarrel. »Um Kinder zu erschrecken …«

»O nein. Es gibt sie wirklich.« Der alte Mann ordnete das Tuch um seine Schultern neu und rekelte sich bequemer in den geflochtenen Korbstuhl. »Die Toten, die von Nekromanten erweckt werden, waren schließlich in ihrem Leben Spieler. Also werden sie Geisterspieler – mit Geistertalenten.« An diesem Punkt des Gesprächs, gerade als wir Hunderte von Fragen auf den Lippen hatten, schlief er ein. Bevor er wieder aufwachte, um seine Lektionen fortzusetzen, rief der Schildwächter vom Turm eine Warnung herab, und wir schauten hoch, um eine Staubwolke auf der Straße zu erblicken, die vom Waldrand zum Haus führte. Ich stand neben Windlow, als der Ruf ertönte, und er erwachte jäh, die Augen von Schmerz und tiefer Wachsamkeit erfüllt.

»Prionde, der Hochkönig, hat diese Männer geschickt«, sagte er. »Man hat ihm tiefes Mißtrauen uns gegenüber eingeflößt. Es kam jemand zu ihm, der Lügen über Schuld und Verrat verbreitete. Die Wache kommt, um uns alle gefangenzunehmen.« Ich sah Tränen in seinen Augen. »Armer Prionde! Wie schmerzlich, daß es mit meinem alten Schüler soweit kommen mußte.«

»Dazzle«, sagte Seidenhand, die neben ihm saß und seine Hand hielt, wie sie es jeden Tag stundenlang tat. »Dazzle und Borold sind gekommen.« Sie sagte es mit großer Überzeugung. Natürlich konnte sie das nicht SEHEN. Sie besaß dieses Talent nicht, aber sie wußte es trotzdem. Wir vernahmen ihre Worte und glaubten ihr. So waren wir nicht unvorbereitet, als die staubbedeckten Soldaten hereinritten, uns wie Vieh zusammentrieben, wobei sie den alten Mann nicht besser als ein Schaf behandelten, und uns schließlich alle in den Turm sperrten, wo wir der kommenden Dinge harren sollten. Seidenhand sprach einen der Soldaten freundlich an und fragte ihn, ob eine Prinzessin zur Hohen Domäne gekommen sei. Ja, erwiderte dieser. Eine sehr schöne Prinzessin mit ihrem Bruder, einem Herold, und einer Gruppe Pfandleiher seien gestern in die Domäne gekommen. Seidenhand hatte genug gehört. Sie setzte sich in eine Ecke und weinte den ganzen Morgen.

»Aber sie hätten doch nur einen Dämon zu schicken brauchen, um uns LESEN zu lassen«, protestierte ich. »Das haben sie doch so oft getan, seit wir hier sind! Sie *wissen,* daß wir gegen den König nichts im Schilde führen.«

»Mein Sohn, laß dich von mir belehren«, sagte Windlow mit leiser Stimme von der Pritsche her, auf die wir ihn gebettet hatten. »Wenn dir deine Familie als kleines Kind erzählt hätte, daß im Wald Ungeheuer leben, hättest du ihnen geglaubt. Später dann, wenn ein Holzfäller gekommen wäre, dich in den Wald geführt und zu dir gesagt hätte: ›Sieh mal, hier gibt es nichts außer Schatten und Licht, Blätter und Baumstämme, Vögel und Tiere. Sieh, ich zeige es dir. Schau mit eigenen Augen hin‹, hättest du zwar geschaut und nichts entdeckt, hättest aber trotzdem weiter daran geglaubt, daß im Wald Ungeheuer leben. Du hättest angenommen, sie seien unsichtbar oder hinter dir oder den Steinen versteckt oder vielleicht in den Bäumen selbst. Gleichgültig, was der Holzfäller gesagt hätte, du hättest an deiner Furcht festgehalten. Die Menschen klammern sich immer an ihre Ängste. Nur die ganz Starken, die Tapferen, die Neugierigen – nur sie können ihre Ängste überwältigen, um im Leben herumstöbern, zu bohren und genau hinzuschauen, was wirklich vorhanden ist ...

Prionde glaubt seinen Ängsten. Seine Dämone sagen ihm, daß wir harmlos sind, aber er befürchtet, wir könnten einen Weg entdeckt haben, die Dämone zu narren, einen Weg, die Seher zu umgehen, einen Weg, die Tragamore zu überlisten. Er glaubt seinen Ängsten ...«

Dem alten Mann standen Tränen in den Augen, und da sowohl Seidenhand als Windlow tief betrübt waren, blieb Yarrel und mir nichts anderes übrig, als ruhig zu sein und auf den Abend zu warten. Die Soldaten versorgten uns mit Essen und brachten uns Wein und einen Nachttopf, den wir aber nicht brauchten, da in der Mauer des Turms alte Abtritte eingebaut waren, die seit Jahren nicht mehr benutzt worden waren.

Der Tag verstrich. Wir zündeten die Lampen an und saßen im Abendschein, während über den Glühwürmchen in den Wiesen die Sterne am Himmel erschienen. Wir langweilten uns und wurden immer trauriger. Auf einem alten Tisch in dem Raum, in dem wir uns alle befanden, lag ein Spielbrett, und ich dachte, es könnte die Dinge erträglicher machen, wenn wir ein einfaches Spiel spielten, so wie Chance und ich es in meiner

Kindheit getan hatten. Ich zog den Beutel aus meinem Gürtel, auch das kleine Buch, und hatte völlig vergessen, was Himaggery darüber gesagt hatte. Schließlich befand ich mich ja unter Freunden. Chance stürzte sich sofort neugierig darauf, voller Fragen, wo ich das gefunden hätte. Nach einer Weile erhob sich Windlow und tappte mühsam herbei, um auch einen Blick darauf zu werfen, während ich weiter über den alten Keller in den Ruinen erzählte. Etwas in dem Schweigen, das sich plötzlich über den Raum senkte, ließ mich aufblicken, und die Worte blieben mir in der Kehle stecken. Alle schauten auf Windlow, der am Tisch stand, das Gesicht strahlend, als würde es von innen her beleuchtet. Möglicherweise erzeugte die Lampe diese Wirkung, aber ich glaube es eigentlich nicht. Er strahlte wirklich.

»Didir«, sagte er und berührte den geschnitzten Dämon. Dann hob er den Waffenträger hoch. »Tamor.« Er legte mir eine zitternde Hand auf die Schulter und lehnte sich vor, um den Portierer zu berühren. »Hafnor«, sagte er, »Wafnor«, und legte den Finger auf den Tragamor. Er nannte alle beim Namen. »Sorah, Dealpas, Buinel, Shattnir, Trandilar, Dorn.« Zuletzt nahm er einen der winzigen Gestaltwandler in die Hand und sagte: »Thandbar und seine Verwandten. Wunderbar. Wie uralt und wunderbar.«

Ich murmelte etwas, Seidenhand auch, und der alte Mann bemerkte unsere Verwirrung. »Begreift ihr denn nicht? Das ist *Geschichte*! Die Elf!«

»Wir haben heute unseren dummen Tag, Meister«, sagte Yarrel. »Wir begreifen nicht, was an diesen elf Figuren besonders sein soll.«

»Nicht an *diesen* oder *jenen* elf Figuren, Junge. DIE elf Figuren. Die elf Spieler, von denen in den Religionsbüchern gesprochen wird. Die ersten elf ...«

Wir sahen einander an, etwas peinlich berührt, daß

wir seine Aufregung nicht teilen konnten. Natürlich wurde in den Religionsbüchern von elf Spielern gesprochen. Natürlich gab es Tausende von Spielfiguren, jede einzelne im Index verzeichnet, jede verschieden. Wieso war es so bedeutsam, daß diese winzigen geschnitzten Figuren die ersten elf darstellten? Während wir Windlow beobachteten, verwandelte sich seine Aufregung in Vorsicht. »Wer weiß davon?« fragte er.

»Nur wir hier«, erwiderte ich, »und Himaggery. Ich zeigte sie ihm und dieses Buch hier auch …« Ich legte den kleinen Band in Windlows Hand, halb in der Hoffnung, es werde ihn von seiner eigenartigen Erregung ablenken, denn er schien sehr verstört. Es hatte aber nicht die gewünschte Wirkung. Eigentlich war es nur ein schmales Glossar, Anweisungen für ein Spiel, wie ich dachte, geschrieben in archaischen Buchstaben, die fast verblichen waren. Ich hatte nicht sonderlich darauf geachtet. Windlow jedoch nahm es, als erhielte er von einem Gott das Geschenk des Lebens. Er betrachtete es genau, öffnete es, strich über die Seiten, hielt es an sein Gesicht, um daran zu riechen. Er blätterte es halb durch und lehnte sich so dicht an die Lampe, daß ich befürchtete, er werde sich verbrennen.

Als er »Das *Onomasticon* …« murmelte, sagte mir dieses Wort überhaupt nichts. »All die Ranzelmänner«; sagte er. »Jahr für Jahr, Hunderte von ihnen … suchten und suchten danach, überall, und nun wird es mir von einem unwissenden Jungen in die Hand gedrückt, der nicht ahnt, was er mir da gibt. Entschuldigung, das soll nichts Schlechtes über dich bedeuten. Tja … das Leben steckt voller Überraschungen. Voller Überraschungen …«

Da begriff ich. Es war *das* Buch. Das Buch, nach dem er so lange gesucht hatte. Wenigstens glaubte er, es gefunden zu haben. Ich rief mir ins Gedächtnis, daß er ein Seher war. Wenn dies das Buch war, das er in seinen

Händen GESEHEN hatte, dann war es bestimmt das richtige. Er redete weiter, wie zu sich selbst.

»Da, das Wort *Festival*. Im Onomasticon hat es die Bedeutung ›Gelegenheit zur Fortpflanzung‹. Wir sagen *Schulhäuser*, doch das Buch nennt es ›Schutz des genetischen Potentials‹. Wir sagen *Wahres Spiel*, doch hier steht ›Bevölkerungskontrolle‹. Wir sagen *König*. Das Buch sagt ...«

Yarrel beugte sich und legte die Hand auf die Lippen. »Meister, ist es nicht gefährlich, so zu sprechen?« Windlow schaute wie betäubt hoch, sein Mund bewegte sich weiter. Dann verstummte er, als horche er.

»Nein. Du hast recht, mein Junge, es ist gefährlich. Gefährlich, was ich sagte, gefährlich für diejenigen, die mir zuhörten. Ich wäre nicht von hier fortgegangen, denn ich hatte mich selbst GESEHEN, wie ich das Buch hier in diesem Turm in der Hand hielt. Außerdem war mir Prionde ans Herz gewachsen wie meiner eigenen Schwester Sohn. Nun aber ist das Buch hier und meine Zuneigung töricht, denn Prionde hat sich gegen mich gewandt. Kommt, wir gehen. Laßt uns von hier verschwinden.«

6

Flucht

»*Verschwinden?*«

Ich glaube, Chance sagte es, aber es könnte auch Yarrrel gewesen sein. Wir waren alle gleichermaßen erstaunt, nicht über den Gedanken selbst, den wahrscheinlich jeder von uns vieren schon gehegt hatte, seitdem wir im Turm eingesperrt waren. Die Selbstverständlichkeit, mit der Windlow es sagte, erstaunte uns.

»Verschwinden?« wiederholte ich. »Wie stellt Ihr Euch das vor?«

»Ich habe keine Ahnung«, sagte Windlow. »Doch ich weiß, daß wir entkommen werden – zumindest ich –, denn ich habe mich mit dem Buch an einem anderen Ort als diesem GESEHEN. Da ich das Buch nun habe, gibt es keinen Grund zum Zögern, falls uns ein Weg einfällt...«

Wir konnten uns auch keinen Grund zum Zögern vorstellen, doch half uns das beim Nachdenken über einen Fluchtweg nicht weiter. Die Wächter, die der Hochkönig geschickt hatte, machten nicht den Eindruck, als lasse ihre Wachsamkeit nach. Ein Oberexaminierer befand sich unter ihnen, der möglicherweise nicht ganz so gründlich bei einer Verfolgung war wie ein Unterherold, aber mit dem man trotzdem rechnen mußte. Mindestens einer von ihnen war ein Waffenträger, und das hieß, man würde uns nach der erfolgreichen Flucht aus dem Turm beim Überqueren der Weiden von oben herab entdecken. Wir selbst hatten keinen Waffenträger dabei, der uns durch die Luft tragen konnte. Ich überlegte, ob wir uns vielleicht durch den

Erdboden graben könnten, und sagte etwas in diesem Sinn zu den anderen. Yarrel freundete sich sofort mit dem Gedanken an und wanderte mit geistesabwesend konzentriertem Gesicht im Turm herum.

»Dieser alte Abtritt«, fragte er Windlow, »wißt Ihr, ob er in eine Grube führt?«

»O nein.« Der alte Mann kramte in seiner Erinnerung. »Das Tal hinab fließt ein kleiner Fluß, den man geteilt hat, ja, ich erinnere mich jetzt, wie die Baumeister da waren. Sie verlegten ihn unter die Erde, damit das Wasser im Winter nicht einfrieren konnte. Es sammelte sich in einem Tank unter der Küche und dem Waschhaus. Von dort aus verliefen Rohre unter dem Turm, und der Abtritt entleerte sich hinein.«

»Wie groß?« Yarrel vollführte kreisförmige Bewegungen mit den Armen. »Ein schmales Rohr? Oder ein Tunnel? Was bauten sie?«

»Ja, einen Tunnel, so schmal, wie ein Tunnel eben ist, nehme ich an. Ungefähr deine Schulterhöhe. Ich erinnere mich, daß Wände und Boden aus Stein waren, mit Holzbalken an der Decke, darüber Erdreich.«

»Und wo kommt er wieder ans Tageslicht?«

»Das weiß ich nicht.« Windlow schaute bestürzt, als habe er sich einer heimlichen Sünde schuldig gemacht. »Darauf habe ich nicht geachtet. Denkst du, er könnte sich weiter unten wieder mit dem Fluß vereinen?«

»Das wäre logisch«, meinte Chance. »So etwas habe ich schon öfter gesehen. Wahrscheinlich fließt er irgendwo in einen kleinen See, der dann in das Flußbett überläuft. Das wird oft so gemacht.«

Ein Funken Abenteuerlust glimmte in Yarrels Augen. »Das dürfte nicht schwer herauszufinden sein«, sagte er. »Gehen wir zusammen, Peter? Du und ich? Auf eine neue Entdeckungsreise?« Er erinnerte mich damit an die Zeit, als wir als kleine Jungen den Dachboden von

Mertynhaus durchstöberten. Die Erinnerung brachte Gerüche nach Staub, sonnenwarmem Holz und den Anblick der Fledermäuse mit sich, die wie schwarze Wäschefetzen unter den Holzbalken hingen.

Wir zerschnitten ein großes Tuch, um daraus ein Seil zu knoten. Chance ließ uns einen nach dem anderen in den Abtritt hinab. Dieser wurde seit langem nicht mehr benutzt und roch deshalb nicht schlimmer als ein alter Misthaufen auf dem Bauernhof, modrig und verrottet, aber nicht ekelerregend. Als wir mit unseren kleinen Lampen den Boden des Tunnels erreicht hatten, stießen wir aufgehäuften Unrat mit den Füßen beiseite, damit das gestaute Wasser abfließen konnte, das von einer Seite des Schachts zur anderen schwappte.

»Ich wette, weiter oben ist etwas zusammengebrochen oder verstopft«, sagte Yarrel. »Um so besser für uns. So fließt wenigstens kaum Wasser.«

Die Feuchtigkeit hatte aber ausgereicht, daß die Wände des Tunnels glitschig vor Schimmel und grünlichem Schleim waren. Die Holzbalken waren mancherorts gebrochen oder zersplittert, so daß die ohnehin niedrige Tunneldecke noch weiter abgesackt war und uns Erdklumpen und Ungeziefer ins Genick rieselten. Der Weg bog und schlängelte sich auf unbegreifliche Weise, doch Yarrel meinte, daß die Erbauer dadurch große Steinschichten umgehen wollten. Was immer ihre Gründe gewesen waren, es war verwirrend, und ich verlor bald das Gefühl dafür, in welche Richtung wir gingen. Allerdings dauerte es nur kurze Zeit, bis wir Licht schimmern sahen und eine mit Buschwerk überwucherte Öffnung erreichten, aus der das Rinnsal einen kleinen Hang hinunter in einen verschmutzten Tümpel sickerte. Wir waren von Bäumen umgeben.

»Dank den Göttern des Spiels, Peter! Wir befinden uns hinter den Bäumen und Ställen. Wir haben also die

Hoffnung, unentdeckt und sogar beritten zu entkommen, falls alles gelingt.«

Ich ließ ihn, wo er war, und quälte mich durch den kleinen Tunnel zurück, um blinzelnd und verdreckt wieder ans Tageslicht gezogen zu werden. Seidenhand rümpfte die Nase, und Windlow sagte unangemessenerweise: »Ich habe mich schon immer gefragt, wie sich Maulwürfe sauberhalten …« Er wirkte überhaupt nicht überrascht, als ich ihnen erzählte, daß der Weg frei sei und wir nur bis Sonnenuntergang warten müßten, um Yarrel am Tunneleingang zu treffen. Wir brauchten einige Zeit, bis uns eine Möglichkeit einfiel, wie wir Windlow durch den Tunnel tragen konnten, denn Seidenhand bestand darauf, daß er sich auf keinen Fall bücken dürfe und so kriechen müsse wie wir anderen. Schließlich legten wir ihn in eines der unversehrten Tücher, und Chance und ich trugen ihn zwischen uns. Bevor wir aber aufbrachen, war Windlow nicht davon abzuhalten, wie ein tattriger alter Reiher herumzuhasten, um Kräuter, Gräser, Beutel und Umschläge mit allen möglichen Sachen zusammenzupacken. Als die Wächter das Abendessen brachten, schlossen wir die Tür zum Abtritt und behaupteten, Yarrel befinde sich darin. Nachdem sie verschwunden waren, aßen wir einen Happen und packten das restliche Gepäck zusammen, bevor wir Windlow in die wartenden Arme von Seidenhand hinabließen. Ich stieg hinterher, dann kam Chance, der das behelfsmäßige Seil hinter sich her zog, das wir im Tunnel zurückließen.

Diesmal fiel mir der Weg durch den Tunnel leichter, weil ich wußte, wo er endete. Yarrel wartete nicht am Ausgang, aber wir fanden drei Sättel und Proviant. Er hatte es sogar fertiggebracht, von irgendwoher Wasserflaschen zu stehlen. Wir hatten soviel Kleidung mitgebracht, wie wir für nötig hielten, und warteten nun ungeduldig auf Yarrel, während Windlow auf dem Rücken lag und kluge Kommentare über den Sternenhimmel abgab. Er wußte offenbar gut Bescheid darüber, wie über viele andere Dinge auch, zweifellos ein Resultat seines ausgiebigen Lesens. Ich hörte Pferde auf der Weide schnauben, den bestimmten Ton, den sie von sich geben, wenn sie eigentlich ganz zufrieden sind, irgend etwas aber ihre Aufmerksamkeit erweckt. Kurze Zeit darauf kamen sie herbei, drei an der Zahl, geführt von Yarrel sowie von einem Leittier.

»Es liefen nur diese drei frei herum«, sagte er. »Ich hatte Angst, im Burghof, wo die übrigen Pferde im Stall stehen, entdeckt zu werden. Diese hier sind mir brav wie Lämmer und ohne viel Aufsehen gefolgt, aber es bedeutet, daß je zwei von uns auf einem Pferd reiten müssen. Chance, du und Seidenhand nehmt den Rotbraunen, er ist ausgesprochen stämmig. Ich reite mit Windlow auf dem Grauen. Peter, für dich bleibt der Schimmel übrig. Du bist der leichteste von uns, und es ist ein kleines Pferd. Ich würde mich nicht wundern, wenn es Onagerblut in sich trüge. Wie dem auch sei – zu zweit zu reiten, geht immer noch schneller, als einzeln zu laufen.«

Wir stimmten ihm zu, sattelten die Tiere und führten sie durch die Bäume hindurch, so lautlos wie Eulenschatten. Erst als wir an den Wegrain kamen, der die Grenze zwischen Turm und Wald markierte, saßen wir auf. Im gleichen Augenblick hörten wir einen laut schmetternden Ton wie von einer bronzenen Trompete, der aber nur einmal ertönte und dann vom Wind davongetragen wurde. Wir warteten lange Zeit in ängstlichem Schweigen ab, ob er sich wiederholte. Schließlich ritten wir fort in dem Glauben, daß unser Aufbruch unbemerkt geblieben sei, und überließen es Yarrel, unseren Weg durch die Wildnis zu finden – den langen Weg nach Norden zum See Yost und der Leuchtenden Domäne.

Wir wären schneller geritten, wenn wir etwas von

dem Aufruhr hinter uns gewußt hätten. Ein Reiterzug war von der Hohen Domäne gekommen, mit Dazzle, Borold und dem Pfandleiher, dem ich bereits zweimal entkommen war, und einem Dämon von beträchtlicher Macht. Die Trompete hatte Wächter von den umliegenden Hügeln herbeigerufen. Wir wurden lange Zeit, bevor wir es merkten, bereits verfolgt, und so ritten wir durch Mondlicht und Schatten die dunklen Nachtstunden hindurch, geleitet von den Anhaltspunkten, die Yarrel auf dem abschüssigen Weg erkennen konnte, orientierten uns am Flußlauf und warteten auf das Tageslicht, um irgendeine Wegmarke zu finden, die uns auf den richtigen Weg bringen würde.

Vor unserem Aufbruch aus dem Turm hatte Chance noch einmal über den Karten gebrütet, und so konnte er Yarrel einige Hinweise geben – wo Norden lag, wo sich die Bergketten und Täler befanden. Jeder von uns wußte, daß Chances Mühe vielleicht umsonst gewesen war. Die Karten konnten richtig oder falsch sein, so wahr, wie die Fähigkeiten eines Menschen sie nur irgend machen konnten, so falsch, wie seine Bedürfnisse sie zu zeichnen, es erforderten. Niemand, der Karten kaufte, konnte wissen, welches Spiel der Kartenmacher spielte.

Der Dämon hinter uns konnte uns weder sehen noch berühren, und deshalb konnte er unsere Gedanken nicht aus der Landschaft herausfiltern. Er konnte bloß ein grobmaschiges Netz auswerfen, um herumwandernde Impulse aufzufangen, Zeichen von Angst vielleicht oder irgendeinen Gedanken, den sich ein Verfolgter über seinen Verfolger machte, um daraus die Richtung zu erkennen, in der er weitersuchen mußte. Obwohl wir es nicht wußten, konnte er uns eine Zeitlang nicht finden, weil wir hinter einer felsigen Hügelkette verschwunden waren und uns dadurch außerhalb seiner Reichweite befanden. Am Fuß des ersten langen Abhanges angekommen, gerieten wir in ein Labyrinth kleiner Schluchten, das sich wie ein verdrehtes Seil immer weiter abwärts wand, zwischen ausgespülten hohen Felswänden hindurch. Auf diesem kurvenreichen Pfad waren wir doppelt geschützt. Der Dämon mußte seinen Weg verlassen und den höchsten Berg im Westen erklimmen, um uns zu LESEN. Doch nachdem er dies getan hatte, war es für ihn ein Kinderspiel, uns zu finden. Von diesem Zeitpunkt an waren die Verfolger doppelt so schnell wie wir.

Der Morgen kam. Wir rasteten, um das bißchen Proviant zu essen, das wir mitgenommen hatten, und als Yarrel den alten Mann auf die Erde legte, öffneten sich seine Augen in überraschter Alarmbereitschaft. »Ich sehe etwas«, sagte er. »Sie sind hinter uns her. Wir werden verfolgt.« In seiner Stimme schwang beinahe Panik mit.

Seidenhand schüttelte ihn vorsichtig und berührte sein Gesicht. »Habt Ihr unsere Ankunft in der Leuchtenden Domäne GESEHEN? Habt Ihr uns zusammen mit Himaggery GESEHEN?«

Er nickte, immer noch überrascht und irgendwie beschämt. »Ich habe mich selbst dort gesehen, meine Liebe. So vermutete ich ... Oh, wie falsch, etwas zu vermuten. Wie böse, so etwas zu tun. Ich sah mich selbst in Sicherheit und dachte über euch nicht mehr nach, über keinen von euch. Wie eitel und schlecht von mir, euch mit so wenig Schutz auf diesen Weg zu geleiten ...«

Wir beruhigten ihn, trösteten ihn, aber mir war bange. Natürlich, sie verfolgten Windlow, aber meines Erachtens drohte ihm nur, daß man ihn in seinen Garten zu seinen Vögeln zurückbrachte. Und mir? Gut, irgend jemand suchte mich wegen irgend etwas, aber ich konnte mir nicht vorstellen, einen anderen derartig gekränkt zu haben, daß ich deshalb ernsthaft in Gefahr schwebte. Bei Seidenhand lagen die Dinge anders. Ihr mochte ein schreckliches Schicksal drohen, denunziert von einer neidischen Schwester, von ihr und dem Bruder jemandem gegenüber des Verrats bezichtigt, der auf ein bloßes Wort hin töten und seinen Irrtum erst später bedauern würde. Windlow hatte recht gehabt. Der Hochkönig war ein karger, harter Mann, der zuerst seinen Ängsten glauben würde. Ich wollte nicht, daß ihm Seidenhand in die Hände fiele.

Windlow riß sich zusammen, und wir begannen Pläne zu schmieden, Pläne, die möglicherweise nur wenig Aussicht auf Erfolg hatten. Doch es war besser, als nichts zu tun und hilflos in feindliche Fänge zu geraten. Es wurde beschlossen, daß wir uns trennen und jedes Pferd einen eigenen Weg durch die verwinkelten Schluchten nehmen sollte. Während wir ritten, wollten wir uns auf ein einfaches Springerspiel konzentrieren. Es war ein Spiel, das Kinder spielten und das wir alle kannten, gespielt mit zwei Waffenträgern auf einem sonst leeren Brett. Wenn wir unsere Gedanken von anderen Dingen oder von Angst freihielten, konnte der Dämon, der uns folgte, uns nicht auseinanderhalten. Wir würden ihm alle gleich erscheinen, und vielleicht würden sich die Verfolger auch trennen oder *einen* Weg wählen und die anderen nicht beachten.

Am Mittag dann – denn es war nicht einfach, sich lange Zeit nur auf diese Gedanken zu konzentrieren – wollten wir uns ganz still an einen der Berghänge setzen, wo immer wir uns auch gerade befanden, und eines der Blätter kauen, die Windlow uns gab, um ›eins zu werden mit Wind und Blatt‹. Ich hatte kein großes Vertrauen, daß ich das zustande bringen würde, aber Windlow meinte, das Kraut würde es schaffen, wenn wir nicht dagegen ankämpften. »Laßt einfach los«, sagte er. »Laßt alles um euch herum gehen. Dann werden eure Verfolger euch verlieren und vorbeireiten.«

Wenn uns das gelänge, bestünde die Aussicht, daß die Verfolger vorbeireiten und wir uns hinter ihnen verbergen würden, durch massive Bergwände vor ihrer

Suche geschützt. So lautete unser hastig entworfener Plan, der mehr von Glück und Entschlossenheit abhing als von Können, denn wir besaßen keine Übung in dieser Art tiefer Meditation, die Häscher so dicht auf unseren Fersen.

»Schlecht vorbereitet oder nicht, wir müssen weiter«, sagte Windlow. »Noch einen Tag länger, und wir hätten überhaupt keine Fluchtmöglichkeit mehr gehabt. Wir *müssen* weiter.« So wandten sich Yarrel und Windlow nach links, dem weitesten und bequemsten Weg zu. Chance und Seidenhand nahmen den von hohen Steilwänden begrenzten schmalen Weg nach Westen. Ich ritt ostwärts. Wenn die Karten nicht logen, mußten alle diese Wege in das Lange Tal führen und wir uns dort wiedertreffen – falls wir uns überhaupt trafen. Als wir auseinandergingen, war ich mir darüber nicht sehr sicher, und Yarrels ziemlich mitleidiger Blick, den er mir über die Schulter zuwarf, vergrößerte meine Zuversicht nicht.

Mein Weg führte mich zwischen felsigen Hügeln an Kolonien pfeifender Erdmännchen vorbei, die mein Vorüberreiten mit Alarmrufen begleiteten. Ich schenkte ihnen keine Beachtung, sondern war völlig mit dem Waffenträgerspiel beschäftigt, wobei ich versuchte, mir Sprung für Sprung die Felder zu merken, auf die bereits gezogen worden war. Nur ab und zu mußte ich diese Gedanken unterbrechen, um das Pferd daran zu erinnern, daß es weiterlaufen sollte. Ein oder zweimal schaute ich zum Himmel hinauf, um den Stand der Sonne festzustellen. Ich ging tatsächlich völlig in dem Spiel auf und war weitaus besser imstande, mich nur darauf und auf sonst nichts anderes zu konzentrieren, als ich es je für möglich gehalten hatte.

Und so passierte mir etwas Dummes. Erst später verstand ich, was geschehen war. Ich befand mich in einer sehr verwinkelten Schlucht. Kurz vor Mittag sah ich die

Sonne aus dem rechten Augenwinkel. Später, ja, sehr viel später sah ich sie immer noch aus dem rechten Augenwinkel und sagte zu mir selbst: Sieh mal, die Sonne steht ja still. Sie stand aber nicht still. Genausowenig wie ich es getan hatte. Der Weg hatte sich um sich selbst gedreht, die Sonne den Scheitelpunkt ihrer Bahn längst überschritten und sich wieder abwärtsgewandt, und ich spielte immer noch das Waffenträgerspiel in meinem Kopf. Ich brauchte einen Moment, um zu verstehen, was passiert war. Inzwischen waren natürlich meine Gedanken die einzigen, die die Verfolger nun schon sehr lange Zeit hatten LESEN können.

Ich wußte, daß es vielleicht zu spät war, aber es konnte nicht schaden, sich der Wirkung des Krauts anzuvertrauen, und Ruhe konnte ebensowenig schaden. Wenn irgend jemand in der letzten Stunde etwas GELESEN hatte, so hatte er nur noch meine Gedanken gefunden. Vielleicht hatte ich dadurch die Verfolger von den anderen weggelockt. Ich versuchte mich davon zu überzeugen, wie vorteilhaft das wäre. Das weiße Pferd und ich kletterten den Abhang hoch, um uns zwischen den Bäumen zu verstecken, wo ich mich unter einen wohlriechenden Nadelbaum setzte und Windlows Kraut kaute. Ich konzentrierte mich auf die Gräser um mich herum, die sich sanft in Sonne und Luft wiegten. Nach einer kurzen Zeit schien es mir, als sänke die Welt hinweg, und ich war nicht länger ich selbst. Ich war Gras. Ich war vielleicht auch Luft, aber hauptsächlich Gras, das vom Wind bewegt wurde, herrlich grün und biegsam in der Sonne. So verging die Zeit, und mich gab es nicht mehr.

Gerade als ich zum Gras am Hang wurde, kamen sie in die Schlucht geritten, um mich zu suchen. Meine Gefährten waren um die Mittagszeit verschwunden, hatten sich in Nichts aufgelöst. Ich nicht. Der Dämon hatte meine Spur aufgenommen wie ein Fustigar die eines *bunwits*. Sie kamen die Schlucht herunter und wären an mir vorbei in Richtung des weiten Tales geritten, ohne mich zu sehen, wie wir es geplant hatten. Wäre da nicht das kleine weiße Pferd gewesen …

An dem Platz, wo ich mich befand – was immer ich gerade darstellte –, war das Geräusch des kleinen Pferdes nicht mehr als ein Vogelruf, der Laut eines Tieres, ein kleines ›schnaub, schnaub, hier bin ich, alleingelassen und verloren am Hang …‹ Das Geräusch, das darauf folgte, war mehr als ein Vogelruf: Schreie, Männerstimmen, die etwas riefen, ein Pfeifen, das schrill widerhallte. Tief in mir zog sich etwas zusammen, und ich war wieder ich selbst, saß auf dem Abhang, während Männer zu mir hochkletterten. Das kleine weiße Pferd hatte sich zweifellos einsam gefühlt, gedacht, es wäre verlassen worden, und hatte zu den Rossen der Männer hinübergerufen, die unten vorbeiritten. In diesem Augenblick kam es mir vor, als wisse ein Teil ganz tief in mir einen Fluchtweg, habe ihn aber vergessen. Ich sehnte mich danach, wieder Gras zu werden, und schalt mich dann selbst für diese dumme Sehnsucht. Gleichgültig, wie überzeugt mein Geist auch wäre, die Männer sähen mich als das, was ich wirklich war. Das alles stürzte in Bruchteilen von Sekunden auf mich ein, ohne daß der seltsame Gedanke an eine Fluchtmöglichkeit in Reichweite schwand, sofern ich mich bloß entsinnen könnte …

Dann umringten sie mich. Dazzle war auch dabei, Borold, der grimmig lächelte, und der hagere, schurkenhafte Pfandleiher, außerdem ein Dämon. Jetzt erkannte ich ihn. Ich hatte ihn zuletzt während der Nacht des Festivals in der Schulstadt gesehen – Mandors Freund aus Bannerwell. Ich fühlte keine Angst, sondern war nur verwirrt. Was konnte die Versammlung mit mir wollen? Trotz aller Versuche Yarrels war ich im Grunde nicht überzeugt davon, das wahre Ziel ihrer Suche zu sein; ich konnte es einfach nicht sein, würde es auch nicht sein.

Ein Teil des Rätsels entwirrte sich sofort. Der wütende Ausdruck auf Dazzles Gesicht sagte mir, daß ich nicht ihre Jagdbeute gewesen war. Sie war außer sich vor Wut, weil Seidenhand nicht bei mir war, und verlangte zu wissen, wo sie steckte. Fort, sagten meine Gedanken, weg, das Tal hinunter, zu Himaggery in Sicherheit. Jedenfalls dachte ich das, und so glaubten sie mir. Warum sollten sie es auch nicht glauben? Ich glaubte es ja auch. Jemand im Reiterzug war auf Windlows Fährte gesetzt worden. Ich legte den Kopf in die Hände und dankte den Göttern des Spiels, daß Seidenhand in Sicherheit war. Wenn man sie mit Windlow zusammen auf der Flucht gefunden hätte, wäre dies Beweis genug für den Verrat gewesen, den der Hochkönig so fürchtete. Was zählte es schließlich, wenn sein alter Lehrer flüchtete, um nach einem angenehmeren Ort zu suchen? Eigentlich nichts, außer für den Hochkönig – und für diesen aus keinem triftigen Grund. Ich wandte meine Gedanken von dem Thema ab, als die Männer zu mir heraufkamen und um mich herumkletterten, zwischen den Steinen und Bäumen suchten. Sie waren zwar sicher, daß die anderen sich dort nicht versteckten, aber nicht bereit, von ihrer Suche abzulassen, getrieben von der gleichen Furcht, die den Hochkönig befallen hatte. Zweifel. Zweifel und noch mehr Zweifel. Furcht und noch mehr Furcht. Ich seufzte. Das kleine weiße Pferd schnaubte mir zu, und ich verwünschte es und seine Nachkommenschaft auf mehrere Generationen.

Ich saß im Trümmerfeld meiner Träume und verwünschte ein Pferd, was den Träumen nichts Gutes tat und dem Pferd nicht schadete. Wie der alte Windlow sagte: Vieles im Leben ist ein Scherz. Wir stehen an der Seite des Brettes und werden vom Spiel anderer überrannt. Als ich noch jünger war, hätte ich es nicht geglaubt.

7

MANDOR

ZWISCHEN DEM DÄMON, DEM PFANDLEIHER und Dazzle entbrannte ein heftiger, schriller Streit, bei dem Dazzle von Borold und den Männern des Hochkönigs unterstützt wurde, als sie Hilfe bei der Suche nach Seidenhand verlangte. Der Dämon weigerte sich. Der Pfandleiher fühlte sich inzwischen betrogen, weil er nicht dafür bezahlt wurde, daß er mich gefunden hatte. Von allen bewahrte allein der Dämon so etwas wie Würde, und ich hätte ihn fast bewundert, obwohl zuletzt auch seine Geduld durch Dazzles Wutgeschäume erschöpft war.

»Wenn Euch der Sinn nach Streit steht, so kommt mit mir nach Bannerwell. Ich handle hier nicht aus freien Stücken, sondern im Auftrag einer anderen Person. Wenn Ihr also streiten wollt, dann bringt Eure Beschwerde nach Bannerwell und tragt sie meinem Herrn und Prinzen Mandor vor.«

Aha, schaltete sich mein inneres Selbst ein, er lebt also doch noch. Ich wartete, ob Liebe in mir aufstieg, Freude oder irgendein Gefühl, das ich früher empfunden hatte, aber ich fühlte nichts. In mir war nur die Erinnerung an Gras und Wind und die Sehnsucht nach Frieden. Nun, sagte ich zu mir, du bist müde nach allem, was vorgefallen ist. Müde vom Reiten und der Konzentration. Später wirst du etwas fühlen. Ich schaute Dazzle an, sah ihr wahres Gesicht, und mich schauderte. Mir wurde so schlecht, daß ich den Kopf zwischen den Füßen hängen ließ, um Luft zu holen. Der Pfandleiher hänselte mich.

»Komm, Junge, stell dich nicht so an! Du brauchst dich nicht zu fürchten. Niemand will dir etwas Böses.«

Ich antwortete ihm, daß ich das wisse, aber die Übelkeit und das Gefühl der Sorge verließen mich auch dann nicht, als wir aufsaßen und weiter durch die verwinkelte Schlucht ritten, auf dem verschlungenen Weg nach Norden. Ein guter Geist begleitete mich, denn ich dachte nicht an die anderen, sondern nur an mein eigenes Elend. Das Ergebnis war, daß die Suche nach den anderen abgebrochen wurde. Wo immer sie sich aufhielten, sie waren der Aufmerksamkeit meiner Häscher entkommen, und als wir das lange Tal erreichten, wandten sich Dazzle und Borold nach Osten und verließen uns. Ich merkte erst, daß sie verschwunden waren, als wir uns nach Westen wandten und ins Gebirge hinaufritten. Es war ein Weg mit vielen Kehren, ein Steilpfad, der sich immer höher schraubte, aber es handelte sich eindeutig um die Straße, die über den hohen Paß führte, der im Südosten das Hidamangebirge begrenzte, jene majestätischen Gipfel mit ihren schneebedeckten Kappen, hinter denen Bannerwell lag. Die Gegend zeigte nichts von der Schönheit der Hohen Domäne, obwohl wir uns auf gleicher Höhe befanden. Hier umgab uns nur Wildnis: schrecklich drohende, grimmige Abgründe, eisige hohe Gipfel. Ich war dankbar für die Straße und dachte, daß das weiße Pferd genug gestraft wäre, wenn wir diesen Weg heil hinter uns gebracht hätten. Weiter reichten meine Gedanken am ersten Tag unseres Rittes nicht.

Gegen Sonnenuntergang erreichten wir eine Raststation, wo Pferde gewechselt werden konnten. Man fesselte mich. Ich war noch nie im Leben gefesselt gewesen, und es gefiel mir überhaupt nicht. Obwohl ich nur mit leichten Fußfesseln an einen Baum gebunden wurde, fühlte ich mich nicht mehr als Mensch. Als ich mich beschwerte, zeigte der Dämon sogar so etwas wie Freundlichkeit. »Es dient zu deinem eigenen Schutz«, sagte er. »Schließlich bist du nicht aus freien Stücken bei uns. Vielleicht planst du, dich nachts davonzuschleichen. Doch allein in diesen Bergen herumzuirren – nun, ich weiß nicht so recht. Denk an die Abgründe, die wilden Tiere, die *quadrumanna.* Wir wollen dir kein Leid antun, und du bist wesentlich sicherer bei uns aufgehoben.«

Ich erhielt ausreichend zu essen. Das aus Schnee geschmolzene Wasser roch nach Kiefer, aromatisch wie Tee, und es gab in Asche gebackenes Brot, auch Fleischstücke von der Jagdausbeute des Tages. Der Waffenträger hatte ein kleines Tier mit Hufen erbeutet, das ich nicht kannte. Sie nannten es ›Gebirgszeller‹ und sein Fleisch ›Thorp‹.

Ich befürchtete, nicht schlafen zu können, nicht einmal einen Augenblick, wachte dann aber plötzlich in der kühlen Morgendämmerung auf und glaubte, nur Sekunden seien verstrichen. Ich hatte die ganze Nacht durchgeschlafen, ohne die Fesseln zu spüren, und war so erschöpft gewesen, daß nichts mich während der dunklen Stunden hatte aufwecken können. Nun machte ich mir Gedanken über Seidenhand und Windlow und überlegte, wie es ihnen gehen mochte und ob sie wohl schon weit weg auf dem Weg zur Leuchtenden Domäne waren. Der Dämon bedachte mich mit einem stirnrunzelnden Blick, als ob meine Gedanken nicht ganz seinen Erwartungen entsprächen. Aber was erwartete er eigentlich? Ich wußte ja nicht einmal, warum man mich gesucht hatte, und noch viel weniger, welche Erwartungen man an mich richtete. Es konnte nichts schaden, wenn ich versuchte, es herauszufinden. Als wir weiterritten, versetzte ich das Pferd in einen unbeholfenen Galopp, bis ich mich neben dem Dämon befand. Es war, als ritte ich neben einem Riesen. Er hatte in der Raststation eines der riesigen Pferde mit Federbüscheln an den Fußgelenken gewählt, das Yarrel damals sofort als eine Bannerwellsche Züchtung erkannt hatte. Ich dachte, daß es dem weißen Pferd nicht schaden konnte, sich wie ein

Zwerg zu fühlen. Eine Übung in Bescheidenheit. Ich hatte ihm noch nicht verziehen.

»Ich würde mich weniger verwirrt fühlen, werter Herr, wenn Ihr mir sagen könntet, warum man mich sucht. Warum reiten wir nach Bannerwell? Ich habe nichts verbrochen, wodurch ich mir die Feindschaft von jemandem hätte zuziehen können ...« Ich ließ den Rest des Satzes in der Luft hängen, um nicht allzu bittend zu wirken. Der Dämon preßte die Kiefer zusammen, und für einen Moment dachte ich, er werde mir überhaupt nicht antworten. Dann sagte er widerwillig:

»Man sucht dich nicht aus Feindschaft, Junge. Warst du nicht ein enger Freund meines Prinzen Mandor? Weißt du, daß er verletzt wurde?« Er warf mir aus den Augenwinkeln versteckt einen prüfenden Blick zu, als wolle er sehen, was ich davon hielt.

»Das hat man mir erzählt.« Es erschien mir klug, nicht zu viel zu sagen. »Ich wurde ebenfalls verletzt.« Ich wäre kein Mensch gewesen, hätte meine Stimme nicht schroff geklungen. Ohne Mertyn wäre ich mehr als verletzt worden. Ich hätte tot sein können.

Der Dämon zuckte ärgerlich zusammen, die kleinen Muskeln seines Kiefers hüpften auf und nieder, als kaue er an etwas Zähem. »Ja. Nun, jedenfalls bist du besser geheilt als er. Während des Festivals befanden sich in der Schulstadt keine Heiler, und es dauerte lange, einen aufzutreiben, und noch länger, einen zu finden, der genug Erfahrung besaß.« Der kleine Muskel schnappte und schnappte. »Er ist immer noch nicht geheilt. Vielleicht kannst du ihm dabei helfen.«

»Ich bin kein Heiler!« rief ich erstaunt. »Im Augenblick bin ich überhaupt noch nichts.«

Schnapp, schnapp, machte sein Kiefer, als er das Gesicht versteinert abwandte. Schließlich sagte er: »Vielleicht hilft ihm ja deine Gegenwart. Als Freund. Er braucht Freunde.«

Ich konnte den Gedanken nicht unterdrücken. Er loderte in mir hoch wie ein Buschfeuer. *Er, der meinen Tod wollte, beruft sich auf meine Freundschaft! Ein feiner Freund, in der Tat!* Der Dämon las mich, er hatte darauf gewartet. Er konnte es gar nicht verhindern, den Gedanken aufzufangen. Mit grimmigem Gesicht, in dem seine Augen wie geschliffene Steine funkelten, starrte er auf mich herunter. Die Wut und die Feindschaft, die er auf mich herabwünschte, trafen mich wie ein Schlag, und ich erzitterte unter seinem Blick.

»Einst wart ihr Freunde, Bursche. Erinnere dich daran. Erinnere dich gut daran, und leugne nicht, was einmal war. Oder du wirst es bitterlich bereuen…« Er spornte sein Pferd und entfernte sich von mir. Erst nachts, als wir unser Lager aufschlugen, sah ich ihn wieder. Er verhielt sich wie zuvor, aber wir sprachen nicht mehr miteinander. Während seiner Abwesenheit hatte ich an Mandor gedacht, daran, was ich einst für ihn gefühlt hatte. Es war nichts davon übriggeblieben, keine Spur. Es war mir nicht möglich, mich daran zu erinnern, was damals gewesen war. Zum ersten Mal fürchtete ich mich.

Zum Zeitpunkt, als wir den letzten hohen Paß des Hidamangebirges überquert hatten und das letzte Stück der Straße nach Bannerwell hinunterritten, fürchtete ich mich noch mehr. Ich hatte sogar dem weißen Pferd verziehen. Es hatte mich ohne Murren und Klagen getragen und war dabei sichtbar abgemagert. Ein Blick auf mein Handgelenk, das eine Handbreit aus meinem Jackenärmel ragte, sagte mir einen der Gründe dafür. Geist und Gefühle waren möglicherweise durch die Reiseanstrengungen durcheinandergeraten, doch der Körper hatte nicht aufgehört zu wachsen. Ich schätzte die Länge der Hosen an meinem Schienbein und stellte fest, daß ich fast um eine Handspanne gewachsen sein mußte, seitdem wir Mertynhaus verlassen hatten. Meine Hand zitterte, als ich das Leder hinunterzog, um meine Beine besser zu bedecken, und meine Augen brüteten über dem knorrigen dichten Eichenwald, der die langgestreckten Berghänge vor uns bedeckte, an deren Fuß auf einem Felsen Bannerwell lag, von drei Seiten vom braunen Wasser eines Flusses umgeben.

»Der Fluß Banner«, sagte der Dämon, der meine Frage gelesen hatte, bevor ich sie aussprechen konnte. »Von ihm hat Bannerwell seinen Namen. Die alte Quelle liegt innerhalb der Burgmauern, süßes Wasser für bittere Zeiten, wie man sagt.« Er warf mir einen seiner rätselhaften Blicke zu, bevor er den Reitertroß entlangschaute, alle durchzählte und uns zu seiner Zufriedenheit aufstellte. Ich bemerkte das Schweigen unter den Gefolgsmännern, die Feierlichkeit, mit der jeder von ihnen sich unserem Reiseziel näherte. »Man erwartete mich eigentlich schon vor Monaten zurück, Junge«, sagte der Dämon. »Ich ritt von hier aus geradewegs zur Schulstadt, aber du warst bereits fort.«

Ich wußte, daß er meine Frage LESEN konnte, aber ich fühlte mich besser, wenn ich sie laut stellte. »Warum, Herr Dämon? Es ist doch nicht nur wegen der Freundschaft. Das wißt Ihr so gut wie ich. Wollt Ihr mich nicht den wahren Grund sagen?«

Eine Weile dachte ich, er werde genausowenig darauf antworten wie das letzte Mal. Diesmal jedoch öffnete er schließlich zögernd die Lippen und sagte: »Wegen deiner Mutter, Junge.«

»Ich habe keine Mutter. Ich bin ein Festivalkind.« Ich fühlte das tiefe Prickeln in meinem Kopf und wußte, daß er tief genug wühlte, um meine geheimsten Gedanken zu lesen. Seine Miene veränderte sich, und er wirkte halb ärgerlich, halb enttäuscht.

»Natürlich hast du eine Mutter. Oder hattest eine. Ihr Name ist Mavin Vielgestalt, und sie ist die Schwester von Mertyn. Von *König* Mertyn, in dessen Haus du erzogen wurdest. Ich LAS es in Mertyns Gedanken während des Festivals. Es besteht kein Zweifel. Er sah, daß du in Gefahr schwebtest, und konnte nicht verhindern, dich in diesem Augenblick als Verwandten zu sehen. Er nannte dich *thalan,* ›meiner Schwester Sohn‹.«

Aufruhr! Wir näherten uns Bannerwell, aber es war eine andere Person, die diese Mauern durch meine Augen erblickte, eine andere Person, die das Poltern der Brücke hörte, die sich über den Wassergraben senkte, das quietschende Geräusch der Ketten, die das Burgtor hoben, um uns einzulassen. Vermutlich sah und hörte mein Verstand dies alles, aber *ich* nicht. In meinem Innern strudelte ein Wirbel aus Schwärze und Helligkeit, Freudentaumel und zähneknirschender Wut, schweigend und schreiend, zog mich hinab und bewirkte daß ich buchstäblich alles um mich herum vergaß. Ich nahm nur flüchtig die faulenzenden Spieler im gepflasterten Burghof wahr, die Gärten hinter den schmiedeeisernen Toren, das Licht, das durch hohe Fenster fiel und glitzernde Muster auf schimmerndes schwarzes Holz malte. Den Geruch nach Kräutern. Und nach Fleisch, Blumen und Pferden, alles vermischt. Jemand sagte: »Stimmt mit ihm etwas nicht?« Und der Dämon erwiderte: »Laßt ihn eine Weile in Ruhe. Etwas hat ihn überrascht.«

Überrascht. Nun, das war gut gesagt. Eher erstaunt. Perplex. Das war wohl das beste Wort dafür, denn es war wie ein prickelndes, taubes Gefühl, bei dem nichts einen Zusammenhang hatte. Ich glaube, ich schlief ein – oder verlor einfach das Bewußtsein. Viel später, lange nachdem die Lampen angezündet worden waren, merkte ich, daß ich, Peter, in einem Alkoven gegen eine Wand gelehnt saß, halb hinter einem dicken Vorhang verborgen. Eine Hellebarde warf einen Schatten auf den Fußboden vor mir, und ich betrachtete ihn lange, lange

Zeit, wobei ich zu ergründen versuchte, worum es sich handelte. Endlich fiel mir das Wort ein, *Hellebarde*, und mit ihm das Wissen um mich selbst und wo ich mich befand. Ein Mann stand vor dem Alkoven, und hinter ihm lag die große Speisehalle von Bannerwell, Lärm, Menschen, die ein- und ausgingen, Essensgerüche, Diener, die Servierplatten und Weinflaschen trugen. Ich schaute ihnen eine Zeitlang ohne Anteilnahme zu, bis mich einer von ihnen bemerkte und weglief, um Bescheid zu sagen. Plötzlich stand der Dämon über mir, faßte nach unten und drehte mit derben Händen mein Gesicht zu sich um.

»Ich ahnte nicht, daß es dich so mitnähme. Ich hatte gehofft, du wüßtest Bescheid … daß du Mertyns *thalan* bist, genauso wie Mandor der meine …«

Thalan. Sohn meiner Schwester. Engste Verwandschaft außer der zwischen Mutter und Kind. Der Dämon prikkelte in meinem Kopf herum und fand nichts, wie immer. Ich mußte fast lachen. Wenn ich nicht einmal selbst sagen konnte, was ich dachte, wie hätte er es dann gekonnt?

»Passiert dir das häufig?« fragte er. »Daß du nichts mehr mitbekommst und dasitzt und ins Leere starrst?«

»Manchmal«, gestand ich mit trockener Kehle. Es stimmte. Immer wenn etwas passierte, was zu komplex, zu schwer zu ertragen war, zog es mich in diese innere Leere hinein, zu einem Platz unermeßlicher Ruhe, den ich aufsuchen konnte. Hinterher erinnerte ich mich selten an etwas. Vielleicht konnte man sich an einen solchen Ort nicht erinnern, vielleicht war es nur eine konturlose Leere. Mir mißfiel die Frage.

Das Mißfallen mußte auf meinem Gesicht zu sehen sein, denn der Dämon zog eine Grimasse. »Ich erinnere mich an dieses Gefühl aus meiner eigenen Jugend, Bursche. Wir können wenig tun, bevor sich unser Talent zeigt. Aber stets ist die Angst da, daß sich überhaupt kein Talent manifestiert.« Ich nickte, und er fuhr fort: »Ich erinnere mich gut daran. Wenn wir unfähig sind, etwas Wirkungsvolles zu tun, erscheint es besser, überhaupt nicht zu existieren als in einem solchen Aufruhr. Wäre ich nicht Mandors *thalan,* hätte ich Mitleid mit dir und ließe dich laufen. Aber ich kann nicht.«

»Welchen Zweck hat es denn, mich hier festzuhalten?« bettelte ich. »Ich besitze keinerlei Macht. Ihr habt mir erzählt, ich sei der Sohn einer Gestaltwandlerin, einer berühmten sogar, deren Namen auch ich kenne. Ihr erzählt mir das, und ich muß es glauben, aber es hat doch überhaupt keine Bedeutung für Euch. Ich besitze dieses Talent nicht, und selbst wenn ich es besäße, was könnte es Euch nützen?«

»Vielleicht nichts. Vielleicht handelt es sich um nichts anderes als eine verrückte Idee, geboren aus einem schmerzerfüllten Verstand. Ich sagte dir, daß dir kein Leid geschehen werde, und so ist es auch. Aber Mandor hat sich in den Kopf gesetzt, daß du ihm helfen oder Hilfe herbeischaffen kannst. Möglicherweise kannst du überhaupt nichts tun, und die ganze Angelegenheit verläuft im Nichts, aber für den Augenblick habe ich getan, worum er mich gebeten hat. Ich habe dich nach Bannerwell gebracht, wo du gastfreundlich aufgenommen werden wirst. Alles andere soll Mandor dir selbst erzählen...«

Damit mußte ich mich zufriedengeben. Mandor befand sich nicht in der Halle. Ebensowenig wartete er auf mich in dem Zimmer, das man mir gegeben hatte, oder in den Küchenräumen, wo der Dämon und ich am nächsten Morgen zusammen frühstückten. Er bat mich, ihn Huld zu nennen, und ich befolgte es zögernd. Wir gingen zusammen den Fluß entlang, um auf einem Pferdehof zwei Tiere für den Burgstall zu holen, und immer noch erschien Mandor nicht. Während dieses Rittes sehnte ich mich nach Yarrel und war so einsam wie noch nie in meinem ganzen Leben. Huld schwätzte ein bißchen, in dem Versuch, mich aufzuheitern, mich freundlich und entspannt zu stimmen. Die Wärme aber konnte die Spanne seines Blickes, der mich versteckt und schätzend prüfte, nicht überbrükken. An diesem Tag fühlte ich ihn nicht in meinem Kopf, aber ganz sicher konnte ich nicht verhindern, daß er in mir LAS, wann immer er wollte. Ich dankte den Göttern des Spieles, daß ich nur ein dummer Junge war, ein Tölpel, ein Träumer ohne Talent. Wenn er meine Träume LAS, wäre das für mich so entsetzlich, wie von jemandem ohne Einverständnis sexuell gebraucht zu werden, doch er könnte niemanden außer mich mit dem Wissen über meine Träume verletzen, so wenig, wie ich wußte.

Zu merken, daß man nichts weiß und hilflos ist, daß der einzige Trost darin besteht, geschändet werden zu können, ohne daß andere dadurch zu Schaden kommen, ist ein schrecklich einsames Gefühl. Doch dann wurde sogar diese Hoffnung von mir genommen.

»Ich habe König Mertyn schon lange bewundert«, sagte Huld. »Es täte ihm furchtbar leid, wenn er erführe, daß sein ungewollter Verrat dich wider deinen Willen in ein Spiel hineingetrieben hat ...«

Darin bestand also mein Wert! Indem man mich zerstörte, Mertyn zu verletzen! Ich lachte auf, ein harsches, blökendes Lachen, worauf mir Huld das Gesicht zuwandte, überrascht und plötzlich vor den Kopf gestoßen. »Nein, Junge. Nein, ich schwöre es. Ein solcher Gedanke wäre mir nie gekommen. Weder mir noch Mandor ...«

Ich lachte erneut, und als wir zur Burg zurückgekehrt waren, lief ich in das Zimmer, das man mir zugeteilt hatte, rollte mich auf dem Bett zusammen und zwang mich zur Ruhe. Wäre es möglich gewesen, hätte ich mich gezwungen zu sterben. Ich fühlte das Prickeln in meinem Kopf, achtete aber nicht darauf. Sollte er doch mein Elend suchen und finden! Sollte er es doch fühlen und wissen, daß ich ihm kein Wort glaubte! Ich glaube, ich weinte wie ein Kind. Schließlich schlief ich ein.

Und am nächsten Morgen sah ich Mandor wieder.

8

Geiselnahme

Das Turmzimmer, in dem er sich befand, ähnelte dem Raum, den Mertyn in der Schulstadt bewohnte, hell erleuchtet und mit Fenstern. Mandor jedoch hatte sich mit einem Luxus umgeben, den Mertyn nicht geduldet hätte: dicke plüschige Teppiche, Sofas und schwere Vorhänge gegen die abendliche Kälte. Mandors vertraute Gestalt hob sich gegen das helle Licht eines östlichen Fensters ab. Ich sah sein Profil, das mir vertrauter als mein eigenes war, die langen Wimpern, die seine samtenen Backenknochen berührten, die sinnliche Kurve seines Mundes, die langgliedrige elegante Hand, die den Seidenstoff seines Gewandes streichelte. Huld stand hinter mir. »Mandor, Peter ist gekommen«, sagte er. Keine Antwort. Es hätte genausogut eine Figur aus Wachs oder Marmor sein können, die sich dort gegen das Licht abhob. Ich wartete auf ein Gefühl und spürte nichts.

Bis er sich umdrehte.

Ich dachte zuerst, es handele sich um eine Maskerade, und man habe Dazzle in Mandors Kleidung gesteckt, denn das Gesicht, das mich anschaute, war das gleiche, das ich schon einmal gesehen hatte: eine klaffende Scheußlichkeit, ohne Nase, ohne Wangen, verstümmelt, ein Ungeheuer. Mein Magen rebellierte, und ich wandte mich zur Seite. Der Dämon stöberte in meinem Kopf, und ich hörte ihn sagen: »Er kann dich sehen, Mandor.« Ich hörte außerdem ein Schluchzen und wußte, daß es von dem Prinzen kam.

»Wie?« Das Wort klang, als würde er stranguliert,

und mein Geist formte das unwillkommene Bild zertrümmerter Zähne und einer Zunge, die sich krümmte und bog, um ein deutlich artikuliertes Wort herauszubringen. »Wie?«

»Er weiß es nicht.« Stille trat ein, während ich schluckte und schluckte, den Blick auf die steinerne Wand gerichtet, bemüht, nicht nachzudenken. »Wirklich, Mandor. Er weiß es nicht. Er kann dich einfach sehen, das ist alles.«

»Dalen? Wach?«

»Weder Talent noch Macht, von der er wüßte.«

»Ich war einige Zeit bei den Unveränderlichen«, sagte ich bitter. »Vielleicht hat das auf mich abgefärbt.«

»Es kommt öfter vor«, sagte Huld zu Mandor. »Es gibt immer welche, die nicht betört werden können. Oder nur für kurze Zeit, aber dann nicht mehr. Das weißt du doch auch.«

Ich drehte mich um, bereit, mich dem Schrecklichen zu stellen, aber Mandor hatte sich abgewandt, und ich erblickte nur sein makelloses Profil. Die Lippen bewegten sich. »Wuß hewen …«

»Ich sagte Peter schon, daß er dir helfen muß, Mandor. Wenn er kann.«

»Ich würde Euch helfen, wenn ich wüßte, wie«, würgte ich hervor. »Ich würde jedem helfen, der in einer solchen Lage ist wie Ihr, aber ich kann nichts tun. Ich kann Euch nicht so sehen, wie Ihr früher wart, oder fühlen, was ich früher für Euch empfand. Ich besitze kein Talent. Huld erzählte mir, daß ich der Sohn einer Gestaltwandlerein sei, aber ich wüßte nicht, wie Euch das weiterhelfen könnte.«

»Hol sie her!« Die drei Worte waren vollkommen deutlich, nicht im geringsten verstümmelt.

Ich lachte. »Herholen? Mavin? Meinetwegen? Ich habe sie nie gesehen. Ich kenne sie überhaupt nicht. Wenn sie hier wäre, was dann?«

»Geh hinaus, Junge«, sagte Huld und öffnete mir die Tür. »Nachdem Mandor dich nun gesehen hat und du ihn, müssen wir beide uns unterhalten, *thalan* zu *thalan*. Ich treffe mich später mit dir.«

Ich lachte wieder, dieses sinnlose wiehernde Lachen, das Lachen eines Bauern über die Dummheit und Narretei der Welt, und ging hinaus in die Gärten von Bannerwell, um mich neben einen Springbrunnen zu legen und an Tossa zu denken. Ich rief sie aus dem Nichts herbei, ihre fohlenhafte Grazie, die großen Garben ihres goldenen Haares, ihre warmen braunen Arme, die sich weit gegen den Himmel streckten. In meinem Traum wurde sie Wirklichkeit, und dann ging ich mit ihr in eine andere Welt und baute dort einen Wohnsitz für uns beide – baute ihn, richtete ihn ein, pflügte das Feld und pflanzte einen Obstgarten. Ich rief Yarrel herbei, damit er bei uns lebte, mit Pferden und einer Braut für ihn, und Seidenhand kam auch …

Bloß daß diese Welt verschwand, als Huld auftauchte und sich neben mir niederließ. »Ich will dir erzählen, was Mandor vorhat«, sagte er rauh. Ich antwortete nicht, sondern bat ihn nur eindringlich, fortzugehen, mich alleinzulassen. Er blieb, seufzte nur tief und begann zu sprechen.

»Du hast ihn ja gesehen. Es gab keine Heiler in der Schulstadt während des Festivals. Eigentlich unvorstellbar, aber so war es eben. Wir brachten ihn in dem Zustand fort, in dem er sich befand. Ich schickte Männer in alle Himmelsrichtungen, um einen Heiler zu finden, und schließlich trieben sie einen auf. Er war betrunken, unfähig. Er verschlimmerte alles nur noch. Wir konnten keinen fähigen Heiler finden. Tage vergingen. Das Gewebe starb ab. Als wir endlich einen guten Heiler auftrieben, war es zu spät. Mandor war bereits in dem Zustand, wie du ihn gesehen hast …

Er will es jedoch nicht hinnehmen. Wir haben Heiler

von überall her geholt, sogar aus Morgenberg unten neben dem Südlichen Meer, gerufen durch Portierer und von Waffenträgern hierhertransportiert. Keiner konnte bewirken, daß Mandor wieder so aussieht wie früher, ohne sein Talent dazu einsetzen zu müssen, seine Betörung. Diese hat nichts von ihrer Macht verloren. Für seine Gefolgsleute sieht er aus wie früher, nur wenige sehen die Wahrheit – und er selbst natürlich ...

Nach einer Weile verfiel er auf den Gedanken, sich einen neuen Körper zu beschaffen, ein neues Gesicht ...«

»Einen neuen Körper?«

»Er redete sich ein, daß ein Heiler vielleicht einen anderen, einen unversehrten, gesunden Körper nehmen und mit Mandors Geist füllen könnte.«

»Das ist unmöglich.«

»Das gleiche haben ihm alle gesagt. Daraufhin drehte er den Gedanken ein bißchen herum. Er entwickelte die Vorstellung, daß sein eigener Körper verändert werden, eine andere Form erhalten könnte ...«

»Durch einen Gestaltwandler? Welch lächerlicher Einfall! Ein Gestaltwandler kann nur sich selbst verwandeln, in einen Fustigar vielleicht, ein Nachtpferd oder irgendeine andere tierische Form. Gestaltwandler können keine andere menschliche Form annehmen als die, die sie besitzen.«

»Von Mavin behauptet man, sie könne es.«

»Behauptet man. Und was macht es für einen Unterschied, ob diese Behauptung stimmt oder nicht? Meint er, daß Mavin sich in Mandor verwandeln soll? Oder so tun, als sei sie Mandor? In seiner Gestalt herumwandeln, während Mandor in seinem Turmzimmer steht und die Fäden zieht?«

»Es war Mandors Vorstellung, daß ich ihn LESEN und den Gestaltwandler gleichzeitig zur Wandlung bewegen sollte, und zwar so, daß er nicht nur die Form, sondern auch das Wesen des anderen annimmt ...«

»Ihr sollt *was*? Mandor und den Gestaltwandler gleichzeitig LESEN? Einen auf den anderen übertragen? Das ist teuflischer Unsinn. Woher hat er diese Idee?«

»Sie ist aus Verzweiflung geboren«, erwiderte Huld. »Aus Wut und Schmerz und der Weigerung, in diesem Zustand zu leben oder zu sterben.«

»Und was geschähe mit Mavin, wenn sie käme? Wäre sie nur eine weitere Spielfigur, die im Spiel verbraucht, geopfert würde? So wie ich geopfert werden sollte?«

Huld wurde rot, aber nur ein bißchen. »Früher oder später werden wir alle geopfert. Es ist noch nie probiert worden. Wer will behaupten,daß es nicht gelingen könnte?«

Ich lächelte spöttisch. »Wenn ich Mavin wäre, würde ich bei einem solchen Versuch versuchen, mich in ein Watschelschwein zu verwandeln.«

»Das wird sie nicht tun, wenn du oder Mertyn ihr etwas bedeuten. Denn wenn sie es täte, würdest du sterben – und Mertyn auch. Ebenso alle anderen, die sie liebt.« Er war so hart wie Metall. Zum ersten Mal begriff ich, daß er es wirklich ernst meinte. Er glaubte vielleicht nicht daran, aber er hatte vor, alles zu unternehmen, damit es probiert werden konnte. Ich wandte mich angewidert von ihm ab. Er tat, als bemerke er meine Reaktion nicht. »Unglücklicherweise hast du keine Ahnung, wo Mavin sich aufhält oder ob sie überhaupt noch lebt. Das heißt, wir können dich nicht dazu benutzen, sie zu finden. Mertyn indes weiß es vielleicht, und von ihm wissen wir, wo er sich aufhält.«

Ich verließ ihn, außerstande, mir sein Gerede länger anzuhören, diese gelassene Darstellung schurkischer, bösartiger und verräterischer Gedanken. Es bedeutete Talisman auf Königsblut Eins, wenn Mertyn mich nicht liebte, Talisman auf Königsblut Zehn, wenn er es tat. Wir waren *thalani*, und ich hatte es nie gewußt. Liebte er mich? Da dies der Zustand war, der zur größten Verzweiflung und Verwirrung führte, tat er es unzweifelhaft. Wäre Yarrel bei mir gewesen, hätte er mich des Zynismus beschuldigt. Was ich fühlte, war aber vollkommene Verzweiflung, die sich nicht verringerte, als ich auf meinem Bett einen Brief Mandors fand. Er war nicht lang.

Mertyns Zuneigung zu Dir hat ihn verleitet, Dich zu beschützen, und ich wurde in dieses Ungeheuer verwandelt. Also laßt uns seine Liebe zu Dir dazu benutzen, mich zurückzuverwandeln…

Du bist kein Spieler und wirst niemals ein Spieler sein. Ein Bauer bist Du, und mir gehörst Du, zu meiner Verfügung im Spiel, wann ich es will. Mavin wird kommen, oder Du wirst sterben …

Ich lachte, bis mir die Tränen über die Wangen liefen. So, Mandor hatte sich eine solche Gemeinheit nicht ausgedacht, wenn man Huld glauben wollte! Bei den sieben Höllen und hundert Teufeln, sehr wohl hatte er es getan! Jede nur denkbare Schlechtigkeit, jeder nur mögliche Schmerz, den er mir zufügen konnte, waren ihm in den Sinn gekommen, und er wurde von seinem *rakshasa* getrieben, mich damit zu binden, mit einem nach dem anderen, bis ich tot war. Allerdings – wenn ich tot war, konnten sie mir nichts mehr anhaben, also verließ ich das Zimmer, so leise ich konnte, und schlich mich durch die verlassene Halle zu der Wendeltreppe, die in den Turm hochführte. Die Treppe führte an Mandors Gemächern zu der Turmbrüstung, die über den Felsen am Flußufer lag, so hoch wie zwanzig Mann. Eine andere, rasch wirkende Methode fiel mir nicht ein, und ich betete, daß niemand mich beschuldigen würde, ich hätte mich aus Ehrlosigkeit umgebracht.

An Mandors Tür hielt ich einen Augenblick lang inne. Hulds erhobene Stimme schallte heraus, beinahe schreiend, und ich konnte ihn deutlich verstehen. »Mandor, ich sage dir noch einmal, daß er nichts weiß, was dir helfen könnte, überhaupt nichts. Glaubst du denn, ich würde dich anlügen, wenn es noch irgendeine Hoffnung gäbe? Entehrst du dich denn nicht selbst durch dieses üble Spiel mit jemandem, der dich liebte? Du entehrst *mich*!«

Aha, dachte ich, der Dämon erfüllt zwar Mandors Willen, aber er schöpft keine Befriedigung daraus. Ich stieg weiter die Treppe hoch, an den kleinen Luken vorbei, und trat durch die niedrige Tür auf das eiserne Dach, das mit Schiefer gedeckt war. Die Gestalt an der Brüstung fiel mir erst auf, als ich schon ein Bein darüber geschwungen hatte, um in die unten wartende Erlösung zu springen. Doch da war es bereits zu spät. Riesige Arme packten mich und hielten mich fest, während mich Augen durch gemalte Flügel hindurch anfunkelten. Ein Seher. Er stieß einen lauten Ruf aus. Bewaffnete Männer tauchten auf. Ich wurde die Treppe hinuntergetragen, bis zu Huld, der plötzlich mit dem Prinzen vor Mandors Tür stand.

»Das war dumm von dir, Junge«, sagte er.

»Nein«, erwiderte ich. »Der Tod ist leichter zu ertragen als das Häßliche, das Ihr vorhabt.«

Der riesenhafte Seher hinter mir schob sich vorbei, um sich zu Mandors Füßen niederzuknien. Ich bemerkte an der Art, wie er es tat, daß er Mandor so sah, wie der Prinz früher gewesen war. Seltsam. Einer, der in die Zukunft blicken konnte, war nicht imstande, die Gegenwart deutlich zu sehen. »Mein Prinz«, sagte er, »ich habe diesen Jungen GESEHEN ...«

Mandor stieß einen unartikulierten Laut aus. Der Seher reagierte, als habe er eine Frage gehört.

»Ja, mein Prinz. Ich habe diesen Jungen in einer anderen als der Gestalt GESEHEN, die er jetzt trägt. Gekrönt, als Prinz ...«

Hulds Gesicht brannte, als er sich mir zuwandte,

flammendrot durch den jähen Blutandrang. Ärgerte er sich? Ich wußte es nicht. Ein Gefühl tobte in ihm, das ich nicht deuten konnte, sogar als er in meinem Geist zu wühlen begann, so tief, daß es mich schmerzte. Ich schrie auf, und er zog sich zurück.

»Er weiß davon nichts.«

»Mird eindreffe...«, sagte Mandor.

»Es wird eintreffen«, stimmte der Seher zu.

Mandor drehte sich um, ging ins Zimmer zurück und donnerte die Tür so heftig hinter sich zu, daß es die ganze Treppe hinunterdröhnte, ein Echo, das in unseren Ohren widerhallte wie Schlagen von Fledermausflügeln. Huld bedeutete den Wächtern, die mich festhielten, ihm zu folgen. Wir stiegen hinab in die Tiefen von Bannerwell, unterhalb der Gärten, in den Fels hinein, wo sich ein Raum mit Steinmauern befand, an die sie mich ketteten. Ich saß regunglos und starrte die Kette an.

»Hier wirst du nicht imstande sein, dir etwas anzutun«, sagte Huld. »Vor der Tür steht ein Wächter, der dich stets beobachtet. Dieser Raum ist warm und trocken, und du wirst gut ernährt werden. Du wirst nicht leiden. Der Seher hat deine Zukunft gesehen, dich in der Gestalt des Prinzen GESEHEN. Das bedeutet, daß Mandors Hoffnung nicht trügerisch ist, nicht unmöglich. Auf irgendeine Art, durch Mavin oder das Talent, das du von ihr geerbt hast, wird sich seine Hoffnung erfüllen. Verstehst du?«

Ich gab keine Antwort, weil ich nichts verstand. Es war barer Unsinn, Dummheit.

»Zu deinem Besten schlage ich vor, daß du deine Aufmerksamkeit auf dieses Talent richtest. Ebenso zum Besten der übrigen. Mandor ist ungeduldig. Er wird jede Möglichkeit ausschöpfen, dir auf die Sprünge zu helfen.«

Ich will mich nicht damit ermüden, über die folgende Zeit zu reden. Ich wußte nicht, welche Tageszeit es war.

Es brannte nur Fackellicht, und die Zeit maß sich am Schichtwechsel der Wache, den Essenszeiten und den Augenblicken, wo ich den Topf benutzte. Es gab ruhige Zeiten, in denen ich vergaß, wer ich war, wo ich war, warum ich existierte. Dann kamen schreckliche Zeiten, wenn Mandor mich besuchte, das Gesicht unverschleiert, und dasaß und mich anschaute, einfach nur schaute, stundenlang. Manchmal sprach er, und ich verstand ihn nicht, was ihn zur Raserei brachte. Dann schlug er mich, fest genug, daß es mir weh tat, aber nicht so fest, um mich ernsthaft zu verletzen.

Es gab Zeiten, wo Huld kam, um zu streiten, Einwände zu machen, in meinem Kopf zu graben, um zu sehen, was dort vorging. So gut wie nichts, wie die Götter des Spiels nur zu gut wußten. Es gab wenig genug zu finden. Wenn ich in Ruhe gelassen wurde, gab ich mich langen träumerischen Erinnerungen an Tossa hin, rief sie an meine Seite und dichtete Liebesmärchen und Reime für sie. Ich dachte weder an Mavin noch an Mertyn. Ich dachte nicht an Himaggery und auch nicht an Windlow. Ich dachte tatsächlich nur an das, was nötig war, mich am Leben zu erhalten.

Manchmal erloschen die Fackeln, und Dunkelheit umgab mich. Einmal weigerte ich mich zu essen, und man holte Männer, die mich festhielten, während ein Tragamor mir die Nahrung die Kehle hinabzwang. Danach aß ich freiwillig weiter. Es gab Zeiten, da Mandor – nein, diese Erinnerung muß ich nicht unbedingt ausgraben. Er mußte mich fesseln, und ich glaube nicht, daß er viel Genuß dabei empfand.

Ich will von dieser Zeit nicht berichten, denn sie dauerte lange, sehr lange, und nichts änderte sich. Ich werde statt dessen von der Leuchtenden Domäne erzählen. Ich hörte erst später von alledem, aber es paßt an diese Stelle, und warum also soll ich es nicht jetzt berichten.

Als diejenigen, die mich gefangen genommen hatten, sich westwärts dem großen Tal zuwandten, wurden sie von Yarrel und Windlow gesehen, die hoch oben auf einer Felswand Posten bezogen hatten. Nachdem wir verschwunden waren, suchten die beiden Seidenhand und Chance und fanden sie gegen Abend. Sie warteten nicht auf den nächsten Morgen, sondern ritten sofort eilig nach Osten zur Leuchtenden Domäne. Beim ersten Tageslicht erklärte ihnen Yarrel, dicht vor ihnen seien die Spuren zweier anderer Pferde zu sehen, und sie ahnten sofort, daß es sich bei den Reitern um Dazzle und Borold handelte. Die vier wären Dazzle und Borold, sollten diese in Wut geraten, selbst gemeinsam hoffnungslos unterlegen gewesen, deshalb ließen sie größte Vorsicht walten, ihnen nicht zu nahe zu kommen. Sie verließen die Straße, suchten sich mühsam einen Weg durch den Wald und näherten sich den Ausläufern der Leuchtenden Domäne vorsichtig einen Tag später, nachdem Dazzle und Borold bereits dort angekommen waren. Dies geschah ungefähr zur gleichen Zeit, als ich auf dem schnaufenden kleinen Pferd über den höchsten Paß des Hidamangebirges in Richtung Bannerwell ritt. Wieder unter Himaggerys Schutz, verlor Seidenhand ihre Angst, und sie beeilte sich, so rasch wie möglich zu ihm zu gelangen, die Nachricht von Dazzles Gemeinheit und meiner Gefangennahme auf den Lippen.

Später erzählte man mir, wie freudig Himaggerys Wiedersehen mit Windlow verlaufen sei, voll zärtlicher Gefühle und Dankbarkeit darüber, daß sich der alte Mann in Sicherheit befand, nur getrübt von der Nachricht über meine Gefangennahme und Dazzles Niedertracht. Dazzle war von Himaggery bereits wieder weggeschickt worden, um in den Wäldern im Osten einen erfundenen Auftrag auszuführen, und hätte nur unter größter Anstrengung wiedergefunden werden können.

So erfuhren sie also nur, daß ich in Gesellschaft eines Pfandleihers, eines Dämons und einiger anderer Männer gesehen worden war, mit unbekanntem Ziel nach Westen reitend. Die Pferde waren so alltäglich und wurden von allen Bergbewohnern geritten, daß auch Yarrel keine Hilfe war.

Sie diskutierten ausgiebig darüber, wie man mich finden könne, beratschlagten diese Möglichkeit und jene. War ich wegen Lösegeld gefangengenommen worden? Wenn ja, von wem? War es aus einem anderen Grund geschehen? Wenn ja, aus welchem? Sie ergingen sich in leidenschaftlichen Selbstbeschuldigungen, daß Dazzle nach ihrer Rückkehr nicht GELESEN worden war, aber Himaggery hatte nur daran gedacht, sie so schnell wie möglich wieder loszuwerden, und nicht daran, wo sie in der Zwischenzeit eigentlich gesteckt haben könnte.

»Mein Fehler«, sagte er, nicht einmal, sondern zum wiederholten Male. »Ich hätte wissen müssen, daß sie wieder nichts als Unheil und Boshaftigkeit anrichten würde. Wie konnte ich nur so dumm sein, Dazzle nicht zu prüfen und Borold nicht befragen zu lassen? Er hätte nicht die Klugheit besessen, mir zu widerstehen ...«

Yarrel, ungeduldig durch die lange Verzögerung, forderte schließlich schlicht Hilfe, um mich zu finden. Er, der Bauer – obwohl dies nicht allgemein bekannt war –, nahm seinen Mut zusammen und forderte von Himaggery, er solle die größtmögliche Anstrengung unternehmen, um mich zu finden und mir zu helfen, falls dies nötig sei. Nein, das habe ich nicht richtig ausgedrückt. Yarrel brauchte seinen Mut nicht zusammenzunehmen. Er *war* einfach mutig. Ich vermisse ihn schmerzlich in diesen Tagen.

Die ganze Macht der Leuchtenden Domäne wurde versammelt, um Himaggery zu Diensten zu stehen. Ich habe mir das Ganze oft genug bildlich vorgestellt. Es geschah in dem großen Saal, der Audienzhalle, wo wir damals zuerst unsere Geschichte erzählt hatten. Das heiße Wasser der Quellen floß in den Kanälen unter dem Fußboden und brachte die Steine zum Dampfen, denn sie waren gerade erst für dieses Ereignis geschrubbt worden. Die Wände dieses Raumes sind weiß, wuchtige Blöcke geschliffenen schimmernden Steines, die zu gebogenen Erkern zusammengefügt sind, jeder Erker erhellt durch hohe Fenster, einer über dem anderen, jeder Erker durch einen Marmorpfeiler, in den Weinranken, kleine Tiere und Vögel gemeißelt sind, von seinem Nachbarn getrennt, die Motive mit Intarsien aus Edelsteinen, Gold und anderen kostbaren Materialien ausgelegt, so daß sie im Licht gleißen. Sechs oder sieben Mannshöhen darüber schließt sich die weißschimmernde Kuppel in kühnem Schwung bei dem AUGE zusammen, einer Glaslinse, die im Zentrum der Kuppel eingesetzt ist und deren Schliff bewirkt, daß das Licht in kleine Regenbogen gebrochen wird, die im selben Rhythmus, wie sich die Welt draußen dreht, über Fußboden und Wände gleiten. An einer Wand des Saales befinden sich zwei schimmernde Türen, an der Wand gegenüber Himaggerys Sitz, ein einfacher steinerner Stuhl, gepolstert mit hellen Kissen und gerade so weit erhöht, daß der Zauberer bequem zu sehen und zu hören ist. An diesem Morgen hatte Himaggery alle Seher, Dämonen und Unterherolde seiner Domäne und Schutzgebiete um sich versammelt und mit ihnen sämtliche Ranzelmänner und andere, deren Talent es ist, verlorene Dinge zu suchen und zu finden. Alle trafen sich in dem großen Saal, wo sie einen weiten Kreis mit einem kleineren darin und einem dritten ganz innen bildeten; jeder Spieler saß auf einem Kissen, die Hände mit denen seines Nachbarn oder seiner Nachbarin verschränkt, denn es waren viele Frauen darunter. Ganz in der Mitte saß eine Gruppe weiblicher Portierer. Seidenhand stand mit Chance und Yarrel etwas hinter Himaggery, so daß die drei niemandem im Wege waren. Neben dem Sitz hing in einem geschnitzten Rahmen ein bronzener Gong, und Himaggery nahm den Klöppel zwischen die Hände, als er ansetzte, zu den versammelten Spielern zu sprechen.

»Diese beiden hier, Yarrel und Seidenhand, kennen Peter gut. Chance kennt ihn, seitdem er ein Säugling war. Bitte, lest Peters Muster aus ihnen und sucht überall nach ihm. Der Junge wurde zuletzt vor drei Tagen gesehen, in Gesellschaft eines Pfandleihers, eines Dämons und einer Gruppe anderer Spieler. Sie ritten westwärts in das Lange Tal. Sucht sorgsam, denn die Ehre dieser Domäne steht auf dem Spiel …«

Er schlug den Gong. Der Boden unter der Versammlung erzitterte, als Arbeiter darunter befindliche Schleusentore öffneten, um kochendheißes Wasser aus den Quellen unter die Steine zu leiten. Es wurde heiß, immer heißer. In diesem Moment begannen die miteinander verbundenen Spieler ihre Suche, jeder mit der ganzen Macht, die er aus der Hitze der Quellen unter ihm ziehen konnte, schickten ihren Geist zu den unermeßlichen Wäldern des Hidamangebirges, nach Westen und Norden, nach Westen und Süden, suchend, suchend … Zuerst jedoch …

Für Seidenhand war es, als würde sie von einer gigantischen Schwinge getroffen, ungeheuer mächtig, doch sanft. Es hatte nichts mit dem Prickeln im Kopf gemein, das Dämonen üblicherweise verursachten. Statt dessen fühlte es sich an, als würde ihr Geist aus ihr herausgenommen und auseinandergefaltet, wie ein Tuch zum Bügeln, gespreizt, geglättet, beinahe so, als ob Hunderte von Händen jede Falte glattstrichen. Dann wurde er wieder in die Form gelegt, wie er vorher gewesen war, und zurückgebracht.

Yarrel und Chance beschrieben es anders. Ihnen erschien die Suche wie Wasser, das in sie hinein- und wieder herausfloß und jede Art von Gedanken und Erinnerung mit sich trug, so daß sie schweigend und wie vor den Kopf geschlagen dastanden, viele Sekunden lang unfähig, sich zu erinnern, wer sie waren oder warum sie sich in diesem Saal befanden. Auf diese Weise wurde das ›Muster genommen‹, von dem Himaggery gesprochen hatte, und es führte die Suchenden auf die Spur, wie Fustigare dem Geruch nachspüren. Sie gingen mit meinem Geruch in den Nüstern hinaus in die Welt, um mich zu finden.

Später wußte niemand mehr, wer den ersten Hinweis entdeckt hatte. Möglicherweise war es ein Ranzelmann gewesen, der daran gewöhnt war, Verlorenes wiederzufinden, wahrscheinlich aber ein Unterherold, der in Yarrels Erinnerung gesehen hatte, wo der Eingang der Schlucht lag. In der Mitte der Audienzhalle saßen die Portiererinnen. Sobald man eine Gegend genau genug bestimmen konnte, um sie hinzuführen, verschwand eine von ihnen urplötzlich, von den gebündelten Talenten und ihrem eigenen Talent zu dem fernen Ort geleitet. Dort suchte sie, fand die Spuren, die der Unterherold angegeben hatte, entdeckte, in welche Richtung sie führten, suchte nach einer Markierung und kehrte zurück. Die Markierung wurde von einem Dämon zu einer anderen Portiererin weitergeleitet, und diese verschwand, sobald die erste zurückgekehrt war, und suchte an diesem ferneren Punkt weiter.

An einer Stelle wurde das langsamer werdende Springen der Portierer von dem plötzlichen Aufschrei eines Sehers unterbrochen, der eine Vision hatte. »Weiter nördlich!« rief er. »In Richtung der Weißen Gipfel.« Also setzte sich die Suche dort fort, bis schließlich eine Portiererin die Straße wiederfand. Es gab falsche und richtige Markierungen. Manchmal verfehlten die Portiererinnen das Ziel und landeten weitab von der Straße, manchmal gabelte sich die Straße, und sie wählten die falsche Abzweigung. Dann wieder übermittelten ihnen die anderen nur ein verschwommenes, verwirrendes Bild. Die Geschwindigkeit verringerte sich. Der Raum wurde heißer. Es mangelte nicht an Macht, doch die beteiligten Körper wurden zusehends schwächer. Himaggery schlug wieder den Gong, und die Schleusentore unter dem Boden schlossen sich polternd.

»Eßt«, befahl der Zauberer. »Schlaft. Geht im Garten spazieren. Wir treffen uns morgen in diesem Saal bei Sonnenuntergang wieder.«

Er lud Seidenhand und Yarrel ein, mit ihm zusammen in seinen Gemächern zu Abend zu essen. Seidenhand überschlug sich fast mit Kommentaren und Geschnatter, wie stets.

»Ich verstehe nicht, wie das vor sich ging. Welch ein Spiel war das? Davon habe ich noch nie gehört.«

»Kein Spiel, Heilerin. Wir spielen nicht. Wir suchen eine Wirklichkeit, eine Wahrheit. Wir haben es noch nicht oft genug versucht, um wirklich geübt darin zu sein. Außerdem haben wir es bis jetzt nur heimlich probiert – nicht wenn Unheilstifter anwesend waren. Ihr hättet bereits früher daran teilnehmen können, wenn Ihr nicht immer darauf bestanden hättet, mit Dazzle zusammenzusein.«

»Aber worum handelt es sich? Wie geht es vonstatten?«

»Um es zu begreifen, müßt Ihr erst einmal begreifen, was KETZEREI bedeutet …«

»Oh, ihr beiden und eure KETZEREI! Ich habe noch nie begriffen, was ihr eigentlich damit meint. Ihr habt nichts weiter gesagt als das, was ich schon gewußt oder tausendmal gehört habe …«

»Es gibt elf Talente«, erklärte Himaggery.

»Unsinn«, widersprach sie ihm. »Es gibt Tausende. Stehen alle im Index, jeder einzelne. Jeder Typ Spieler hat sein eigenes Talent.«

»Nein, es gibt nur elf.«

»Aber ...«

»Ihr wolltet etwas wissen, also seid still und laßt mich erzählen. Es gibt nur elf, Seidenhand, zwölf, wenn Ihr die Unveränderlichen mitzählt.«

»Die Unveränderlichen besitzen kein Talent!«

»Wirklich nicht? Sie haben die Macht, immun gegen unsere Talente zu sein, unverändert zu bleiben, ganz gleich, was wir auch versuchen. Ist das kein Talent?«

»Aber so etwas meinen wir nicht, wenn wir von Talenten sprechen.«

»Nein. Aber es stimmt trotzdem. Es steht in Windlows Buch.«

»Der Index spricht von Tausenden. Ich habe alles gelernt, ihre Namen, ihre Kleidung, ihr Aussehen, wie sie ziehen, ihre Domänen, alles ...«

Er wandte sich von ihr ab und blickte zu den Dunstschleiern und Obstbäumen vor dem Fenster hinaus, deren Konturen sich vermischten. »Heilerin, Euer Talent ist eines der elf. Ihr könnt die restlichen aufsagen, wenn Ihr wollt. Es sind diejenigen, die Ihr kürzlich in Windlowhaus gelernt habt.«

»Ihr meint, was Windlow über die Ersten Elf gesagt hat? Aus den Religionsbüchern? Was hat denn das damit zu tun?«

Er lachte. »Seidenhand, Ihr seid ein richtiger Kindskopf. Wißt Ihr denn nicht, daß irgendwo in dieser Welt eine Gruppe sehr mächtiger Zauberer sitzt, die man allgemein als den RAT bezeichnet? Wißt Ihr nicht, daß sie es sich zur Aufgabe gemacht haben, die Ketzer in unserer Welt zu verfolgen? Jeden, der über Dinge spricht, die nicht im Index stehen? Jeden, der behauptet, die Unveränderlichen besäßen ein Talent? Ihr seid so naiv. Hier können wir über alles reden. Hier, in der Leuchtenden Domäne, seid Ihr sicher. Aber Ihr werdet es mir nicht danken.

Windlow hat es als erster herausgefunden, vor langer, langer Zeit, und es mir beigebracht, ganz heimlich, um nicht die Aufmerksamkeit der Wächter auf sich zu ziehen, der Wächter des RATS, die darauf bestehen, daß alles beim alten bleibt. Windlow war es, der begriff, daß die Religionsbücher eigentlich Geschichtsbücher sind, daß das, was darin über unsere Vorfahren steht, wirklich geschehen ist.

Man erzählt uns von Didir, dem Dämon. Nun, Seidenhand, Yarrel, stellt euch einmal eine Welt vor, in der es überhaupt keine Talente gibt. Dir, Yarrel, dürfte das leichtfallen. Stell dir eine Welt voller Bauern vor. Ohne Kraft außer der ihrer Muskeln und Stimmen, Überzeugungen und Hiebe. Nichts weiter. Vielleicht noch die Macht der Intelligenz. Windlow und ich sind uns darüber noch nicht einig.«

»Es muß sie geben«, sagte Yarrel. »In Intelligenz liegt Macht. Ich weiß es. Ich kann mir diese Welt vorstellen.«

»Sehr gut. Nun stellt euch vor, daß in dieser Welt eine Frau geboren wird, die die Gedanken der anderen lesen kann. Didir. Warum nennen wir diejenigen, die Gedankenleser, Dämonen? Mmmh? Wir nennen teuflische Gottheiten Dämonen oder böse Geister. Warum also heißt ein GEDANKENLESER Dämon?«

»Weil man glaubte, es handle sich um einen bösen Geist, eine teuflische Macht«, erwiderte Yarrel. »Man konnte es sich nicht anders vorstellen. Es wäre schrecklich gewesen, wenn jemand die Gedanken der Menschen in die Öffentlichkeit gezerrt, vor ihnen ausgebreitet hätte …«

»Ja, genau. Und die Religionsbücher sagen noch mehr. Sie erzählen, daß jemand mit Namen Tamor geboren wurde, ein Waffenträger. Die ältesten Bücher nennen ihn LUFTGETRAGENER. Warum wohl?«

»Weil er fliegen konnte«, antwortete Seidenhand. »Waffenträger können fliegen.«

»Und was hielte eine Welt von Bauern davon?«

»Die würden staunen«, antwortete sie. »Und sich vor ihm fürchten, ihn vielleicht hassen. Ich überlege, ob sie ihn vielleicht sogar töten würden.«

»Windlow meint nein«, fuhr Himaggery fort. Der alte Seher nickte zustimmend von der Stelle herüber, wo er saß. »Windlow meint, daß *sie,* die Bauern dieser Welt, Tamor und Didir irgendwo anders hinschafften, weit, weit von ihrer Welt entfernt.«

»Wohin?« fragte Seidenhand.

Himaggery schüttelte den Kopf. »Wer weiß? Aber Windlow glaubt, daß das der Sinn dessen ist, was er gelesen hat. Er meint, daß Didir und Tamor weggebracht wurden, daß sie sich danach vereinigten und daß ihre Nachkommen sich mit einigen der Bauern zusammentaten, die mit ihnen gegangen waren. Aus ihrer Verbindung entstand Hafnor, ein Portierer. Das Talent eines Portierers besteht daran, sich selbst von einem Ort zum anderen zu transportieren. Generationen später kam aus dieser Familie und Didirs Linie die erste Seherin, Sorah. Und so weiter. Und wenn ihr sie alle zusammenzählt, kommt ihr auf elf.«

»Aber es gibt doch viel mehr! Herolde, Hexen, Ranzelmänner und ...«

»Die Hexe besitzt drei dieser elf Talente«, erklärte Himaggery geduldig. »Feuermachen, Betörung und die Macht, Kräfte zu speichern, wie Magier es auch können. Bei einer Hexe sind diese drei Talente aber nicht so stark ausgebildet wie bei einem Spieler, der nur ein einziges dieser Talente besitzt. Trotzdem besitzt sie diese Talente.«

»Und Herolde?«

»Herolde besitzen die Macht des Fliegens, doch nur in geringem Ausmaß, und die Macht des Sehens, doch ebenso gering, und eine geringe Fähigkeit, Dinge durch die Kraft ihres Geistes zu bewegen, wie Tragamore es tun.«

»Und Ranzelmänner?«

»SEHEN, die Gedanken anderer LESEN, doch auch nur gering, und eine natürliche Neugierde, die wenig mit Talent zu tun haben scheint.«

»Lesen, Sehen, Fliegen, Transportieren, Bewegen, Speichern, Heilen, Feuermachen und – wie habt Ihr es genannt?«

»Betörung, die Macht der Könige und Prinzen. Die Macht, andere für sich zu gewinnen, sie zu Gefolgsleuten zu machen. Manchmal heißt dieses Talent auch *Folge-mir.* Und nun haben wir nur noch zwei übrig – Gestaltwandeln und Nekromantie. Diese sind die elf. Es gibt keine anderen, abgesehen von den Unveränderlichen.«

»Von denen die Religionsbücher behaupten, daß sie absichtlich von zwei mächtigen Zauberern erschaffen wurden, Barish und Vulpas.« Yarrel war sehr nachdenklich geworden. »Ich kann mir vorstellen, warum sie es taten. Wahrscheinlich sahen sie voraus, daß irgendwann einmal alle Menschen ohne Talente im Spiel aufgebraucht wären, und sie spürten, daß das ungerecht war. Also schufen sie eine Macht, die die Bauern vor Schaden bewahren sollten, und verschenkten sie. Doch nur an einige«, schloß er bitter.

»Vielleicht reichte die Zeit nicht aus, um sie allen zu geben«, meinte Seidenhand.

»Oder man hinderte sie daran«, sagte Windlow. »Als ich zuerst diese Stelle las, fragte ich mich, warum zwei mächtige Zauberer so etwas tun sollten. Schließlich begriff ich es. Ein Zauberer täte so etwas, wenn er den Begriff GERECHTIGKEIT kennen würde. Das ist ein sehr altes Wort. Es bedeutet: zu wissen, was richtig ist, zu korrigieren, was falsch ist, den korrekten Weg zu finden.«

»Korrekt?« fragte Seidenhand. »Was bedeutet das? Ich kenne das Wort nicht.«

»Nein, wir kennen das Wort nicht«, stimmte Himaggery zu. »Im Spiel zählen nur die Regeln. Die Regeln werden zwar immer gebrochen, und es gibt auch einige Strafen dafür, trotzdem zählen sie als einziges. Niemand kümmert sich darum, was richtig oder gerecht ist. Alle kümmern sich nur um die Regeln. Windlow meint, die Regeln wurden erschaffen, um Ordnung in das Durcheinander zu bringen, aber im Lauf der Jahrhunderte wurden sie wichtiger als alles andere. Sie entwickelten sich vom Mittel zum Zweck. Ja, jetzt habe ich euch Ketzerisches gelehrt. Daß es auf der Welt Personen gibt, die das Spiel am liebsten so weiterspielen möchten, wie es seit Generationen gespielt wurde. Daß es Personen gibt, denen der Gedanke der Gerechtigkeit völlig gleichgültig ist. Wir haben bis jetzt Glück gehabt, die Leuchtende Domäne hat Glück gehabt. Bis jetzt wurden wir noch zu keinem großen Spiel herausgefordert. Wir haben einen unsicheren Frieden mit den Unveränderlichen geschlossen und treffen uns von Zeit zu Zeit mit ihnen auf neutralem Boden. Ihr Mißtrauen uns gegenüber ist trotzdem immer noch sehr groß. Die Ruhe ist trügerisch. Sie wird nicht ewig halten, und es kann sein, daß Peters Entführung genau der Stein ist, der die Lawine ins Rollen bringt.

Windlow SIEHT, und er hat mir gesagt, ich solle zuversichtlich sein. Ich vertraue ihm von ganzem Herzen und ganzer Seele, als wären wir *thalani.* Aber ich bringe manchmal nicht genug Mut auf«, gestand Himaggery. »Dieses Talent nenne ich nicht mein eigen.«

»Meister, welches Talent besitzt Ihr denn?« fragte Seidenhand. »Welches ist das Talent der Zauberer?«

Er lachte, zauste ihr das Haar, antwortete aber nicht. »Falls ich überhaupt eines habe, ist es, Spieler im Namen dieses Wortes zusammenbringen, im Namen dieser GERECHTIGKEIT. Wenn ich überhaupt eines besitze, so ist es das.«

9

Gestaltwandler

Die vereinten Talente der Leuchtenden Domäne versammelten sich in der Abenddämmerung erneut und dann noch einmal am darauffolgenden Morgen. Am Mittag des zweiten Tages hatten sie meine Spur bis nach Bannerwell verfolgt, und ein Seher teilte ihnen mit, daß ich lebendig innerhalb der Burgmauern weilte. Sie benötigten einen oder zwei Tage, um einen Unterherold in die Nähe der Burg zu schicken, denn Unterherolde besitzen zwar das Talent des Portierens, es ist aber nicht sonderlich ausgeprägt. Genausogut besitzen sie, wie die Dämone, das Talent des Gedankenlesens, aber auch nur mäßig. Deshalb waren meine Freunde nicht sehr überrascht, als der Unterherold zurückkehrte und berichtete, er habe zwar Gedanken aufgefangen, die er für die meinen hielt, sei sich aber nicht ganz sicher. Nichtsdestoweniger hatte er aus verschiedenen Quellen in und um Bannerwell Hinweise auf Mertyn gefunden, und das reichte, damit einige aus der Versammlung ihre Aufmerksamkeit auf Mertynhaus in der Schulstadt richteten.

Ab diesem Zeitpunkt dauerte es nicht mehr lange, bis die Versammlung das Geheimnis meiner Herkunft gelüftet hatte oder – besser gesagt – herausgefunden hatte, wer meine Mutter war. Seltsamerweise hatte ich über meinen Vater gar nicht nachgedacht. Ich wußte, daß Talente erblich waren, daß man sie auf beide Elternteile zurückverfolgen konnte, aber sogar als ich hörte, daß ich Mavins Sohn war, verspürte ich keine Neugierde darüber, wer wohl mein Vater sei. Wenn ich überhaupt daran gedacht hatte, dann nur sehr flüchtig und erst viel später. Sobald Himaggery genug wußte. sandte er einen Portierer zu Mertyn und bat ihn, zur Leuchtenden Domäne zu kommen. Dabei verletzte er die Regeln, die besagen, daß Portierer keine Nachrichten von einer Domäne zur anderen übermitteln dürfen. Diese Aufgabe bleibt Herolden vorbehalten, manchmal auch Botschaftern. Niemand von uns ahnte, daß Himaggery gut daran tat, nicht zu gesetzestreu zu handeln. Mandors eigene Herolde befanden sich nämlich bereits auf dem Weg zur Schulstadt.

Als sie eintrafen, stellten sie fest, daß Mertyn abgereist war. Er hatte ein flinkes Schiff bestiegen, um über das Stürmische Meer und den Mittelfluß hinunter zum See Yost zu segeln. Niemand in Mertynhaus wußte, wohin er aufgebrochen war. Himaggerys Portierer, der Auslöser für Mertyns Verschwinden, dachte nicht daran, Mandors Unterherolden behilflich zu sein, so daß ihnen nichts anderes übrigblieb, als sich in der Schulstadt einzuquartieren, um Mertyns Rückkehr abzuwarten. Schließlich gaben sie das Warten auf und kehrten unverrichteter Dinge nach Bannerwell zurück, um sich Mandors Grimm zu stellen. Der Tag ihrer Rückkehr war ein Tag, an den ich mich nur sehr ungern erinnere.

In der Zwischenzeit suchte Himaggery jeden Tag Windlow auf, der in seinen behaglichen Räumen saß, von denen aus er in den Garten blicken konnte, und in meinem Buch las. Die beiden besprachen die nächsten Schritte. Der alte Mann schloß dann meist die von Runzeln umgebenen Augen, lehnte sich mit dem Rücken gegen das Fensterbrett, während die Sonne warm und ruhig auf sein Gesicht schien, die Nebel auf- und niederwogten, wie sie es stets taten, und er auf der Suche nach Visionen ein langes Schweigen entstehen ließ. Schließlich öffnete er die Augen und erzählte, was er herausbekommen hatte.

An einem dieser Tage sagte er: »Peter ist nicht in unmittelbarer Gefahr, Himaggery. Allerdings ist er sehr verzweifelt und einsam. Er hat alle Hoffnung aufgegeben.«

Seidenhand, die sich ebenfalls im Zimmer aufhielt, sagte sofort: »Wir müssen zu ihm. Sofort. Ihr übrigen könnt derweil überlegen, was ihr weiter unternehmen wollt …« Himaggery protestierte, wurde aber von dem alten Mann unterbrochen.

»Nein. Verbiete es ihr nicht, Himaggery. Vielleicht ist das gar kein schlechter Plan. Heiler werden im allgemeinen respektiert, sind fast immer sicher. Sie könnte mit Yarrel und Chance gehen – eine Heilerin mit zwei Dienern. Könnt Ihr so tun, als wärt Ihr Diener?« Die Frage war an Yarrel gerichtet, dessen Stolz er kannte.

»Ich kann nicht so tun«, erwiderte Yarrel. »Ich kann es sein.« Und er verbeugte sich vor Seidenhand, als ob er ihr Reitknecht wäre. »Wenn Seidenhand ihre Rolle ebenfalls lernt …«

»Auf jeden Fall«, gelobte sie.

Also machten sich die drei nach Bannerwell auf, nicht über die hohen Pässe des Hidamangebirges, über die ich gekommen war, sondern am westlichen Ufer des Mittelflusses entlang, vorbei an den Vorgebirgen und geradewegs in das Tal des Flusses Banner. Bevor sie aufbrachen, nahm Himaggery Yarrel beiseite und erzählte ihm von einigen Visionen, die Windlow in letzter Zeit gehabt hatte.

»Es wird bald keine Große Domäne mehr geben, mein Junge. Ein großes Spiel … Seidenhand darf davon nichts erfahren, denn man wird sie in Bannerwell LESEN. Chance und Dich werden sie in Ruhe lassen, weil sie annehmen, daß ihr von solchen Dingen keine Ahnung habt. Aber es ist wichtig, daß du Bescheid weißt, damit du rechtzeitig Schritte unternehmen kannst …«

Während die drei die Leuchtende Domäne verließen, schmiedete Himaggery weiter Pläne. Mertyn war auf dem Schiff unterwegs, Mandor wütete, ich hockte in meinem steinernen Gefängnis, träumte mich woanders hin oder hoffte auf den Tod. Alle von uns dachten an mich. Keiner dachte an Dazzle.

Diese jedoch kehrte von ihrem Auftrag zurück, und die Entdeckung, daß Seidenhand in der Zwischenzeit dagewesen und wieder abgereist war, versetzte sie in ungeheure Wut. Sie platzte fast vor Ingrimm und Rachegedanken gegen alle, die sie verdächtigte, ihr Unrecht getan zu haben, und Borold lieh ihren Phantastereien ein offenes Ohr. Nachts, in einer stillen Stunde, brachen die beiden auf, Seidenhand zu verfolgen. Vielleicht hegten sie Mordgedanken. Vielleicht fürchtete sich Dazzle vor Himaggerys Reaktion, wenn sie Seidenhand in aller Öffentlichkeit verletzte, und plante nun eine indirekte Rache. Niemand wußte, was in ihrem Kopf vorging, außer daß sie Seidenhand gegenüber nichts Gutes im Schilde führte.

Die Zeit verstrich. Ich wußte von alldem nichts. Ich kannte nichts anderes als fortdauernde Verzweiflung und Leid.

Eines Tages aber saß ich auf der Pritsche in der Zelle, wo man mich angekettet hatte, die Zelle dämmrig und voll Schatten durch die Fackel, die rauchend im Gang vor der Gittertür brannte. Draußen stand der Wächter, halb am Einnicken, aber immer wieder hochschreckend, und es war still wie der Mond, als ich plötzlich aus dem Augenwinkel eine flackernde Bewegung wahrzunehmen glaubte. Da ich von Stein umgeben war, konnte sich nichts bewegt haben, und ich drehte verwundert den Kopf zur Seite. Ein Portierer hob sich für einen Augenblick vor dem Fels ab. Er warf mir einen scharfen Blick zu und verschwand. Ich dachte, meine Phantasie hätte mir einen Streich gespielt, und ich hätte mir die schlanke Form in der enganliegenden waschledernen

Tracht mit der heruntergezogenen Kapuze, diese fast nackt wirkende Silhouette, nur eingebildet. Doch wie konnte ich mir diesen hastigen, verstohlenen Blick einbilden? Die Angelegenheit klärte sich sofort auf, denn der Wächter stieß einen lauten Schrei aus und rannte in die Halle davon. Er hatte es auch gesehen.

Huld und Mandor erschienen, Huld mit schweren Stiefeln durch meine Gedanken trampelnd, in meinem Geist schürfend und kratzend bei dem Versuch, etwas zu finden, wo nichts mehr vorhanden war; Mandor wütend und schimpfend, sein grauenerregendes Gesicht durch die Wut noch scheußlicher verzerrt. Ich würgte, schwieg und ließ die beiden gewähren. Was hätte ich sonst tun können? Jedesmal wenn der Prinz kam, wunderte ich mich aufs neue, daß die Wachen Mandor nicht so wahrnahmen, wie ich es tat. Ich wußte aus ihren Gesprächen, daß außer Huld niemand in Bannerwell ihn so erblickte wie ich. Für sie alle war er nach wie vor der strahlende Prinz, der elegante Lord. Einer der Wachen hatte mir gesagt, daß er mich beneide, *mich,* weil überall erzählt wurde, daß der Prinz mich geliebt habe.

»Er weiß von nichts«, erklärte Huld Mandor zum sicher hundertsten Male. »Möglicherweise war ein Portierer hier, aber weder kennt ihn Peter, noch weiß er, woher er gekommen ist.«

Mandor stieß ein unartikuliertes Schreien aus, das Huld ohne Mühe zu verstehen schien. »Nein, Mandor, ich täusche mich nicht. Falls jemand nach dem Jungen sucht, tut er es ohne Peters Wissen. Wie sollte er es auch wissen können? Wie lange hältst du ihn hier schon gefangen? Wer sollte über ihn irgend etwas in Kenntnis haben? Du denkst doch sicher nicht, daß er plötzlich Seher geworden ist. Wir wollen uns lieber weiter auf ein Großes Spiel vorbereiten! Ich bezweifle nicht, daß wir herausgefordert werden, und zwar bald, aber laß den Jungen in Frieden!«

Ein weiterer Schwall stammelnder Worte wurde ausgestoßen. Mandors Versuche zu sprechen hörten sich für mich an wie kämpfende Baumkatzen, nur Jaulen und Zischen. »Es ist möglich, daß Mertyn nach ihm sucht«, erwiderte Huld, »falls wir dieser Hexe Glauben schenken wollen, die wir von der Hohen Domäne mitgebracht haben. Das ist alles möglich. *Gewiß* ist aber, wie unsere Seher uns sagen, daß irgend jemand ein Großes Spiel begonnen hat und Bannerwell gerade hineingezogen wird. Und was jetzt? Befiehl mir. Ich bin dein *thalan* und Diener.«

»Hol Ausplauderer«, befahl Mandor. Hin und wieder waren seine Worte deutlich zu verstehen, und dies war ein solcher Augenblick. »Hol Ausplauderer.«

»Er kann dir nichts sagen, was er selbst nicht weiß!« rief Huld erregt. »Auch nicht unter der Folter.«

»Awer wandeln«, sagte Mandor und schritt von dannen, die hallenden Korridore entlang. »Wandeln oder sterwen.«

Huld schwieg und schluckte hart. Er bleckte die Zähne zu einem Knurren, das aber nicht mir galt. Schließlich sagte er: »Das ist unehrenhaft, Peter. Ich würde es nicht befehlen, wenn ich nicht selbst den Befehl dazu bekommen hätte. Er befiehlt, dich foltern zu lassen in der nichtigen Hoffnung, daß dein Talent dadurch zum Vorschein kommt. Falls überhaupt eines vorhanden ist… Manche behaupten, Talente erscheinen, wenn sie benötigt werden, uns zu retten. Ich weiß nicht, ob das stimmt. Verzeih bitte…«

Und er verließ mich. Nichtige Hoffnung, dachte ich, o Huld, der du keine Ehre besitzt. Nichtige Hoffnung, falls du tust, was man von dir verlangt, ohne danach zu fragen, worum es sich dabei handelt. Meine Gedanken wirbelten durcheinander, entwarfen Hunderte von Plänen und verwarfen sie wieder. Was würde ich tun? Was würde ich sagen? Ich wollte nicht der Folter unterworfen werden, weil ich wußte, was das bedeutete. Von meiner steinernen Zelle aus hatte ich viel gesehen, mehr als nötig, denn die Folterkammern lagen tiefer unten, und Männer waren vor meinen Augen dorthin geschleift und wieder zurückgebracht worden. Ich dachte an Mertyn, an Himaggery, fragte mich, ob sie mir Hilfe schicken, und wußte, daß diese zu spät kommen würde. Ich dachte an Chance und Yarrel, wünschte mir, sie würden kommen, um mich zu trösten. Ich dachte an den alten Windlow, Windlow und seine Vögel und Kräuter… und erinnerte mich. Windlows Kräuter. Es steckten noch Blätter des Krauts in meiner Tasche, das Windlow uns damals in der Schlucht gegeben hatte, damit wir unsere Körper verlassen und zu Gras werden konnten.

Ich zerrte den Fetzen Stoff hervor, hörte Männer herbeikommen, klaubte mit zitternden Händen die Blätter heraus und stopfte sie mir in den Mund. Ein paar steckte ich in die Tasche zurück. Wenn ich einen klaren Kopf behielte und ein paar Minuten Ruhe hätte, gelänge es mir vielleicht, mich so weit von meinem Körper zu entfernen, daß ich keinen Schmerz verspürte. Fußtritte näherten sich. Der Ausplauderer spähte durch die Gitterstäbe, ein haariger Mann mit nackten Armen bis zu den Schultern, einer schwarzen Kapuze über den Augen, einem Lederwams und hohen Stiefeln.

»Komm heraus!« befahl er, und ich folgte ihm. Folgte ihm wie ein Lamm. Wir gingen an der Wache vorbei. Wir waren allein. Er an meiner Seite, das Gesicht verächtlich verzogen. Er mit dem stählernen, massigen Körper, den muskulösen Armen. Er mit dem haarigen Nacken, den ausgebuchteten Schultern, dem flachem Schädel und den schmalen Augen, die durch die halbe Kapuze spähten, schwer die Füße, *klapp, klapp*, die Fußsohlen, wenn sie die Steine berührten, die Kante eines Fußnagels, der sich mit dumpfen Schmerz ins Fleisch bohrte, die aufgeplatzte Haut am Knöchel der rechten Hand, die Erinnerung an den Geschmack der morgendlichen Grütze, die von klobigen gelben Zähnen zermahlen wurde, meine Zunge, die nach dem zerbrochenen Zahn suchte, den ich einem Opfer verdankte, das mit einem Stein nach mir geschlagen hatte, nicht wie dieser Junge hier, dieses Kind, das nicht eine Minute auf der Streckbank aushielte, sondern wie ein gekochtes Huhn auseinanderfiele … er, der sich umdrehte, um das Opfer anzusehen, um sich selbst wie in einem Spiegel zu erblicken, sich selbst, wie er sich riesig im Korridor erhob, und den Schlag zu spüren, mit dem die Fackel auf seine Augenbraue traf, den eisernen Ring, der seine Gedanken zerschmetterte, sein Leben. Dann befand sich nur noch einer von uns beiden lebend im Korridor, und einer von uns beiden war tot, doch beide waren wir dieselben, dieselben.

Erst als ich meine Hand sah, die die entwendete Fackel hielt, begriff ich, daß etwas geschehen war, erst als ich mein Gesicht sah, das sich in der eisernen Platte über dem Guckloch einer Zellentür spiegelte, erst dann begriff ich, was geschehen war. Es stimmte. Ich besaß ein Talent. Ich hatte es von Mavin Vielgestalt geerbt, von der man behauptete, sie könne eine andere menschliche Gestalt als die ihre annehmen. O ja. Das konnte sie. Genauso wie ich.

Und nicht nur die Gestalt. Vor mir lagen, offen wie die Seiten eines Buches, alle Gedanken dieses Morgens, der Name des Mannes, Gesichter derer, die er kannte, die Burg, als wäre sie auf einer Karte aufgezeichnet. Ich versuchte mich an mehr zu erinnern, an seine Kindheit, seine Eltern, fand aber nichts. Nur verschwommene, unzusammenhängende Gedanken, eine nötige Bürde für ein paar Stunden, Namen, Orte, Gesichter, die eigene Arbeit. Ich hatte mit Vorfreude an das Kommende gedacht, ich, der Ausplauderer. Ich, Peter, hatte mich davor gefürchtet. Was nun? Wir beide hielten uns immer noch im Korridor auf, einer tot, der andere lebendig.

Nun, ich befand mich in Sicherheit, solange sie mich für den Ausplauderer hielten, einen gewissen Grimpt. Also durften sie den anderen, den wahren Grimpt, nicht finden. Ich packte den Körper unter den Achseln und schleifte ihn den Korridor hinunter. Die Erinnerungen, die ich gemeinsam mit dem fremden Körper übernommen hatte, reichten aus, um mir die Richtung zu weisen. Der Folterkeller lag vor uns, die Kerkerzellen mit den Falltürgruben, wo Körper für lange Zeit versteckt oder für immer vergessen werden konnten. Bevor ich mich des Ausplauderers entledigte, überprüfte ich noch einmal meine Gestalt, weil etwas ... ja, etwas stimmte nicht. Die Kleidung. Ich besaß zwar Grimpts Gestalt, hatte aber nicht seine Kleidung übernommen. Meine eigene hing in Fetzen an mir, die Hosennähte aufgeplatzt durch den plötzlichen Auswuchs von Fleisch. Ich streifte sie ab und entkleidete Grimpt, um seine Kleidung anzuziehen. Die Blutflecken darauf kümmerten mich nicht. Es gab auch ältere, die bereits zu braunen Krusten getrocknet waren. Augenscheinlich gehörte das ebenfalls zum Kostüm des Ausplauderers. Ich vergaß auch nicht, die Kräuter mitzunehmen, die Windlow mir gegeben hatte. Es waren nur noch wenige übrig, doch sicher genug für eine weitere Verwandlung, überlegte ich, und später würde ich es vielleicht auch ohne sie schaffen.

Los! ermutigte ich mich selbst. Du hast später noch genügend Zeit nachzudenken. Bring dich zuallererst in Sicherheit. Der tote Grimpt verschwand in der Falltürgrube. Der lebendige Grimpt begab sich den Korridor zurück bis zu einer Stelle, von wo aus er die Wache vor Peters Zellentür rufen konnte.

»He, du dort, Bossel oder wie du heißt ... Mach dich auf und hol uns einen Krug Bier aus der Küche. Derweil bring ich, was von dem hier übriggeblieben ist, ins Bett zurück. Geh schon, die Arbeit macht durstig.« Der Mann war nur ein einfacher Wächter in einem verrosteten Kettenhemd, mit wenig mehr Talent als ein Bauer, ein Flückelmann vielleicht. Er öffnete den Mund, um zu widersprechen, entschied sich aber dagegen und lehnte seine Waffe gegen die Mauer, um rasselnd die Treppe hochzusteigen. Ich lief zu der offenstehenden Zelle, ging hinein, zwirbelte die dünne Matratze so zusammen, daß es aussah, als liege jemand unter der Decke, schob Peters Schuhe so unter die Decke, daß ihre Spitzen herausschauten, verließ dann die Zelle wieder und schloß hinter mir ab. Am Fuß der Treppe traf ich mit dem Wächter zusammen, dem ich den Schlüssel überreichte und eine schmutzige Geschichte erzählte, die in Grimpts Erinnerungen darauf wartete, ausgegraben zu werden. Ich trank das Bier, schlug dem Mann kräftig auf den Rücken und stieg unmelodisch pfeifend die Treppe hoch.

Oben wartete Huld auf mich. *Verbeugen,* sagten Grimpts Gedanken, also verbeugte ich mich.

»Und?« fragte er.

Ich zuckte mit den Schultern. »Er sagte nichts... außer das, was alle sagen«, feixte ich. Huld zog eine Grimasse des Abscheus, die ich scheinbar nicht verstand. »Hab ihn zurückgebracht. Soll ich ihn mir heut noch mal vornehmen?« Die Frage kam von selbst, ohne daß ich nachzudenken brauchte.

»Nein.« Huld schauderte. »Nein.« Er drehte sich um und ließ mich stehen, der Abscheu auf seinem Gesicht war so stark, als röche er etwas Schlechtes. Ich roch es ebenfalls und merkte, daß es der Geruch der Kleidung eines Ausplauderers war – der Geruch nach getrocknetem Blut, Rauch und Schweiß. Grimpt nannte eine schmutzige Behausung sein eigen, einen Verhau mit einer Tür. Nachdem ich eingetreten war und die Tür hinter mir zugeschlossen hatte, verbrachte ich eine Zeitlang mit Nachdenken.

Wenn man entdeckte, daß Peter verschwunden war, würde man als allererstes die Wache befragen. Der Mann wußte nichts, aber er würde die Aufmerksamkeit auf Grimpt lenken. Daraufhin würde man Grimpt befragen. Meine oberflächlichen Gedanken waren zwar die Grimpts, aber sie enthielten frische Erinnerungen, die einer Prüfung nicht standhalten würden. Nein, ich konnte nicht in Grimpts Gestalt bleiben. Ich mußte ein anderer werden, eine andere Gestalt annehmen – die von jemand Unwichtigem, den niemand bemerkte. Ich verließ den schmutzigen kleinen Verschlag und schlenderte über den Burghof, der erfüllt war von dem Lärm der Männer, die die großen Kriegsöfen über die Pflastersteine zogen, dem Quietschen und Klirren der Hämmer und Räder, dem Rumpeln der Pferdefuhrwerke, die über die Brücke fuhren, um Holz für die Öfen zu bringen. Die Brücke war heruntergelassen, das Tor hochgezogen, damit die Fuhrwerke ein- und ausfahren konnten, aber jeder Wagen führte eine Wache mit sich, und an der Brücke waren noch weitere Wachen postiert. Es wäre nicht einfach, die Burg zu verlassen, soviel war klar. Ein Ausplauderer hätte auch keinen Grund, in den Wald zu gehen; jeder Versuch in dieser Richtung mußte Verdacht erregen.

Die unbeschäftigten Spieler befanden sich alle in Alarmbereitschaft und behielten den hohen Flußdeich des Banners im Osten im Auge. Man hatte ihnen gesagt, daß eine Herausforderung oder ein Angriff zu erwarten sei, und jüngste Warnungen seitens ihrer Vorgesetzten hatten sie in erhöhte Spannung versetzt. Ein Mann beschäftigte sich außerordentlich stark mit den Schmerzen, die ihm sein wundgelaufener Fuß bereitete. Hinter einem Gartentor dachte ein Gärtner verärgert darüber nach, warum die Hilfe, die er morgens angefordert hatte, nicht eingetroffen war. Das kam mir alles so selbstverständlich vor, so natürlich, daß ich eine Zeitlang brauchte, um zu begreifen, was geschah. Grimpt konnte LESEN. Ich versuchte tiefer in den Gedanken der Wächter und des Gärtners zu stöbern, aber es gelang mir nicht. Offenbar war das Talent nur klein, und Grimpt konnte bloß oberflächliche Gedanken auffangen. Reicht auch für einen Ausplauderer, dachte ich. Die Gedanken seiner Opfer waren bestimmt meistens nur oberflächlich gewesen. Welches Talent konnte ein Ausplauderer noch besitzen? Die Frage beantwortete sich von selbst, als ein Tor gegen meine Hand schwang. Ja, natürlich. Er mußte in der Lage sein, Dinge zu BEWEGEN, wenn auch nur leicht. Ich versuchte, einen Pflasterstein zu bewegen, empfand aber nur einen dumpfen Schmerz. Nein, auch dieses Talent war nur klein. Aber es war ein Talent, das mir nützlich sein konnte.

Der Gärtner war ein Bauer, er besaß kein Talent. Er war zwar ein bißchen ärgerlich, aber ohne Mißtrauen. Gut, er sollte die Hilfe bekommen, die ihm versprochen worden war. Er sollte seinen Jungen haben. An der Stelle, wo die Latrine der Diener und Stallknechte über den Burggraben ragte, versteckte ich mich in einer Mauernische. Niemand bemerkte mich. Die Wächter hatten gerade begonnen, in Richtung der Küche zu schlendern. Einige blieben zurück, um weiterhin die Hügel zu beobachten. Ich zog ein Blatt des Krauts heraus, nur ein einziges, und kaute es, während ich an einen Jungen dachte, einen Jungen mit stumpfsinnigem Blick, einen Jungen, der nur ein schmutziges Hemd trug, einen Jungen mit braunen Beinen, schmierigem bräunlichen Haar und farblosen Augen, einen unauffälligen Jungen mit einer Lücke zwischen den Zähnen. Ich dachte an diesen Jungen, daran, wie er sich fühlen würde, wenn er dem Gärtner half, die Arbeit soviel härter, als er es mochte, aber man würde ihm sagen, ohne

Arbeit kein Essen; also würde er sich fügen und sie insgeheim allesamt zum Teufel wünschen.

Der Junge legte Grimpts Schuhe und Kleidung auf den Boden der Latrine, gurtete Peters Hemd enger um die schmale Taille und trat ins Freie und in den Garten, wo er verdrossen neben dem Ellbogen des Gärtners stehenblieb.

»Sie haben mich geschickt, Euch zu helfen«, sagte er.

»Oh, wirklich? Na, das wurde aber auch Zeit. Heute morgen haben sie es versprochen, und nichts tat sich. Nimm den Karren hier und hol alten Mist. Alten, verstehst du? Nicht das frische Zeug obendrauf. Ich will das verrottete von unten haben. Und spute dich!« Als der Junge weggehen wollte, fragte der Mann: »Wie heißt du überhaupt?«

»Ist das wichtig?« fragte der Junge.

»Wichtig, wichtig! Natürlich ist es nicht wichtig. Aber ich muß dich ja irgendwie rufen, oder? Ich kann dich ja nicht ›Junge‹ rufen, sonst habe ich sofort die Hälfte aller Jungen weit und breit auf dem Hals. Irgendwie muß ich dich ja nennen …«

»Swallow«, erwiderte der Junge. »Nennt mich Swallow. Das tun die meisten anderen auch.«

10

Swallow

Swallows Gesicht war schmutzverschmiert, und er konnte durch die Lücke zwischen den Zähnen spukken. Ein Junge im Mertynhaus hatte das auch gekonnt; Peter hatte ihn sehr darum beneidet. Swallow hatte Läuse in den Haaren, er kratzte sich zumindest so, als hätte er welche, und er besaß einen bösartigen, scheelen Blick. Als der Gärtner eine Mahlzeit erhielt, bekam Swallow auch eine, eine große Schüssel mit Fleisch, Grütze und Gemüse, und das gleiche am Abend mit einem Krug bitteren Bieres und einem faustgroßen Stück Käse dazu.

Der Gärtner wohnte in einer Hütte neben der Burgmauer, nahe den Küchengärten. Die Köche wohnten unmittelbar neben der Küche. Viele Bedienstete schliefen in Verschlägen und Ecken oder in Schränken und Wandnischen, die hinter schweren Wandtapeten verborgen waren. Swallow fand ein gutes Plätzchen auf dem Heuboden über den Stallungen, wo es sowohl warm als auch trocken war. Er war für jedes Auge und jede Absicht unentdeckbar. Keiner um ihn herum nahm Notiz von ihm, und niemand außer dem Gärtner hätte sagen können, wie lange er schon da war und wer er eigentlich war. Swallow gehörte zu ihnen, den Bauern, den Unbeachteten. Als am Nachmittag des nächsten Tages in der Burg ein riesengroßer Tumult ausbrach, Männer hin und her rannten, Stimmen durcheinander schrien und eine fieberhafte Suche nach Grimpt in die Wege geleitet wurde, bemerkte niemand Swallow. Niemand sprach mit ihm oder fragte ihn etwas. Swallow beobachtete mit offenem Mund und leerem Blick, wie alle umherrannten, aber keiner beachtete ihn.

Die ganze Nacht, während Swallow tief im warmen Heu vergraben schlief, hallte die Burg vom Kommen und Gehen der Männer und dem Gerumpel der Fuhrwerke wider, die zu dem Geräusch der Axthiebe im Wald fuhren und vollbeladen zurückkamen. Vielleicht wachte er einmal kurz durch den Lärm auf, schlief aber sofort wieder ein. Swallow hatte den ganzen Tag über hart gearbeitet. Die ganze Aufregung ging ihn nichts an.

So war seine Überraschung nicht gespielt, als er am nächsten Morgen dem Geflüster der Wachen zuhörte, die im frühen Sonnenlicht ihre erste Mahlzeit auf dem Burghof verzehrten.

»Der Gefangene ist verschwunden, sagt man. Wie vom Erdboden verschluckt. Nicht die geringste Spur von ihm.«

»Und Grimpt auch? Suffkopf! Ich glaub kein Wort davon. Eher legen Pferde Eier.«

»Aber es stimmt wirklich. Einfach weg – spurlos. Sie haben jeden Winkel nach ihm abgesucht. Man sagt inzwischen, er sei die Latrine hinabgestürzt, in den Burggraben.«

»Die Latrine hinab? Ha, das ist der richtige Platz für den alten Grimpt. Paßt zu ihm.«

»Sie haben seine Schuhe im Graben gefunden. Herausgefischt.«

»Ja und? Meint man, daß Grimpt den Gefangenen mitgenommen hat?«

»Nein. Man spricht von einem Großen Spiel, das bald beginnen wird. Der Gefangene ist von einem sehr Mächtigen befreit worden, einem Zauberer, sagen sie. Oder von einem Feuerdrachen in seinen Kleidern verbrannt worden.«

»Die Kleider wären dann aber auch verbrannt.«

»Nein, meinen sie.«

»Ach ja! Die reden viel ...«

Der Gärtner hatte auch zugehört, kam wieder zu sich und schloß den Mund mit einem hörbaren Schnappen, packte Swallow am Arm und zerrte ihn herum. »Halt keine Maulaffen feil!! Großes Spiel hin oder her, der Rasen muß gemäht werden, und wir fangen am besten gleich damit an!«

Swallow brachte den größten Teil des Tages damit zu, einen schweren Steinzylinder über den kurzen Rasen zu rollen und vor sich hin zu schimpfen, wenn sich jemand in seiner Hörweite befand. Der Gärtner hörte nicht hin, aber Swallow ließ keine Gelegenheit verstreichen, sich zu beschweren. Am Mittag kam Huld in den Garten, das Gesicht verbittert und müde. Er beachtete den Jungen überhaupt nicht. Als Swallow den Mann sah, hielt er die Augen fest auf den Steinroller gerichtet. Er tat gut daran, nicht die Aufmerksamkeit von Dämonen zu erregen. Mandor erschien ebenfalls im Garten, doch zu dieser Zeit aß Swallow sein Mittagessen im Burghof, hinter dem Pfeiler des eisernen Tores, fast außer Sichtweite. Mandor sah ihn nicht. Seine Augen glänzten fiebrig, und getrockneter Speichel hing ihm in den Mundwinkeln. Swallow schaute hoch und sah die Bewunderung in den Gesichtern der anderen. Sofort wurde sein Gesichtsausdruck auch bewundernd, und er aß erst weiter, als alle um ihn herum es taten.

Am späten Nachmittag ritten zwei Waffenträger in den Burghof, begleitet von einer Heilerin und zwei Bauern. Swallow beobachtete ihr Eintreffen wie alle anderen auch. Sein Mund stand weit offen, seine Finger waren damit beschäftigt, sich zu kratzen. Die Heilerin wurde in die Burg geleitet, und den Bauern wurde befohlen, an der Mauer zu warten, bis man sie riefe. Sie kamen Swallow irgendwie bekannt vor, und er wandte sich gerade ab, um weiterzuarbeiten, als Peter leise zu ihm sagte: »Swallow, das sind meine Freunde Yarrel und Chance.« Als er die Stimme in seinem Innern hörte, erschrak Swallow zutiefst, und es dauerte eine Weile, bis sich Peter wieder an die Oberfläche gekämpft hatte.

Es steckt mehr dahinter, als ich dachte, sagte ich zu mir selbst. Ich hatte eine Wirklichkeit geschaffen, eine Halbperson, die mit jeder Stunde, die verstrich, realer wurde, realer als ich selbst. Doch das war gut, wenn ich weiterhin in Sicherheit bleiben wollte. Swallow mußte realer sein als Peter, ohne jeglichen Gedanken, der Aufmerksamkeit erregen konnte. Ich sank unter die Oberfläche zurück und stellte mir vor, ich sei ein Fisch.

Fisch, Fisch. Ich könnte diesen Fisch an einen Haken hängen, einen Haken, der ihn an die Oberfläche ziehen würde, wenn es nötig wäre, und ihn ansonsten tief unten im Dunkeln schwimmen ließe. Einen Haken. Die Gesichter meiner Freunde, die Namen von Mertyn, Himaggery und Windlow. Das sollten meine Haken sein. Wenn man sie zog, würde ich hochsteigen, um kurz aus dem Wasser zu spähen, und mich rasch wieder hinabsinken lassen. Ich stellte mir den Haken vor, gekrümmt, silbern, aus hartem Stahl, bohrte ihn tief in Peter hinein. Dann ließ ich Peter hinabsinken.

Gegen Abend ritt eine wunderschöne Frau und ein Herold in die Burg Bannerwell, eskortiert von Wachen. Swallow sah sie, doch sie sahen ihn nicht. Die schöne Frau verlangte eine Audienz bei Prinz Mandor, und sie erwähnte den Namen Seidenhand. Der Haken zerrte, und Peter stieg nach oben. »Wenn es Nacht ist«, sagte ich zu Swallow, »kletterst du die Weinranken seitlich der Mauer hoch und suchst ein Hallenfenster.« Dann verschwand ich wieder. Swallow lauschte. Er hörte mich zwar, ließ sich aber nichts anmerken, sondern fuhr in seinem Trott weiter. Er spuckte weiter durch die Zahnlücke, kratzte sich und fiel über das Abendessen her, als wäre es das letzte Mahl, das er jemals bekommen würde. Dann kletterte er in den Heuboden und fiel in einen traumlosen Schlaf.

Als der Mond aufgegangen war und man in der nächtlichen Stille nur noch die Schritte der Wächter auf den Zinnen hörte, erwachte Swallow wieder, schlich sich durch das Dunkel zu den Weinranken an der Burgmauer, deren jahrhundertealte Strünke so dick wie sein Körper waren. Er verschwand zwischen ihnen, als er hochkletterte, ohne nachzudenken, hoch über den gepflasterten Burghof durch ein nächtliches Land aus Dächern und silberglänzendem Schiefer zu einem hohen Fenster, durch das man in die große Halle hinabblicken konnte. Er bohrte etwas Mörtel heraus, um einen Spalt in der Fensteröffnung zu vergrößern, und entfernte ganz vorsichtig einige Glasstücke, wie ein Dieb in der Nacht. Dann war er in der Lage, alles zu sehen und zu hören, was unten vor sich ging.

Er erblickte Seidenhand, und Peter tauchte am Haken hoch, aus dämmriger Flüssigkeit herausgefischt, um alles zu beobachten.

»Prinz Mandor, ich bin gekommen, weil Himaggery, der Zauberer, die Spur eines jungen Freundes bisher verfolgt hat. Peter, ein früherer Schüler von König Mertyn. Ihr kennt ihn aus der Schulstadt ...« Es war keine direkte Frage. Ich hörte Mandor gurgeln und wunderte mich, wie Seidenhand seine Worte verstehen konnte. Dann merkte ich, daß auch ich ihn fast verstand, wenn ich ihn dabei nicht anschaute, sondern nur dem Geräusch lauschte. Beinahe wie die Stimme von jemandem, der mir einmal viel bedeutet hatte ... Doch Seidenhand sprach weiter. »Himaggery, der Zauberer, glaubt, daß der Junge möglicherweise nicht aus freien Stücken nach Bannerwell gekommen ist. Er hat mich geschickt, um sicherzugehen, daß es Peter gutgeht.«

»Oh, es geht ihm gut. Recht gut sogar. Er ist allerdings im Augenblick nicht hier, sondern befindet sich auf einem Jagdausflug. Er wird in einigen Tagen wieder zurück sein. Ihr könnt gern auf ihn warten, Heilerin. Ihr braucht Euch keine Sorgen zu machen. Er befindet sich in guten Händen.«

Wenn Seidenhand mit dem Portierer gesprochen hätte, der mich im Kerker entdeckt hatte, hätte sie gewußt, daß Mandor log. Wenn sie mit diesem Portierer gesprochen hätte, wäre sie überhaupt nicht erst mit dieser durchsichtigen Geschichte in Bannerwell erschienen, denn sie hätte Angst gehabt, von Mandors Dämonen GELESEN zu werden. Nein. Sie wußte, daß ich mich in Bannerwell befand, aber nicht, unter welchen Umständen. Ebensowenig wußte sie, wo ich im Augenblick genau war, oder sie hätte es nicht gewagt, in dieser Unschuld nach mir zu fragen.

Der Klang einer anderen Stimme schwang zu dem Fenster hoch, von dem aus ich alles beobachtete, silbernsüß und tödlich. »Aber Schwester, wie kannst du eine solche Lüge erzählen? Du weißt doch selbst, daß dies nicht der Grund für dein Hiersein ist. Der Junge ist dem Zauberer völlig gleichgültig. Wenn er dich geschickt hat, dann aus einem anderen Grund. Nämlich um zu spionieren.«

Es war Dazzle. Ich spähte hinab und entdeckte sie vor einem Wandteppich, in der Haltung einer Statue. In der Haltung wie der, die Mandor eingenommen hatte, als ich ihn zum ersten Mal in seinen Räumen sah, das Profil gegen den Hintergrund abgehoben, die gepflegten Hände vorteilhaft im Vordergrund. Mandor beobachtete Dazzle mit gespannter Aufmerksamkeit. Seidenhand war verstummt wie ein wildes kleines Tier, zu überrascht von der plötzlichen Jägerin, um zu reagieren. Als sie sprach, klang ihre Stimme gepreßt vor Anspannung.

»Peter ist dem Zauberer nicht gleichgültig, Dazzle. Genausowenig wie du ihm gleichgültig gewesen bist, oder Borold, oder jeder, der in die Leuchtende Domäne gekommen ist. Der Prinz braucht bloß seinen Dämonen zu befehlen, mich zu LESEN. Sie werden feststellen, daß ich nicht lüge …«

»Oder daß du einen Weg gefunden hast, deine Lügen zu verbergen, Schwester. Ich glaube, der Zauberer ist gewitzt genug, einen solchen Weg entdeckt zu haben. Er ist klug, sehr klug und hat große Ambitionen …« Sie warf Mandor einen verführerischen Blick zu, wobei sie sich so drehte, daß sie über die Schulter blickte. Alles war Pose, Pose, Pose, jede Bewegung gekonnter als die vorherige. Nur ich allein erblickte ihr schreckliches Totenschädelgesicht, ihre zerstörten Gesichtszüge, die sich dem anderen Totenschädel zuwandten, der sich gegenüber im Raum befand. Mandor erkannte es nicht. Dazzle erkannte es nicht. O Götter des Spieles, dachte ich, sie betören einander, und keiner von beiden sieht die Wahrheit. Sie fuhr mit ihrer giftig-süßen Stimme fort:

»Fragt doch Borold. Er ist der gleichen Meinung wie ich.« Natürlich war er der gleichen Meinung. Borold besaß keine andere Meinung als die, die Dazzle ihm einredete.

»Nun«, sagte Mandor mit harter, kalter Stimme, »die Zeit wird es zeigen. Bis dahin seid Ihr unser Gast, Heilerin. Und Ihr ebenso, Priesterin. Beide. Wenn hier in der Gegend ein Großes Spiel stattfindet, wollen wir doch nicht euer beider kostbares Leben riskieren, indem wir euch gestatten, diese Mauern ungeschützt zu verlassen.«

Ich konnte von oben erkennen, wie Seidenhand schauderte. Dazzle plusterte sich bloß noch mehr auf, posierte, das Haar mit langen Fingern kämmend. »Wie Ihr meint, Prinz Mandor. Ich schätze solche Gastfreundlichkeit, wie jeder es täte, der aus ehrlichem Grund gekommen ist …«

Mandor bedeutete den Dienern, die beiden hinauszuführen, jede in eine andere Richtung. Ich beobachtete, wohin Seidenhand ging, falls ich sie später wiederfinden mußte.

Huld kam herein, und der Prinz und er unterhielten sich, während ich immer noch lauschte.

»Hat man den Ausplauderer gefunden? Oder irgendeinen Hinweis?«

»Nur die Schuhe im Burggraben, Prinz. Es gibt keinen ersichtlichen Grund, warum er mit dem Jungen geflohen sein sollte.«

»Sei nicht närrisch, Huld. Natürlich ist er mit dem Jungen nicht geflohen. Er hat ihn getötet. Darum ist er geflohen, aus Angst um sein Leben.«

»Wir haben keinen Körper gefunden.«

»Wenn das Wasser aus dem Burggraben abgelassen wird, wird man den Körper finden. Oder er hat ihn in den Höhlen versteckt, ganz tief unten. Um einen Körper oder sich selber zu verstecken, gibt es kaum einen besseren Ort als diese Katakomben und Gruften von Bannerwell. Was man dort verliert, dürfte keiner je wiederfinden …«

Ich kroch zurück über die Schieferplatten, rief Swallow herbei und gab ihm einige Anweisungen, die er auch prompt befolgte. Er ging in die Küche und hockte sich in Hörweite der Köche und Diener, bis jemand hereinkam und sagte, die Heilerin in den Eckgemächern im dritten Stockwerk habe noch kein Abendessen erhalten und sei hungrig. *Tzz, tzz,* machten die Köche mit freundlichen Bemerkungen über Heiler im allgemeinen, und zwei kränkliche unter ihnen wetteiferten darum, wer von ihnen ihr das Essen bringen durfte, wenn es fertig war. Ich wußte genug …

Die zwei Bauern, die mit der Heilerin gekommen waren, saßen immer noch im Burghof, an die Mauer gekauert. Swallow kroch zu ihnen und sagte zu dem Wächter daneben: »Die könn'n bei mir im Heu schlafen, wenn sie woll'n …« Der Wächter antwortete nicht. Niemand hatte ihm befohlen, sich um diese beiden unwichtigen Gestalten zu kümmern. Swallow trat Chance gegen den Stiefel. »Dort isses bequemer als hier, und Ihr könnt Euer Zeugs mitnehmen.«

Die beiden erhoben sich und folgten ihm zum Heuboden, wo sie sich mit vielen *Aahs* und *Oohs* erschöpft hinlegten. Swallow hockte ein Stück entfernt in der Dunkelheit und wartete, bis der Anblick ihrer Gesichter Peter aus den tiefen dunklen Wassern emporgefischt hatte. »Yarrel«, flüsterte er dann. »Yarrel, hör zu. Ich bin's. Peter.«

Yarrel fuhr hoch und starrte wild um sich. »Peter? Wo steckst du?«

»Psst. Hier im Schatten.«

»Komm näher, ins Mondlicht. Wir dachten, wir fänden dich im Verlies.« Ich rührte mich nicht, worauf er wachsam fragte: »Oder ist das irgendeine Falle?«

Ich war hundemüde, und ich wollte nicht noch mehr von Windlows Kraut verbrauchen. Außerdem erinnerte ich mich im Augenblick nicht genau daran, wie das Zurückverwandeln zu bewerkstelligen war, und ich war zu müde, um es auszuprobieren. Statt dessen sagte ich: »Keine Falle, Yarrel. Hör zu – du und ich standen auf der Brüstung von Mertynhaus und sahen einen Dämon und zwei Waffenträger zum Festival reiten. Du sagtest, die Pferde seien aus Bannerwell, erinnerst du dich? Das sagtest du zu mir. Niemand außer uns beiden weiß über dieses Gespräch Bescheid.«

»Ein Dämon könnte es GELESEN haben«, erwiderte Yarrel vorsichtig.

»Könnte, hat er aber nicht. Frag mich etwas anderes, irgend etwas.«

»Ich verlange nur eins von dir. Komm ins Licht!«

Seufzend kroch ich vorwärts. Yarrel packte mich hart an der Schulter und schüttelte mich. »Du? Du bist nicht Peter.«

Es war Chance, der sagte: »Schau ihm in die Augen, Yarrel, ins Gesicht. Das ist Peter, kein Zweifel.« Offenbar war trotz meiner Müdigkeit etwas von meiner eigenen Gestalt zum Vorschein gekommen, etwas von meinem eigenen Gesicht. Chance hatte sehr rasch reagiert. Ich fragte mich in diesem Moment, ob er nicht die ganzen Jahre über bereits gewußt hatte, wer meine Mutter war, und vielleicht so etwas erwartet hatte. Der Gedanke verflog, als ich Yarrels kalte, feindselige Stimme hörte.

»Ein Wandler. Du bist ein Wandler.«

Ich sackte in mich zusammen, den Kopf auf den Knien. Er, der so lange Jahre mein Freund gewesen war, klang nun so abweisend. »Ich bin der Sohn von Mavin Vielgestalt«, gestand ich. »Sie ist Mertyns Schwester. Huld erzählte es mir, der *thalan* von Mandor ist, genau wie Mertyn von mir. Er hat es beim Festival in Mertyns Gedanken GELESEN.« Tränen liefen mir die Beine hinunter, so erschöpft war ich. »O Yarrel, ich wäre lieber ein Bauer an einem ruhigeren Platz geworden, aber ich bin es nun einmal nicht ...«

Chance streckte die Hand aus, um meinen Arm zu streicheln, und ich sah den strengen Blick, den er Yarrel zuwarf. »Na, Bursche, wenn schon ein Talent, dann ein großes, sag ich immer. Wenn man Krach will, dann besser mit einer Trompete als mit einem Topfdeckel, stimmt's?«

Yarrel hatte sich ein Stück von uns weggesetzt. Die feindliche Stimme klang nun aus einiger Entfernung. »Topfdeckel oder Trompete, Chance, Wandler bleibt Wandler. Wandelt nicht nur den Körper, sondern auch die Seele, so ähnlich habe ich es immer gelernt. Peter ist der hier jedenfalls nicht mehr. Da bin ich mir sicher.«

»So ist es nicht«, keuchte ich in gepeinigtem Flüstern. »Du kapierst *überhaupt* nichts!« Sobald ich sie ausgesprochen hatte, wußte ich, daß diese Worte ein Fehler waren, denn Yarrels Stimme klang noch frostiger als zuvor, als er antwortete.

»Vielleicht magst du uns ja aufklären. Vielleicht magst du uns erzählen, ›wie es ist‹ und was du nun zu tun beabsichtigst ...«

»Ich habe keine Ahnung«, zischte ich. »Wenn ich etwas wüßte, hätte ich es bereits getan. Ich muß Seidenhand und euch beide hier irgendwie hinausbringen. Mandor ist wahnsinnig, und wenn ihm ein Plan einfällt, wie er Seidenhand benutzen kann, um denen zu schaden, die er für seine Feinde hält, wird er ihn ausführen. Und Dazzle wird dafür sorgen, daß er überall Feinde sieht. Er könnte Seidenhand ebensoleicht den Ausplauderern ausliefern, wie er es bei mir getan hat ...«

Doch es war nicht Yarrel, der mich beruhigte und tröstete und mir alles von Himaggerys Domäne erzählte, was ich nun weiß, und darüber, daß sich mit Sicherheit ein Großes Spiel rund um Bannerwell aufbaute. Nein, es war Chance, der verläßliche, alte Chance. Nur als ich von Mandors wilder Idee erzählte, mehrere Talente zu bündeln, um dadurch einen neuen Körper zu erhalten, schaltete sich Yarrel mit brüchiger Stimme ins Gespräch ein. »Ähnliche Ideen haben andere auch. Himaggery arbeitet ebenfalls daran, die Talente der Leuchtenden Domäne zu bündeln. In Himaggerys Händen mag das nicht zum Schlechten für meine Leute erwachsen, aber in Mandors ...«

»Himaggery marschiert gegen Bannerwell«, sagte Chance. »Deinetwegen, Peter. Was willst du unternehmen?«

»Ich hoffte, Ihr würdet mir helfen. Ich weiß nicht, was ich als nächstes tun soll. Ich verstehe immer noch nicht ganz, wie dieses Wandeln vor sich geht. Ich habe es erst zweimal geschafft. Das erste Mal passierte es zufällig, ganz unbeabsichtigt. Ich dachte, Yarrel und du ...«

Yarrel unterbrach mich. »Das ist dein Talent,« sagte er

mit fester, abweisender Stimme. »Ich will damit nichts zu tun haben. Dein Talent aufgrund deiner Geburt und deiner Erziehung. Wir sind nicht länger Schulfreunde, die zusammen Pläne schmieden. Davon hast du dich jetzt entfernt…«

»Aber, Yarrel…« Ich hielt inne, weil ich nicht wußte, was ich sagen sollte. Hier bot sich eine unerwartete, plötzliche Gelegenheit. Ich erinnerte mich daran, wie Yarrel auf der Reise zur Hohen Domäne gesagt hatte, daß ich ein Talent entwickeln könnte, das uns zu Feinden machen würde, aber er konnte mich doch nicht in dieser Weise vorverurteilen. Außer wenn – außer daß es ein Gestaltwandler gewesen war, der seiner Familie großes Leid zugefügt hatte. O Yarrel.

»Wir sind so tot wie Mäuse in der Falle, wenn Mandor herausbekommt, wer wir wirklich sind«, sagte Chance. »Deinen Worten nach zu urteilen, sollte Seidenhand so schnell wie möglich von hier weggebracht werden. Wenn dein Talent uns irgendwie helfen soll, wird's langsam Zeit dazu, würde ich sagen. Ein Großes Spiel ist in Vorbereitung. Es ist besser, dabei nicht mitten auf dem Schlachtfeld zu stehen.«

»Ein Großes Spiel«, murmelte ich. Ich wandte mich von ihnen ab, um mich auf der Seite zusammenzurollen, verletzt durch Yarrels Kälte. Nach einer Weile schlief ich ein. Ich träumte von einer Großen Domäne, einem Großen Spiel, das um Bannerwell vorbereitet wurde. Die Öfen im Burghof waren glühendrot, ihre Öffnungen klafften wie monströse Münder, bereit, die Bewohner von Bannerwell zu fressen. Heizer, die sich schwarz vor den Flammen abhoben, arbeiteten neben den Öfen. Mehr als einmal sah ich Gestaltwandler im Schlachtgetümmel aufblitzen und wieder verschwinden, Portierer vor und hinter den Reihen der Waffenträger auf den Zinnen, sah Feuer vom Himmel herabregnen, einen Himmel voller Drachen, Feuerdrachen und gigantischen Formen, die ich noch nie zuvor gesehen hatte. Und drüben, weit entfernt am Rande meines Gesichtsfeldes, am Waldrand, standen die Bauern mit Heugabeln, Sicheln und Steinen in den Händen. Ich wachte schweißgebadet auf und rang nach Luft. Die finsterste Stunde der Nacht war angebrochen. Ich erhob mich vorsichtig und verließ die Ställe, ging durch die Gärten bis zu dem kleinen Obstgarten, hinter dessen niedrigen Mauern der Hang steil zum Fluß hin abfiel.

Ich brauchte jemanden, der sich besser auskannte als ich. Wenn ich ihn fände, was würde ich tun? Ihn töten wegen der Gedanken, die auf der Oberfläche seines Geistes schwammen? Wahrscheinlich würden sie sich nur um sein Abendessen, seine Geliebte oder seine Gicht drehen, und ich wäre immer noch nicht schlauer als zuvor. Ich mußte unbedingt herausfinden, was ich tun sollte, und hatte keine Ahnung wie. Also probierte ich in der Dunkelheit zwischen den Bäumen mein Talent aus.

Nach einer Weile hatte ich keine Schwierigkeiten mehr. Ich stellte fest, daß ich alles werden konnte, was ich mir vorstellte, jeder Holzkopf wie Swallow, männlich oder weiblich, obwohl ich mir im letzten Fall über die Gestalt nicht in allen Einzelheiten schlüssig war. Ich konnte mich in Grimpt zurückverwandeln oder in einen anderen, der nicht wie Grimpt aussah oder roch, aber dessen kleine Talente besaß. Die Küchenkatze miaute im Gras, und ich legte meine Hände auf sie, um in ihre Gestalt zu schlüpfen, brach den Versuch aber nach wenigen Sekunden mit wild klopfendem Herzen und voller Panik ab. Das Gehirn der Katze war zu klein. Sobald ich mich darin befand, schloß es sich um mich und drückte mich zusammen, immer mehr, bis ich zerquetscht wurde. Kam es daher, weil das Tier so klein war? Laß das andere herausfinden, dachte ich. Bei einem Wesen dieser Größe würde ich es nicht mehr versuchen.

Zum Zeitpunkt als ich in der Dämmerung den Hahn vom Misthaufen krähen hörte, wußte ich, warum man sagt, daß Wandler keine menschliche Form annehmen können. Wäre es nicht aus Panik geschehen, hätte ich nicht Windlows Kraut und mein ureigenes Erbe besessen, hätte ich mich nie und nimmer in Grimpt verwandeln können. Nur Unwissenheit hatte mich dazu veranlaßt, so etwas wie Swallow zu erfinden. In der Finsternis der Nacht fand ich heraus, daß ich mich in alles verwandeln konnte, wenn nur das Muster übereinstimmte, wenn ich die Hand darauflegte und es irgendwie ›lesen‹ konnte. Vorbei also mit dem Traum, mich in einen Portierer zu verwandeln und mich über die Burgmauern zu portieren oder Seidenhand als Waffenträger aus dem Fenster in die Freiheit zu tragen. Ich konnte weder ein Drache werden, weil ich das Muster dafür nicht besaß, noch ein Prinz oder ein Tragamor, bevor ich jemanden mit dieser Gestalt angefaßt hatte. Was im Moment mein Todesurteil bedeuten würde und für Swallow äußerst gefährlich wäre. Grimpt? Vielleicht konnte ich mich in ihn zurückverwandeln. Es gab sicher noch mehr Kleidung in dem schmutzigen Loch, wo der Mann gehaust hatte.

Doch es gab andere, größere Geschöpfe, die Swallow anfassen konnte. Pferde zum Beispiel. Oder die großen Fustigare in den Zwingern, die man zur Jagd verwendete. Es gab einige Möglichkeiten, also gut. Ich kehrte zum Heuboden zurück, redete mit Chance und sagte ihm, daß ich Schlaf brauchte. Meine Stimme klang bestimmt, und ich bettelte nicht um Unterstützung. Das ließ mein Stolz nicht zu. Wenn Yarrel mir nicht helfen wollte, würde ich mir selbst helfen.

Der letzte Gedanke, bevor ich einschlief, war trotzdem die Erinnerung daran, wie Yarrel sagte, ich würde vielleicht ein Talent entwickeln, um dessen willen er mich hassen würde. Ich wußte, daß das bereits geschehen war, und dieser Gedanke war in keiner Weise tröstlich. Ich ließ Peter von ihm hinweg in die wartende Dunkelheit sinken und Swallow in die Ruhe des Schlafes herauf kommen. Das Tageslicht lag nur noch wenige Stunden entfernt. Es würde rasch genug kommen.

11

Die Höhlen von Bannerwell

Wir erwachten vom Geruch nach Essen und Rauch, vom Lärm der Wächter, Stallburschen und der bäurischen Dienerschaft der Burg, die das Frühstück zubereiteten, von Hühnergegacker und dem Knurren der hungrigen *Fustigare.* Nachdem wir unsere Brotscheiben und Krüge mit Tee erhalten hatten, setzten wir uns auf das Pflaster, das warm von der Sonne beschienen wurde, und ich erzählte Chance und Yarrel, was ich alles tun konnte. Besser gesagt, ich erzählte ihnen, was ich *nicht* tun konnte. Ich bemerkte Chances enttäuschte Miene, doch Yarrels Gesicht blieb genauso versteinert wie in der vergangenen Nacht, beinahe so, als habe er sich selbst verboten, an meinen Schwierigkeiten Anteil zu nehmen. Nun, wenn er nicht wollte, wollte er eben nicht. Ich beabsichtigte nicht, um Mitleid oder Unterstützung zu betteln. Sobald er sich dazu bereit fühlte, wieder mein Freund zu sein, würde er es sein. Ich konnte nur auf ihn warten, und soviel schuldete ich ihm für die vielen Male, als er auf mich gewartet hatte. So war es eben. Es war nicht gerade tröstlich, aber alles, was ich tun konnte.

»Auf dann«, sagte Chance. »Wir machen uns drüben bei den Ställen nützlich. Dort werden wir nicht auffallen, wenn man uns pferdestriegeln und ausmisten sieht. Derweil kannst du überlegen, was …«

»Wir haben keine Zeit mehr«, sagte ich. »Und ich habe bereits mehr als genug nachgedacht. Man übergab mich dem Ausplauderer, weil man einen Portierer in meiner Zelle aufblitzen sahen, der mich anstarrte und dann verschwand. Könnte er einer von Himaggerys Männern gewesen sein?«

»Himaggery wußte, wo du dich befandest«, erwiderte Chance. »Einer seiner Unterherolde war nahe genug gekommen, um Dich zu LESEN. Er hätte dein Leben nicht so leichtfertig aufs Spiel gesetzt – nein. Der Mann muß von jemand anderem geschickt worden sein.«

»Aber von wem bloß? Mandor wußte ja, wo ich war. Er kann es also nicht veranlaßt haben. Mertyn?«

»Unwahrscheinlich«, entschied Yarrel. »Himaggery hatte ihm bereits eine Nachricht geschickt. Er hätte dein Leben ebensowenig, wie du wohl weißt.«

»Aber wer kann es dann gewesen sein?«

»Der Hochkönig«, meinte Chance. Ich starrte ihn verblüfft an. Auf den Hochkönig wäre ich nicht im entferntesten gekommen.

»Warum? Was bedeute ich dem Hochkönig?«

»Du bist jemand, der mit Windlow zusammen gewesen ist, das bedeutest du für ihn. Du bist jemand, der mit Seidenhand zusammen gewesen ist. Der Portierer hat vielleicht gar nicht nach dir gesucht, sondern nach ihr oder Windlow. Aber der Hochkönig könnte es gewesen sein, oder? Dieser Mann verdächtigt doch alle und jeden.«

»Und wenn er mich gefunden hätte, was dann…?«

Chance überlegte. »…wäre er uns irgendwie in die Quere gekommen, auf welche Weise auch immer, vermute ich. Er hatte es sich in den Kopf gesetzt, Windlow gefangenzuhalten, koste es, was es wolle. Wie der Welpe eines *Fustigars*, der die Zähne in einen Beißhandschuh schlägt und nicht mehr losläßt, obwohl der Handschuh nur mit Fell ausgestopft ist. Es ist wahrscheinlich, daß er Windlow wiederhaben will und deshalb hier nach ihm sucht.«

»Windlow wird auch hier sein«, sagte Yarrel. »Wenn Himaggery kommt, wird Windlow ihn begleiten.«

Mir schwirrte der Kopf bei dem Gedanken. »Also, Himaggery kommt von Osten, mit Mertyn, so rasch, wie es ihnen möglich ist. Und der Hochkönig kommt von Süden, ebenso rasch. Gibt es noch mehr Kontingente, die von irgendwoher kommen könnten?«

Yarrel sagte frostig. »Aus welcher Richtung könnte denn Mavin kommen, wenn sie erfährt, daß ihr Sohn von Mandor gefangengehalten wird?«

Ich schluckte den Köder nicht. Es war nicht mein Fehler, daß ich Mavins Sohn war. Ich ließ mich diesbezüglich nicht provozieren. Trotzdem versuchte ich mich in Yarrel hineinzuversetzen, den Traum, in dem ich die Bauern mit ihren Heugabeln gesehen hatte, noch frisch in Erinnerung. »Dies alles wird mit Blut und Zorn enden«, sagte ich so freundlich und sanft wie möglich. »Erst werden sich die Spieler gegenseitig töten, und dann kommen vielleicht die Bauern, um diejenigen von uns zu töten, die noch übrig sind – falls welche übrig sind. Und es wird noch mehr Mandors und Dazzles geben, die ihre Totenschädel der Welt zuwenden.« In den Gesichtern las ich Unverständnis. Sie kannten Mandors und Dazzles wahres Gesicht nicht. Ich probierte es noch einmal. »Das Große Spiel wird ein fürchterliches Gemetzel werden. Dem wir vielleicht alle zum Opfer fallen. Das kann doch nicht richtig sein. Es muß doch etwas Besseres geben.«

»Gerechtigkeit«, sagte Yarrel. »Himaggery sagte, wir sollten es damit versuchen.«

»Das Wort kenne ich nicht«, erwiderte ich. Tatsächlich, ich hatte es noch nie im Leben gehört.

»Wenige kennen es«, sagte Yarrel. »Es heißt einfach, daß die Regeln nicht mehr zählen, daß das Spiel nicht soviel bedeutet wie das, was über dem Spiel und den Regeln steht.« Er erzählte, was Himaggery gesagt hatte, was er selbst darüber dachte und wie er es sich auf dem Weg zur Großen Domäne in seinen Träumen ausgemalt hatte, vielleicht schon auf dem ganzen Weg seit seiner Geburt ausgemalt hatte, und seine Erzählung wurde immer leidenschaftlicher. Ich verstand nur ein Bruchteil dessen, was er sagte. Doch dieser Bruchteil genügte, um mich auf einen wichtigen Gedanken zu bringen. Wie wichtig, wußte ich in dem Moment selbst noch gar nicht.

»Yarrel, wenn du das alles glaubst, warum versuchen wir dann nicht, das Spiel ... *aufzuhalten*?«

»Klar«, höhnte er. »Bitte Mandor, Dich und Seidenhand laufen zu lassen. Bitte ihn, euch beide zu Himaggery gehen zu lassen und mit seinen üblen Plänen gegen den Zauberer aufzuhören. Bitte den Hochkönig, Windlow in Ruhe zu lassen. Bitte Dazzle, mit ihren Intrigen gegen Seidenhand aufzuhören. Bitte die Welt, sich zu ändern. Bitte darum, daß man meinen Leuten Gerechtigkeit widerfahren läßt. Los, auf!« Seine Stimme klang verbittert.

»Es gibt welche, die müßten nicht bitten«, verteidigte ich mich. »Die Unveränderlichen, Yarrel. Sie müßten nicht bitten. Wenn *sie* hier wären, gäbe es kein Spiel.«

Eine Zeitlang blieb es still. »Warum sollten sie kommen?« fragte er dann.

»Vielleicht wegen dieser *Gerechtigkeit*, von der du gesprochen hast. Vielleicht weil die Tochter ihres Führers von Mandor, Huld und dem Pfandleiher umgebracht wurde. Die Mörder befinden sich hier. Vielleicht weil wir sie darum bitten. Ich weiß nicht, warum sie kommen sollten, aber ich weiß, daß sie es nicht tun werden, wenn niemand sie danach fragt, sie darum bittet ...«

»Und wie sollen wir, die wir hier gefangensitzen, sie bitten?«

Dafür hatte ich bereits eine Lösung ausgedacht. »Ich habe eine Idee«, sagte ich und erzählte sie ihnen. Chance hatte verschiedene Einwände und Yarrel ein oder zwei Vorschläge. Als wir das Frühstück beendet hatten, zu dem wir länger gebraucht hatten als alle um uns herum, war unser Plan fertig und mein Herz ein bißchen leichter. Yarrel hatte mich einmal ohne Feindschaft angeblickt, beinahe wie früher. Die beiden marschierten zu den Ställen hinüber und ich zu meinem Aufseher, dem Gärtner, der vor Wut schäumte, weil ich nicht bereits vor der Morgendämmerung erschienen war. Swallow gaffte ihn mit einfältigem Grinsen an und ließ die zornigen Worte an sich abgleiten. Im nächsten Augenblick umfaßten seine Hände wieder den Griff des Schubkarrens, und er war auf dem Weg zum Misthaufen.

Als er losmarschierte, die zweite Tagesfuhre Mist zu holen, gab ihm Chance von der Stalltür her ein Zeichen, und Peter erschien an der Oberfläche. Ich ließ den Schubkarren neben dem Abtritt stehen, damit es so aussah, als befände ich mich darinnen, und schlich zu den Zwingern. Einer der weiblichen *Fustigare* döste dicht am Zaun in der Sonne, und ich legte meine Hände auf sie, so lange, bis sie sich knurrend erhob. Diese Zeitspanne reichte. Daraufhin schlich ich mich zur Rückseite der Zwinger und sprang mit einem Satz über den Zaun, in der Gestalt eines *Fustigars.* Ich öffnete die Zwingertüren (was selbst mit Pfoten einfach war, wenn man nur den nötigen Verstand dazu besaß) und rannte wie ein Jäger auf der Jagd nach *Bunwits* zwischen den dösenden großen Tieren herum. Ich geriet völlig außer Rand und Band. Schaum quoll mir aus dem Maul, mein Grollen war ohrenbetäubend, als ich nach Flanken schnappte, heulte, biß und die Tiere zuerst in Panik versetzte und dann zu einer wilden Flucht durch die offenstehenden Zwingertüren trieb. Aus den Ställen drang das hohe schrille Wiehern von Pferden, die gleichermaßen in Angst und Schrecken versetzt wurden, und ich wußte, daß Chance und Yarrel dabei waren, die Pferde in eine ebenso halsbrecherische Panik hineinzutreiben wie ich die *Fustigare.* Diese fegten bereits wie eine heulende Meute über den Burghof, ich, immer noch nach Hinterläufen schnappend, zwischen ihnen, während die Pferde, einer durchgegangenen Herde gleich, aus dem Stall preschten, beide Gruppen direkt auf die Zugbrücke zu. Die müßig herumstehenden Tragamore, die das Tor bewachten, stoben auseinander, als die Tiere auf sie zustürmten, dicht gefolgt von Chance und Yarrel, die mit Heugabeln in den Händen schrien:«Haltet sie auf, laßt die Pferde nicht hinaus, fangt sie ein ...«

Zu dem Zeitpunkt, als eine Gruppe mißgelaunter Wächter schließlich die Verfolgung aufnahm, befanden sich Chance und Yarrel längst im Schutz des Waldes und auf dem Rücken ihrer eigenen Pferde, die gesattelt und beladen im Schutz der durchgegangenen Herde die Burg ebenfalls verlassen hatten. Niemand hatte bemerkt, daß die beiden Bauern, die die Pferde verfolgten, nicht zu Mandors Gefolge gehörten. Es stimmte, was Yarrel sagte. Keiner schenkte den Bauern viel Beachtung.

Einer der *Fustigare* war nicht mit nach draußen gelaufen. Er schlüpfte hinter die Zwinger, und nach einer Weile kam dort Swallow hervor, grinsend und sich kratzend, so begeistert von dem Schauspiel, daß er zu lange im Burghof stehenblieb und zu dem Gärtner zurückgeschickt werden mußte.

Waffenträger flogen durch die Luft, um die Tiere zu suchen. Ein Spurensucher kam von den Quartieren herübergeschlendert, um sich mit anderen an der Zugbrücke zu treffen. Am frühen Nachmittag waren alle Pferde und *Fustigare* wieder dorthin zurückgebracht worden, wo sie hingehörten, außer zweien. Während der ganzen Zeit blieb Peter verborgen, für den Fall, daß es sich jemand in den Kopf setzte, der Ursache der Panik auf den Grund zu gehen. Abgelenkt durch die drohende Herausforderung und das Große Spiel, kam keiner auf diesen Gedanken. Nun war Eile nicht mehr vonnöten. Das Stürmische Meer lag zwei Tagesreisen östlich von Bannerwell, und eine breite Straße führte dorthin. Fast täglich überquerten kleine Schiffe den See. Man konnte aber auch um ihn herumreiten, um zum Gebiet der Unveränderlichen auf der anderen Seite zu gelangen. Es würde Tage dauern, bis Chance und Yarrel dorthin gelangen würden, Tage, bevor sie wieder zurückkehrten – wenn sie überhaupt wiederkamen.

An jenem Nachmittag stahl Swallow ein paar Wäschestücke von einer Leine, die Kleidung eines Dieners. Er versteckte sie an einem Ort, wo er sie später leicht wiederfinden konnte, und vergaß sie sofort wieder. Am selben Nachmittag schwirrte die Burg von Gerüchten über einen Portierer, der zuerst in der Audienzhalle und dann in den Kerkern gesehen worden sei. Alle sprachen davon, und Grenzgänger und noch mehr Wächter wurden aus ihren Quartieren geholt. Währenddessen holte Swallow Dünger. Nachdem er sein Abendessen verzehrt hatte, schlief er ein, denn er war hundemüde, und nach einer Weile wiederholte er die Tätigkeiten der vergangenen Nacht. Er stieg aufs Dach, entdeckte aber nichts Wichtiges. Der nächste Tag verlief genauso, doch am Abend dieses Tages hörte Swallow auf zu existieren.

An diesem Abend nämlich hörte Swallow, wie der Prinz zu Seidenhand sagte, daß er sie in den Morgenstunden den Ausplauderern übergeben werde. »Damit wir endlich herausfinden, wer uns ausspioniert.« Dazzle, die gegen eine Säule lehnte, hörte diese Drohung mit unverhohlener und enormer Befriedigung. Huld versuchte es mit halbherzigen Einwänden, obwohl er genau wußte, daß es keinen Zweck hatte. Seidenhand war blaß und zitterte. Als Heilerin wußte sie, daß man sie nur in einen kalten Raum ohne Nahrung sperren mußte, damit sie sich nicht mehr selbst heilen konnte.

»Warum tut Ihr das?« flüsterte sie. »Euer *thalan* weiß ganz genau, daß ich keine Verschwörung gegen Euch plane! Die Dämonen des Hochkönigs wissen es ebenso. Und trotzdem beharrt Ihr auf diesem Unsinn! Warum bloß? Warum dieser Wahnsinn?«

»Mag es Wahnsinn sein«, lispelte Mandor, »jedenfalls ist es mein Wille. Mein *Wille* ist es, daß Ihr zu den Ausplauderern geschickt werdet, Heilerin.« Seine Stimme troff vor Haß und Ärger, und in dem Moment begriff ich, warum er Seidenhand haßte und warum er mich gehaßt hatte. Er unterstellte ihr ebensowenig, daß sie Geheimnisse hatte oder Verschwörungen gegen ihn anzettelte, wie er es von mir angenommen hatte. Er haßte sie einfach, weil sie eine Heilerin war und ihn nicht HEILEN konnte, haßte mich, weil ich ihn einst geliebt hatte und ihn jetzt nicht mehr lieben konnte. Das ganze Gerede über Verschwörungen war nur Tünche, diente als Vorwand, um überhaupt etwas zu sagen und Huld eine Möglichkeit zu geben, dem Prinzen zu vergeben, ohne ihn gänzlich zu verabscheuen.

Die Gründe zählten jetzt aber nicht mehr. Peter war an der Oberfläche erschienen. Swallow hatte aufgehört zu existieren. Der noch unausgeführte Plan, den ich zur Rettung Seidenhands entworfen hatte, mußte sofort durchgeführt werden, ob endgültig durchdacht oder nicht.

Ich hatte die Diener beobachtet, wenn sie durch die Burg liefen, um Essen oder Wäsche zu bringen oder Aufträge für ranghohe Spieler zu erfüllen. Jeder von ihnen trug eine graue Jacke mit violetten und schwarzen Streifen, Mandors Farben. Eine solche Jacke sowie ein paar Hosen und Schuhe aus weichem Leder hatte Swallow gestohlen. Im Obstgarten wechselte ich in diese Kleidung über, genau wie in die Gestalt eines anonymen Dieners mit Allerweltsgesicht. Dann wartete ich ab, bis die Küche fast leer war, ging hinein und nahm mir ein Tablett mit einer Flasche und einem Weinglas. Eine der Küchenmägde sah mich, und ich betete, daß mein Gesicht alltäglich genug war, damit mir niemand besondere Aufmerksamkeit schenkte. Ich ging hinaus, immer dicht an der Flurwand, den Kopf ehrerbietig geneigt, wenn Spieler vorüberschritten, das Tablett als Beweis dafür balancierend, daß ich hierhergehörte, daß ich meine Pflicht erfüllte. Als ich an die Tür von Seidenhands Zimmer kam, fand ich sie verriegelt. Ein gähnender Hellebardist hielt davor Wache, der mich flüchtig anschaute, ohne mich wirklich wahrzunehmen, und sich dann abwandte, um die Tür zu entriegeln. Er erhob sich nicht mehr vom Boden, nachdem ich ihm die Flasche über den Kopf geschlagen hatte. Sie war nicht einmal zerbrochen. Ich zerrte den Mann hinter einen Pfeiler, um ihn auszuziehen. Er würde ziemliches Kopfbrummen haben, wenn er erwachte, doch ich war ebenso dankbar dafür, daß er am Leben geblieben war, wie ich vor einigen Tagen über Grimpts Tod dankbar gewesen war. Der Hellebardist war ein einfacher Mann mit einem winzigen Talent zum Feuermachen und einem noch winzigeren zur Betörung. Das machte ihn bei seinen Kameraden beliebt, war aber kein Grund, ihm den Tod zu wünschen.

Als ich zu Seidenhand hineinging und ihr sagte, sie solle mit mir kommen, geriet sie in schreckliche Angst. Ich hätte ihr gern gesagt, sie solle sich nicht fürchten, doch es war nötig, daß sie Furcht empfand, falls uns jemand sah und neugierig wurde. Nur wenn sie wirklich Angst empfand, konnte mein Plan gelingen. Also wurde Peter sorgfältig und tief in dem Hellebardisten verstaut, und dieser eskortierte Seidenhand den Flur entlang. Wir stiegen eine Hintertreppe hinunter ein Stockwerk tiefer, dann mehrere Korridore entlang bis zu einer weiteren Treppe, die uns zu einem kleinen Gang brachte, der von der Speisehalle wegführte, aber ungeachtet der späten

Uhrzeit immer noch mit Spielern und Dienstboten bevölkert war. Mit einem harten Griff an die Schulter befahl ich Seidenhand, ruhig stehenzubleiben. Ich fluchte lautlos, als eine Gruppe Spieler vorbeischlenderte, die sich lachend um ein spätes Kartenspiel stritten. Drei von ihnen verharrten, um sich zu unterhalten, und ich befürchtete schon, sie würden überhaupt nicht mehr weitergehen. Dann, als sie endlich durch die Tür verschwanden und ich mir gerade vor meinem geistigen Auge den Weg durch eine Seitentür in den Garten zur Burgmauer vergegenwärtigte, ertönte Alarm aus den oberen Stockwerken. Ich wußte sofort, daß man den Hellebardisten gefunden hatte.

Es blieb keine Zeit mehr, durch die Gärten bis zu dem Seil an der Burgmauer zu fliehen. Beim ersten Alarmton würden die Mauern bewacht werden. Ich zog Seidenhand an mich und zischte: »Seid still, wenn Ihr am Leben bleiben wollt! Wenn Ihr wirklich weiterleben wollt, stellt Euch vor, Ihr wäret Gras wie damals an einem Berghang mit Chance neben Euch…«

Sie schaute forschend in mein Gesicht und sagte dann: »Peter.« Ich weiß nicht, wie sie sich so schnell Klarheit verschaffen konnte, abgesehen davon, daß meine Hände auf ihren Schultern lagen und sie dadurch in den Körper hineinsehen konnte, den ich trug. Vielleicht hatte sie dadurch eine entfernte Ähnlichkeit entdeckt. Jedenfalls hörte sie blitzartig auf, mich anzustarren, und ihre Miene wurde ausdruckslos. Ich wußte, daß sie alles tat, um unsichtbar zu sein, falls Huld sie suchen kam.

In seinen oberflächlichen Erinnerungen kannte der Hellebardist die Burg gut genug, doch ich konnte in seinen Gedanken keinen Hinweis auf ein sicheres Versteck finden. Da fielen mir Huld und Mandors Worte ein, als sie über Grimpt sprachen. Die Höhlen von Bannerwell. Wo? Der Hellebardist wußte von nichts, aber Grimpt kannte sie. Ich suchte noch einmal nach dem Muster dieser Erinnerung, zog sie wieder ans Tageslicht. Ah ja, Grimpt hatte die Höhlen gut gekannt. Dort war der Weg, die rostige Tür, der Schlüssel, die spinnwebverhangenen Gänge ...

Weder durchforstete ich diese Erinnerung weiter, noch wartete ich ab, bis ich sie verstand. Statt dessen hastete ich stolpernd den Weg zurück, den wir gekommen waren, Seidenhand hinter mir her zerrend. Da – eine Holzvertäfelung, die auf geheimen Druck reagierte. Dort – eine Tür, die hinter einem Wandteppich verborgen lag. Hier – die mit Spinnweben überwucherten Stufen, hinter Mauern verborgen, die zu den Folterkerkern führte, zu denen Grimpt Peter vor einigen Tagen hatte bringen wollen.

Wir hielten uns nicht damit auf, die Werkzeuge zu betrachten. Der Ort war verlassen. Nur eine rußige Fackel brannte an der Mauer. Der Weg, den ich in Grimpts Erinnerung entdeckt hatte, führte durch eine versteckt liegende eiserne Tür, deren Beschlag und Angeln fleckig vor Rost waren. Im Schloß steckte ein Schlüssel. Die Tür öffnete sich mühsam, mit quietschenden Angeln, und wir schlüpften hindurch, um hinter uns wieder abzuschließen. Ich hatte gewußt, daß der Weg dahinter stockfinster wäre, und deshalb die Fackel mitgenommen, die uns den Weg in den Schoß der Erde erhellen sollte. Totenstille umgab uns. Unsere Schritte versanken im Staub, und unsere heftigen Atemstöße verloren sich unter der hohen gewölbten Decke über uns. Seidenhand folgte schweigend, das Gesicht noch immer ausdruckslos, bis ich sie schüttelte und sagte: »Hier ist genügend Stein zwischen uns und der Außenwelt, Seidenhand. Hier kann uns niemand LESEN.« Da seufzte sie tief, fiel mir fast bewußtlos in den Arm, und ich wußte, daß dies von langem, angstvollem Atemanhalten herrührte.

»Wie hast du diesen Weg herausgefunden?« flüsterte sie. »Wohin führt er?«

»Das weiß ich nicht«, gestand ich.

»Du bist ein Wandler«, sagte sie beinahe vorwurfsvoll. Es erinnerte mich an Yarrels Tonfall. »Du bist ein Wandler geworden wie deine Mutter.«

»Du kennst sie?«

»Himaggery hat es herausgefunden. Bevor wir uns auf die Suche nach dir machten. Er sagte, es sei nicht schlimm, wenn ich es wüßte, weil es Mandor auch bereits bekannt war. Wie hast du diesen Ort hier gefunden?«

»Ich habe die Gestalt einer Person angenommen, die ich kannte. Mit der Gestalt kam die Erinnerung.«

»Ah«, sagte sie. »Es ist also wie Heilen.«

»Ja? Wahrscheinlich. Wie Heilen. Wie Lesen. Es ist, als ob mehrere Dinge geschähen, alle gleichzeitig.«

»Wohin gehen wir nun?«

Ich lachte, wünschte mir aber sofort, lieber zu weinen. »Seidenhand, ich weiß es nicht. Ich kenne diesen Ort überhaupt nicht, und ich weiß nicht, warum Huld ihn ein Versteck nannte oder Grimpt ihn kannte. Ich wußte bloß, daß wir fliehen mußten, und dieser Weg bot sich an. Es schien besser, als zu den Ausplauderern geschickt zu werden.«

»Nun«, schlug sie vor, »wenn du es nicht weißt, müssen wir es eben herausfinden.«

So liefen wir weiter. Wir brauchten keine Angst zu haben, uns zu verirren, denn unsere eigenen Fußspuren waren im Staub zurückzuverfolgen. Die Tatsache, daß der Staub sich hier lange Zeit so ungehindert anhäufen konnte, zeigte, daß diese Unterwelt nicht oft betreten wurde. Sie glich fast einem Labyrinth, voll verwinkelter Gänge mit Nischen, Seitengängen und Räumen. Nach langer, langer Zeit, während wir abwärts, hinauf und wieder abwärts gelaufen waren, mündete der Gang in eine weite Höhle, die mit Grabmälern gefüllt war, so vielen, daß es wie eine Stadt aus Grabmälern wirkte. Sie reichten vom Licht unserer Fackel bis zu einer weitentfernten erleuchteten Stelle, wo feurige Lichter schwach zu glimmen schienen, wie Fenster eines durch Kaminfeuer erhellten Raumes.

»Ob wir uns unter den Mauern befinden?« fragte Seidenhand. »Wenn dies die Stätte ist, an der Bannerwell seine Toten zur letzten Ruhe bettet, muß es noch einen anderen Eingang geben, einen Eingang, der sich besser für Prozessionen eignet.«

Sie hatte recht. Prunkvolle Begräbnisse erfordern einen pompösen Eingang, irgend etwas mit geschmiedeten Toren und breiten Korridoren. »Wenn wir diesen finden könnten«, flüsterte ich, »ist er wahrscheinlich gut bewacht. Und ich habe nicht das Gefühl, daß wir uns bereits außerhalb der Mauern befinden...«

»Wie wolltest du uns denn herausschaffen?« Seidenhand lachte, als ich es ihr erzählte. »Abseilen? Nun, vielleicht wäre es ja gelungen. Ich fürchtete mich so sehr, daß ich sogar mein Leben riskiert und ein Seil hinuntergeklettert wäre. Warum hast du dich nicht in einen Waffenträger verwandelt und uns durch die Luft weggetragen?«

Ich erklärte, daß ich es nicht getan hatte, weil ich es nicht konnte, und sie wurde sehr neugierig, platzte fast vor Fragen, während wir beide in dem Land der Grabmäler standen und die Fackel langsam herunterbrannte. Ich hätte Seidenhand am liebsten umarmt und ihr gleichzeitig eine Ohrfeige versetzt. Es war nicht der rechte Zeitpunkt für solches Geplapper, überhaupt nicht, doch ich konnte mich nicht entscheiden, es zu beenden. Wie oft im Leben, während ich zauderte und Seidenhand plapperte, nahm der Lauf der Dinge uns die Entscheidung ab. Ein dröhnendes Geräusch ertönte von der feuererleuchteten fernen Stelle, ein ohrenbetäubend hallender Ton wie ein Gongschlag, dann hörten wir Türangeln knarren. Eine der erleuchteten Öffnungen wurde größer, Fackeln tauchten darin auf.

»Da habt Ihr Euren offiziellen Eingang«, sagte ich. »Sie kommen uns suchen.«

»Und wir haben Fußspuren hinterlassen, die selbst ein Blinder sähe!«

»Nein«, sagte ich. »Wir haben nichts hinterlassen. Dreht Euch um und schaut selbst!« Grimpts kleines Talent zum Portieren reichte aus. Der Staub stob in kleinen Fontänen hoch und setzte sich dann wieder, ebenmäßig wie ein Teppich. Wir drehten uns um und rannten fort, kleine Staubwolken hinter uns aufwirbelnd wie von den Fußtritten eines Geistes. Ich dachte an Geisterfiguren, den Tod, der uns umgab, und schauderte, froh darüber, daß ich in Bannerwell keinen Nekromanten gesehen hatte.

»Versucht Euch zu merken, welche Seitengänge wir genommen haben«, keuchte ich. »Wenn sie verschwunden sind – falls sie überhaupt verschwinden –, versuchen wir, unseren Weg zurückzufinden.« Seidenhand sparte sich den Atem fürs Laufen, aber ich wußte, daß sie mich gehört hatte. Wir nahmen eine Abzweigung, liefen einen parallelen Weg zurück und dann in eine andere Halle hinein, eine kleinere Grabkammer, wo wir an einem Alkoven hinter einem steinernen Ehrengrabmal anhielten. »Wir müssen die Fackel löschen«, sagte ich. »Das Licht verrät uns sonst.«

»Götter des Spiels«, seufzte Seidenhand. »Ich verabscheue Dunkelheit.«

»Es ist nicht schlimm. Ich kann sie jederzeit wieder anfachen.« Ich segnete den Hellebardisten und war erneut froh, ihn nicht getötet zu haben. Seine Fähigkeiten reichten aus, um die Fackel anzuzünden, so daß ich es jederzeit auch tun konnte. Wir krochen in die uns verhüllende Dunkelheit. Niemand könnte uns durch den

Stein hindurch LESEN oder mit den Augen entdecken, aber möglicherweise hatte man *Fustigare* auf unsere Spur gesetzt. Tatsächlich, wir hörten Kläffen, das lauter und leiser wurde, lauter und leiser. »In diesem Staub können sie unsere Spur nicht riechen«, sagte ich. »Unsere Fußspuren sind verwischt. Sie können uns nicht finden …«

Ich hatte es zu früh beschworen. Das Kläffen kam näher, und wir warteten, die Glieder angespannt, um sofort loszurennen. Beim Aufstehen verfing sich die Kordel meines Beutels an einem Stein und zerriß. Einige der winzigen Spielfiguren fielen zu Boden. Blindlings tastete ich mit der Hand nach ihnen, die Finsternis verfluchend, und es gelang mir, eine nach der anderen wieder aufzusammeln. Eine der Figuren war dem Geräusch nach zur linken Seite gefallen, und ich fühlte nach ihr, fand sie schließlich und umklammerte sie fest, als plötzlich ein Lichtstrahl zum Eingang der Grabkammer fiel, hinter der sich unser Versteck befand. Die Figur in meiner Hand wurde warm, wärmer, heiß. Ich hätte sie beinahe fallengelassen, öffnete aber statt dessen meine Hand und fand darin den winzigen schwarzen Nekromanten, der wie ein kleiner Stern in meiner Handfläche glühte.

Ich schloß die Hand wieder, um das Licht zu verbergen. Das Licht sprach zu mir. »Ich bin Dorn«, sagte es. »Erwecker der Toten, Herr über alle meine Nachkommen …« Ein Muster wurde sichtbar, komplex wie ein Wandteppich, verstrickt und verwoben, mächtig und verzweigt wie die Wurzeln und Äste eines riesigen Baumes. Das Muster wartete nicht ab, bis ich es LAS oder in mich aufnahm. Es floß in mich hinein und hätte dies auch getan, wenn ich es zu hindern oder einzudämmen versucht hätte. Seidenhand schnappte erschrocken nach Luft, denn die Figur leuchtete so stark zwischen meinen Fingern, daß das Fleisch meiner Hand durchsichtig wirkte. Weit weg ertönten Stimmen, Hundegebell. Ich hörte es nur mit halbem Ohr, als ich die Figur in den Beutel stopfte. Sie glühte nicht länger.

Die Verfolger kehrten zurück. Sie verharrten einen Moment am Eingang der Grabkammer, bevor sie hereinkamen. Ich vernahm Hulds Stimme, der ihnen aus einiger Entfernung zurief: »Durchsucht jeden Raum. Markiert jeden Gang zum Zeichen, daß ihr ihn bereits durchsucht habt…« Sie konnten uns einfach nicht übersehen, wenn sie hereinstürmten, diese gehorsamen Gestalten, deren lange Schatten im Licht der Fackeln vor ihnen hertanzten. Irgend etwas in mir seufzte tief auf.

Sieben Grabmäler befanden sich zwischen uns und dem Suchtrupp, Marmorsärge mit goldenen Kronen obenauf. Hier ruhten einige der früheren Herrscher von Bannerwell, Prinzen oder Könige längst vergangener Tage. Ich seufzte erneut. Das Muster Dorns in mir begann die Zeit zu LESEN, zurück und immer weiter zurück, maß sie aus dem Stein, unter dem die toten Könige lagen, ging zu deren Leben zurück, nahm ihren Staub, ihre Gebeine, die verrotteten Fetzen, die einst ihre Kleidung gewesen waren, fügte alles wieder zusammen, als sollte es lebendig werden, sich erheben, aus der Grabkammer in die Luft emporschweben, ein Schatten, ein Geist, ein totenbleicher König, der aus dunklen Augen auf diese Eindringlinge herabspähte und der mit einer Stimme sprach, in der die verflossenen Jahrhunderte schwangen wie das Weinen verirrter Kinder in einem öden Land. »Wer nähert sich, wer nähert sich mir…«

Seidenhand schlug neben mir die Hände vors Gesicht, einen stummen Schrei erstickend. Die Verfolger vor mir hielten mit weit aufgerissenen Augen jäh inne, die Münder in sprachloser Angst verzerrt. Die *Fustigare* krochen in sich zusammen, und der Geist rief weiter:

»Wer nähert sich mir, wer nähert sich...« Während dessen erhob sich an seiner Seite ein weiterer, dann noch einer und noch einer und immer mehr von ihnen.

Die Verfolger flohen, und die Geister wandten die Köpfe dem Platz zu, wo wir uns versteckt hatten. Erneut hörte ich den Seufzer in mir, und Dorn ließ sie wieder zur Ruhe kommen. Jetzt begriff ich, warum Dazzle die Drohung ihres Todes so gefürchtet hatte. Diese Toten hier hatten nichts mit mir zu schaffen, und trotzdem hatte ich sie gefürchtet, denn sie hatten einen Hunger und Durst ausgeströmt, den mein Leben nicht hätte stillen können. Wer diese Toten erweckte, erweckte Grauenhaftes. Und doch wußte ich, selbst als ich dies dachte, daß Dorn sie dorthin schicken konnte, wo sie keinen Schaden anrichteteten, oder sie erwecken konnte, wie er es eben getan hatte.

Blindlings stammelnd versuchte ich Seidenhand zu beruhigen. »Himaggery sagte mir, ich solle auf die Spielfiguren gut aufpassen. Sie bei mir behalten. Wie recht er hatte! Ich wünschte, ich hätte sie wieder tief in der Erde vergraben.«

»Wir leben«, flüsterte Seidenhand, zuversichtlich und angstvoll zugleich. »Ich ziehe es vor zu leben, sogar wie jetzt vor Angst zu schwitzen! Nachdem ich den Tod gesehen habe, ziehe ich es vor zu leben.«

»Ich kann sie noch einmal erwecken, wenn es erforderlich ist...«

»Nicht jetzt«, bat sie. »Ich bin so müde. Ich habe mich so lange Zeit gefürchtet. Nicht jetzt, bitte.«

Wir entzündeten die Fackel wieder und folgten den Fußspuren derer, die geflohen waren, aber die Hoffnung, auf diesem Weg zu entkommen, erwies sich als trügerisch. Hunderte von Fackeln erleuchteten den großen Felsensaal mit den Grabmälern, und in jeder Ecke waren Wächter aufgestellt. Es gelang mir, Mandor in dem Raum zu LESEN, der vor Wut schäumte, ebenso

Dazzles sich windende Gedanken, die einer Grube voller Schlangen glichen, die sich in blutschänderischem Fieber ineinander verknäulten. Ein verräterisches Prickeln am Rande meiner Gedanken warf mich hinter einen Mittelpfeiler zurück, der das Kreuzgewölbe stützte. Ich zog Seidenhand an mich. »Wir können nicht hierbleiben. Huld sucht uns. Wir brauchen Stein zwischen uns und ihm …«

Meine Worte wurden von ohrenbetäubendem Lärm unterbrochen, von Trommelwirbel, Rädergerumpel und einem donnernden Geräusch auf der Brücke. Trompeten schallten. Seidenhand sagte: »Aha, jemand ist gekommen, Mandor zu einem Großen Spiel herauszufordern. Das waren die letzten Fuhrwerke, die mit Brennstoff für die Öfen über die Brücke rollten …«

Wir hörten, wie Mandor den Wachen Befehle zubrüllte. Die Türen schlossen sich krachend, geschäftige Schritte hasteten umher. Wir wichen in die dunklen Schatten des Ganges zurück. »Ich habe seit Tagen nicht geschlafen«, sagte Seidenhand. »Wenn wir schon nicht fliehen können, laß uns doch wenigstens ein Versteck zum Schlafen suchen. Ich bin nicht mehr imstande, mich länger von dieser Müdigkeit zu heilen, außerdem bin ich hungrig …«

Ich verspürte ebenfalls Hunger, aber wir hatten nichts zum Essen oder zum Trinken bei uns. Schlafen würden wir jedoch können. Wir gingen weiter, durch eckige Räumen mit hochgewölbten Decken in dämmrige Hallen voller Fledermäuse, wo das Licht der Morgendämmerung durch vergitterte Öffnungen zwanzig Mann hoch über uns fiel, und von dort aus in noch dunklere Gänge, vorbei an Grüften, auf denen das Wappen und die Geschichte derer gemeißelt waren, die hier ruhten. Endlich entdeckten wir einen hochgelegenen trockenen Felsvorsprung, der zum überwiegenden Teil hinter herabhängenden Felsnasen lag, von denen in einer unaufhörlichen trauernden Kadenz Wasser zu Boden tröpfelte. Hier waren wir von allen Seiten von Fels umgeben, geschützt durch Schatten, geschützt durch Schlaf. Wir teilten uns das letzte Blatt von Windlows Kraut und lenkten unsere Gedanken auf Friedliches. Verloren in der Finsternis, an einem Ort der Gräber, schliefen wir ein.

12

Mavin

Ein klickendes Geräusch weckte mich, ein leiser, geradezu anheimelnder Ton in der Weite der Felsenhöhle. Er erinnerte mich an die Todeskäfer, die wir in den langen Nächten in Mertynhaus oft gehört hatten, die sich emsig im Gebälk zu schaffen machten und die Lebenszeit des Turmes, *klick, klick, klick,* maßen wie ein Uhrwerk. Noch im Halbschlaf spähte ich über die Kante des Felsvorsprungs, auf dem wir lagen. Ein feiner Dunst trieb durch die Höhle und tauchte sie und die Frau in diffuses Licht, die dort unten auf einem hölzernen großen Stuhl saß und strickte.

Ich hatte sie nicht kommen hören. Sie war auch nicht dagewesen, als wir uns vor ein paar Stunden zum Schlafen niedergelegt hatten. Einen Augenblick lang glaubte ich zu träumen und zwickte mich so fest, daß mir ein unwillkürlicher, halberstickter Aufschrei entfuhr. Seidenhand hörte ihn, wurde wach und fuhr hoch. »Was ist denn?« fragte sie. »Was ist los?« Dann vernahm sie ebenfalls das klickende Geräusch und spähte nach der entfernten Gestalt. Ihr Gesicht zeigte die gleiche Verständnislosigkeit, wie ich sie empfand.

Bevor ich ihr antworten konnte – falls mir überhaupt eine Antwort eingefallen wäre –, blickte die Frau hoch und rief: »Ihr könnt ruhig herunterkommen. Das macht unser Gespräch bestimmt gemütlicher.« Dann widmete sie sich wieder ihrer Arbeit, die Nadeln in ihrer Hand blitzten hart und metallisch. Ich starrte in die Richtung, aus der wir in dieses Gewölbe gekommen waren. Nichts. Totenstille, keine Trommeln, Trompeten oder

Fackeln. Schließlich rollte ich mich von dem Felsvorsprung hinunter und half Seidenhand, auf den buckligen Boden der Höhle hinabzuklettern. Das Klicken wurde inzwischen von einem knarrenden Geräusch begleitet, das der Stuhl verursachte, auf dem die Frau saß und mit dem sie vor- und zurückschaukelte. Einst, vor langer, langer Zeit hatte ich einen solchen Stuhl gesehen. Ich konnte mich nicht erinnern, wann. Das Garn, das sie verwendete, schäumte zwischen ihren Händen hervor, als besäße es ein Eigenleben, und ergoß sich in flockigen Kaskaden von den Stricknadeln über die Knie auf den Höhlenboden. Die Geschwindigkeit, mit der die Frau strickte, steigerte sich zu einem klappernden Wirbel, der Stuhl knarrte heftig wie ein keuchender Blasebalg, und plötzlich hörte sie auf zu stricken. Sie schleuderte ihr Werk auf den Boden, wo es wie ein Berg wolligen Schnees vor ihr liegenblieb.

»Was habt Ihr da gestrickt?« fragte Seidenhand zögernd. Ich wußte, daß ihr keine geeignete Frage einfiel. Mir ging es genauso. Die Frau musterte uns scharf aus großen gelben Augen, die eher zu einem Vogel paßten als zu einem Menschen.

»Ich habe ein Morfus gestrickt«, erwiderte sie mit tiefer Stimme. »Bald wird es aufstehen und seiner Arbeit nachgehen, doch jetzt muß es sich erst einmal von der Anstrengung erholen, erschaffen worden zu sein.« Das aufgehäufte Material zu ihren Füßen erzitterte bei diesen Worten, und ich glaubte es stöhnen zu hören. »Habt Ihr Appetit auf einen Kohlkopf?« fragte die Frau.

»Ich wäre für etwas zu essen sehr dankbar, Madam«, sagte Seidenhand. »Was immer es ist. Ich bin sehr hungrig.« Während sie sprach, füllte sich mein Mund mit Speichel, obwohl ich Kohl verabscheute, gleichgültig, ob gekocht oder roh. Die Frau zog einen Kohlkopf neben sich hervor und bot ihn uns an. Seidenhand zupfte eine Handvoll Blätter ab.

»Es ist besser als nichts«, sagte die Frau. »Obwohl ich ihn in diesem Zustand nicht mag.« Sie betrachtete das Gemüse eingehend, während sie es in ihrer Hand drehte. Es zerfaserte vor meinen Augen, wurde zu einem lichten Flaum, der sich in ein gebratenes Huhn verwandelte. Das aufgehäufte Material stöhnte erneut und setzte sich auf. Lange gestrickte Glieder schoben sich heraus und stützten es beim Aufstehen. Es schwankte, wo es stand, formlos, entfernt menschenähnlich und ohne viel Substanz. An manchen Stellen konnte ich hindurchsehen. Ein ungeduldiger Seufzer lenkte meine Aufmerksamkeit wieder auf die Frau. Sie hatte Seidenhand das Huhn gegeben. »Probiert es und sagt mir, ob es richtig schmeckt.«

Seidenhand brach ein Hühnerbein ab, biß hinein, wischte sich den Mund an ihrem Ärmel sauber und nickte. »Es schmeckt … nicht mehr so stark nach Kohl.«

»Aha. Ein Fortschritt. Als Heilerin könntet Ihr es besser, wenn dieser junge Müßiggänger an Eurer Seite Euch dabei hülfe.«

»Ich verstehe nicht ganz«, sagte Seidenhand und erinnerte sich endlich daran, mir auch etwas von dem Huhn anzubieten. »Was meint Ihr damit, daß ich es besser könnte?«

»Habt Ihr jemals ein Huhn geheilt?« fragte die Frau.

»Noch nie.«

»Nun, dann könntet Ihr es vielleicht auch nicht besser als ich. Wenn Ihr jemals ein Huhn geheilt hättet, wüßtet Ihr, wie sein Fleisch zusammengesetzt ist. Und dieser Bursche da könnte Euch LESEN, während Ihr darüber nachdenkt, und dann könnte er den Kohlkopf weitaus besser verwandeln, als ich es tat.«

»Entschuldigung, Madam«, sagte ich. »Ich besitze ein solches Talent nicht.«

»Unsinn. Du hast alle Talente, die es gibt, von Dorn bis Didir oder von Didir bis Dorn, wie man's auch betrachtet. Du besitzt die Spielfiguren von Barish. Ich weiß es. Selbst wenn ich nicht gespürt hätte, wie Dorns Geist sich wie fernes Donnergrollen durch diese unterirdischen Gänge bewegte, hätte ich es gewußt. Wurde es nicht VORHERGESEHEN? Wurde es nicht prophezeit? Warum wären ich oder du sonst hier?«

»Die Spielfiguren von Barish?« Jetzt war ich mir sicher, daß ich noch schlief, oben auf dem kleinen Vorsprung in der Felsenwand, und träumte. »Ich weiß nicht, was Ihr …«

»Diese da!« Sie angelte mit der Stricknadel nach mir, fing die Schleife des Beutels und schüttelte die Spielfiguren darin. »Diese da. Dorn hast du schon ins Dasein gerufen. Bald wirst du die anderen wecken müssen, wenn nicht früher, dann später. Bei den Sieben Höllen, du fürchtest dich doch nicht etwa davor, oder?«

»Fürchten? Vor *denen*? Denen… was?«

»Kraftlos«, bemerkte sie bissig und musterte mich von Kopf bis Fuß, als könne sie nicht glauben, was sie sah. »Saft- und kraftlos. Trocken wie Dörrobst. Bei den Sieben Höllen, Junge, du hast die Könige von Bannerwell aus dem Grab erweckt! Wie hast du das wohl geschafft? Indem du sie mit deinem kleinen Messer aus einem Stückchen Holz herausgeschnippelt hast? Oder herbeigepfiffen? Oder aus Tee zusammengebraut? Wie hast du das fertiggebracht, gefräßiger Abkömmling einer namenlosen Kreatur? Mhm? Antworte mir!«

Langsam wurde ich ärgerlich. Je wacher ich wurde und je weniger hungrig ich mich fühlte (denn das Huhn hatte mir den Magen gefüllt, obwohl es nach Kohl schmeckte), desto zorniger wurde ich. Abgelenkt wurde ich allerdings von dem Morfus, das in diesem Augenblick beschloß, das zu tun, wozu es wohl erschaffen worden war. Schrill keuchend taumelte es zur Höhlenwand und kletterte hinauf. Es schaukelte und flatterte wie Wäsche auf einer schlaffen Leine, schob sich wabernd und klatschend aufwärts.

»Auf diese Weise kommt es nie nach oben«, bemerkte die Frau, als sie Nadeln und Wolle wieder aufnahm, um einen weiteren Berg verwobenen Wollgespinstes auf ihrem Schoß anzuhäufen. »Du hast mir noch nicht geantwortet«, sagte sie. »Wie hast du sie erweckt, Junge? Auf welche Weise?«

Indem ich das Muster benutzte, das ich in einer der Spielfiguren fand«, sagte ich steif. »Durch Zufall.«

»Dann wachsen Bäume neuerdings auch durch Zufall. Bäume wachsen aber eigentlich deshalb, weil ihre Natur es so von ihnen verlangt. Die Spielfiguren von Barish sind so beschaffen, daß sie ebenfalls eine eigene Natur besitzen – nämlich lange Zeit verborgen zu bleiben, bis sie schließlich in die Hände von jemandem gelangen, der sie benutzen kann.« Eine lange Pause entstand, bis die Frau in leicht verändertem Tonfall fortfuhr: »Nein. Das stimmt nicht ganz. Bis sie in die Hände von jemandem fallen, der sie richtig zu benutzen weiß. Heikel, heikel... Ein bißchen Verwirrung und Angst sind unter diesen Umständen vielleicht verzeihbar.« Die verbrauchte Wolle floß von ihrem Schoß herunter auf den Boden und blieb dort wabbernd liegen. Dann stemmte sich die gestrickte Kreatur in die Höhe und torkelte der ersten hinterher, die sich immer noch die Wand hochkämpfte.

Seidenhand hatte die Frau genau beobachtet, und nun setzte sie sich neben ihre Füße und legte ihr die Hand aufs Knie. Die Frau zuckte zusammen, faßte sich dann und lächelte. »Aha, Ihr wollt herausfinden, was vor sich geht, Heilerin. Bleibt meinem Kopf fern, dann möge der Rest von mir Euch als Spielwiese dienen. Bestimmt gibt es da das eine oder andere zu verbessern.«

»Worum handelt es sich bei den Spielfiguren von Barish?« fragte ich. »Hört auf, mich zu verwirren. Ich glaube, daß Ihr das absichtlich tut, und es hilft mir nicht weiter. Sagt einfach die Wahrheit. Was bedeuten sie?«

Die Frau erhob sich, unglaublich groß und dünn, wie eine Latte. Nein, dachte ich, eher wie ein Schwert, schmal, scharfkantig und biegsam. Sie lachte, als ob sie den Gedanken GELESEN hatte. »Vor langer Zeit«, intonierte sie in einem Singsang, »in einer Zeit, die von allen vergessen wurde außer von denen, die Bücher lesen, lebten zwei Zauberer mit Namen Barish und Vulpas. Du hast von ihnen bereits gehört? Ja, natürlich. Von diesem selbsternannten Historiker.« Sie lachte. Es klang beinahe freundlich, »Barish und Vulpas besaßen ein Talent, das selten ist. Sie nannten es WEISHEIT. Oder andere nannten es so. Die beiden schufen die Unveränderlichen, wie du wohl weißt, und sie begriffen die wahre Natur der Talente. Sie stellten eine Menge Dinge in Frage, die bis dahin, teils durch Konvention, teils durch Aberglaube, einfach befolgt worden waren. Diejenigen, die sich von Konventionen und Aberglauben leiten lassen, können es nicht ertragen, wenn gewisse Dinge ans Tageslicht gezerrt werden, und deshalb suchten sie nach Barish und Vulpas in der festen Absicht, die beiden zu töten.

Etwas später verkündigten die Wächter, daß Barish und Vulpas tot seien. Heimlich feierte man viele Freudenfeste. Doch es gibt Bücher, die man heute noch lesen kann, falls man weiß, wo man sie findet, die von Barish und Vulpas geschrieben wurden, lange Zeit nachdem man sie für tot erklärt hatte. Haben die Wächter vielleicht gelogen? Wer kann das sagen? Es ist schließlich schon so lange her…«

»Die Spielfiguren«, erinnerte ich energisch.

»Barish behauptete«, fuhr die Frau fort, »daß das Muster eines Talents – nein, sogar eine ganze Persönlichkeit – in einen Gegenstand transportiert werden könne und daß man von diesem Gegenstand LESEN könne wie von einem Menschen, falls man die Fähigkeit dazu besitzt.«

»Das wäre schiere Magie«, stellte Seidenhand fest.

»Manche würden das so nennen«, erwiderte die Strikkerin. »Andere behaupten das Gegenteil. Wie auch immer, die *Bücher* sagen, daß Barish seine These durch einen Satz Spielfiguren bewiesen habe. Daß elf Spielfiguren existieren, in denen das Talent unserer Vorfahren gespeichert ist. So steht es geschrieben.«

»Warum?« keuchte ich, den Kopf voller Gedanken, die wild durcheinanderschossen. »Warum tat er das? Es stimmt, Seidenhand. Ich weiß, daß es stimmt. Es ist, als LESE man eine Person. Ich fühlte Dorn, hörte ihn seufzen. Er hat die Geister erweckt, nicht ich. Wie fürchterlich und wunderbar. Aber warum tat Barish das?« Ich stotterte wirr vor mich hin, während die Strickerin mich aus ihren gelben Augen musterte und die Morfusse die Felswand immer weiter hochkletterten.

»Wenn Barish imstande war, Talente auf diese Art zu speichern, dann muß er in der Lage gewesen sein, sie selbst wahrzunehmen. In diesem Fall muß er auch das Talent von Sorah, der Seherin, wahrgenommen haben. Vielleicht sah er durch sie irgend etwas in der Zukunft. Wer kann das wissen? Es ist sehr lange her.«

»Wollt Ihr damit sagen, daß der Zauberer dies alles vor langer Zeit tat, damit jemand – Peter – diese Talente heute benutzen kann?« Obwohl es eigentlich eine Frage war, die Seidenhand stellte, wandte sie sich damit weniger an die Strickerin als an mich, und es klang mehr nach einer Feststellung als einer Frage. »Damit Peter sie benutzen kann«, wiederholte sie. Was wollte sie von mir? Götter des Spiels! Sie wollte etwas, Yarrel wollte etwas, Mertyn etwas anderes. Mandor wollte etwas völlig anderes. Während ich… was im Namen der Sieben Teufel wollte ich? Nichts. Ich wollte überhaupt nichts, Nicht das geringste. Etwas zu tun, verursachte Angst.

Jede meiner Entscheidungen hatte bis jetzt in Angst und Schrecken geendet.

Ich erklärte Seidenhand das, in der Hoffnung, daß sie mich verstände. »Als ich Dorn in mir seufzen hörte, bekam ich große Angst…«

Die Strickerin unterbrach mich. »Aber du wußtest doch, daß Dorn die Geister beherrschte. Du wußtest, daß du imstande warst, es zu tun.«

»Ich wußte, daß es jemand konnte. Irgend jemand. Aber ich hatte nicht das Gefühl, daß ich es war.«

»Aha«, schnaubte sie, und der Stuhl schaukelte so heftig, daß das Holz protestierend laut knarrte. »Wie? Du meinstest, du seist jemand anderes gewesen? Und als Grimpt Grimpts Schädel zerschmetterte und ihn die Falltorgrube hinunterwarf? Mhm? Wer tat das?«

»Niemand hat mich dabei gesehen«, entgegnete ich entsetzt. »Niemand.«

»Niemand außer denen, die davon *wissen*. Beobachter. Morfusse. Seher. Kriechzeug mit Augen, das aus Mauerritzen und Felsspalten herausspäht.«

»Wer ist Grimpt?« fragte Seidenhand.

»Pscht, pscht, wir haben ihn schon genug verstört. Armer Junge. Sein Talent tropft ihm von den Fingerspitzen, und er fragt sich, wohin mit den Händen.«

Was sollte ich dazu sagen? Sie hatte ja recht. In mir oder in dem Beutel an meinem Gürtel ruhte das Talent, Mandor und seine ganze Domäne in die tiefe Schlucht des Hidamangebirges zu befördern. Alles, was ich dazu noch brauchte, war eine ausreichende Kraftquelle… und selbst mit der Wärme der Steine unter mir konnte ich bereits Legionen von Toten erwecken und fürchtete mich davor, es zu tun. Ich bin ein armseliges Werkzeug«, sagte ich. »Ein sehr armseliges Werkzeug. Dorn versetzte mich in Todesangst, Sorah wird mich wahrscheinlich in Stein verwandeln. Warum konnte ich kein Bauer werden, wie Yarrel? Als Bauer hätte ich mich sehr gut gemacht, wäre von anderen im Spiel bewegt...«

»Besser ein armseliges Werkzeug als ein böses«, erwiderte sie. Dann streckte sie die Hand aus, um mich zum ersten Mal zu berühren. Ich hatte das Gefühl, ein Blitz führe durch mich hindurch. »Du warst zu lange in der Kinderkrippe, Junge. Zu lange mit Traumtänzern und Kochen zusammen. Komm heraus, komm endlich heraus, wo immer du auch steckst! Der Hahn kräht bereits, es ist Morgen, und ein Großes Spiel ist in Vorbereitung! Spiel mit, oder du wirst vom Brett gefegt werden.«

Von hoch oben ertönte ein gespenstisches Geheul, ein geisterhafter Ton, wie Wind, der durch einen Schornstein fegt. Wir schauten hinauf und sahen die schwarzen Schatten der Morfusse vor einem Stück Himmel. Sie hatten einen Weg nach draußen gefunden und wollten uns ihre Entdeckung mitteilen.

»Da ist er«, sagte die Strickerin. »Der Weg nach draußen. Du kannst diesen Weg nehmen, wenn du willst. Setz dich draußen auf einen Felshügel auf dem Malplacegebirge und beobachte das Spiel. Du kannst aber auch einen anderen Weg wählen. Den durch die Grüfte, an den Gräbern vorbei, den Eingang zur Begräbnisstätte hinaus ins Freie, mit einem Heer hinter dir.« Behende wie eine Spinne sprang sie über den Höhlenboden und die Felswand hoch. Arme, Beine und Kopf verschwammen, als sie flink zu den beiden Gestalten weit oben hinaufkletterte. »Es ist deine Entscheidung, Junge. Mütter sollten ihre Kinder zu nichts zwingen. Es ist nicht gut für die Persönlichkeitsentwicklung...«

»Wer...«, keuchte ich, »Wer... wer bist du?«

»Mavin Vielgestalt, mein Junge. Gekommen, um dich mit deinen beiden Vettern bekannt zu machen...«

Die morfusartigen Gestalten flackerten vor dem Licht und veränderten sich. Plötzlich waren sie nur noch zwei schlanke Jungen, die mit funkelnden Augen auf uns herabgrinsten, eine Mähne flammendroten Haars über den Gesichtern. Dann waren sie beide verschwunden, aus dem Loch hinausgeklettert, so rasch, daß keine Zeit blieb, irgend etwas zu sagen. Mavin – Mutter. Und zwei Gestaltwandler, Vettern, das hieß, Kinder von Mavins Schwester. Oder Schwestern. Und ein Weg ins Freie. Durch das sonnige Loch weit oben ertönte der klare, reine Ton einer Trompete, die den Waffenträgern *»Fliegt! Fliegt!«* signalisierte. *»Bawumm! Bawumm!«* antwortete eine Trommel vom Hügel her, das Zeichen für die Tragamore. *»Bewegt! Bewegt!«*

»Hölle«, flüsterte ich in völliger Panik. »Wer kämpft mit wem? Ist es Himaggery? Oder der Hochkönig? Oder nur der Trick einer Gestaltwandlerin, die behauptete, mich geboren zu haben...«

»O Peter«, rief Seidenhand, »falls du überempfindlich und unruhig werden willst, ist dies wahrhaftig nicht der richtige Zeitpunkt.«

Ich schrie sie an, tobte wie ein Marktweib oder Eselstreiber, stieß Seidenhand vor mir her die felsige Wand hoch, bis ich sie, die nicht wußte, ob sie lachen oder weinen sollte, halb aus der Öffnung hinausgedrängt hatte. »Seid verflucht, Heilerin!« schrie ich sie an. »Von Euch verlangt ja niemand alle diese Dinge! Geht hinaus und beobachtet das Spiel! Dummes Ding! Schnatterente! Hinaus, hinaus, hinaus! Laßt mich allein...«

Mehr plumpsend als kletternd landete ich wieder auf dem Höhlenboden. Das Gesicht in die Steine gepreßt, blieb ich liegen und weinte wie ein Schloßhund, mit dem Gefühl, daß in den ganzen fünfzehn Jahren meines Lebens mich noch niemals jemand wirklich verstanden hatte.

Und danach erhob ich mich, um die Toten zu erwecken.

13

Das Grosse Spiel

Um euch zu erzählen, was ich später über die Geschicke der anderen erfuhr, muß ich mich abermals verlassen. Ich muß in Himaggerys Reich zurückkehren, zum vierzehnten Tag meiner Gefangenschaft. Ein Portierer aus der Schulstadt tauchte auf, um Mertyns Ankunft anzukündigen, wenige Stunden bevor dieser selbst erschien.

Wie oft habe ich mir diese Ankunft vorgestellt! Wie König Mertyn in einem staubigen Umhang in den Burghof der Leuchtenden Domäne ritt, umgeben von Nebeln und Blütenpracht, den Reisehut vom Regen fleckig und den Bart grau vom Staub der Straße. Man bot ihm ein heißes Bad an, bevor er zu Himaggery ging, aber er lehnte ab. Als er in die Audienzhalle trat, erwartete Himaggery ihn bereits, nicht auf seinem erhöhten Platz sitzend, sondern stehend. Die Diener an den Türen waren fortgeschickt worden. Himaggery und Mertyn sahen sich in diesem Moment zum ersten Mal in ihrem Leben.

Und der König gebrauchte sein Talent. Er benutzte es, um Himagerry zu betören, mit unbezwingbarem Zauber und tödlichem Charisma. In diesem Raum, wo keine Kälte ihn von der vollen Entfaltung seines Talents abhalten konnte, gebrauchte er es, wie er es nie in seinem Leben zuvor gebraucht hatte. Das hat er mir, seinem *thalan,* später oft erzählt. Er setzte sein Leben ein, um den Zauberer zu betören, daß er tat, was Mertyn wollte.

Und Himaggery lachte. Er lachte, nahm Mertyn bei der Hand und führte ihn zu einem Tisch, wo er ihm eine

Schüssel heißes Wasser, ein Handtuch und dampfendheißes Essen aus der Küche anbot.

»Ihr braucht mich nicht zu betören, König. Ich werde Euch auch ohne diesen Zauber helfen. Ich werde Euch helfen, weil ich glaube, daß es richtig ist, Euch zu helfen, obwohl ich mir darüber weniger sicher bin als über manche andere Dinge. Wir beide scheinen jedoch das gleiche Anliegen zu haben – nämlich für Gerechtigkeit zu sorgen.«

Mertyn war gebildeter als die meisten seines Standes. Schließlich war er, wie Himaggery auch, ein Schüler Windlows gewesen. Im Gegensatz zu Prionde, dem Hochkönig, hatte er Windlow zugehört oder sogar einiges von Windlows Lehren begriffen. Deshalb erkannte Mertyn das Wort ›Gerechtigkeit‹ sofort, als Himaggery es aussprach, und mit der Erkenntnis kam ein Gefühl des Friedens über ihn.

»Verzeiht, mein Freund«, sagte er ernst. »Verzeiht mir. Ich dachte, ich könnte meinen *thalan,* Peter, während seiner Kindheit beschützen. Wer weiß? Vielleicht hoffte ich, ihn sein Leben lang beschützen zu können, obwohl wir wissen, daß im Spiel solche Dinge unmöglich sind. Ich habe viele Regeln gebrochen. Daß mich die Sorge um den Jungen jetzt fast verzehrt, ist sicher der Preis dafür. Ich nannte ihn nie *thalan,* gab ihm nie einen Hinweis auf unsere Verwandtschaft. Ich versuchte, ihn vor diesem Kinderverderber Mandor zu warnen. Am Ende wollte ich ihn einfach nur noch retten und habe ihn dadurch vielleicht Mandor in die Hände getrieben. Habt Ihr etwas Neues von ihm gehört?« Ungeachtet aller Würde waren seine Augen feucht, wie man mir später erzählte.

»Na, na«, sagte Himaggery. »Ich verstehe schon. Ich habe keine Schwestern, also auch keinen *thalan,* aber auch ich kannte Jungen, die ich gern hatte, um die ich mich sorgte und um derentwillen ich mir nachts den

Kopf zerbrach. Ja, es gibt Neuigkeiten. Ein Portierer aus Bannerwell hat mir eine Nachricht von einem Unterherold überbracht, den ich dort postiert habe. Der Junge sitzt im Kerker. Man behandelt ihn grob, aber er hat nicht ernsthaft Schaden gelitten. Was nicht heißt, daß er in Zukunft nicht doch noch zu Schaden kommen könnte, obwohl die Seher meiner Domäne das nicht glauben. Windlow glaubt es auch nicht, Mertyn.«

»Windlow? Hier? Ja, wie kommt er denn hierher? Wie hat er es geschafft, Prionde zu entkommen? Wie wunderbar … Ich möchte ihn gern sehen, Zauberer, sobald wie möglich. Welch eine wunderbare Neuigkeit …«

Und er traf ihn. Nun denkt nicht, daß sie sich überhaupt keine Sorgen um mich machten, aber sie befürchteten, mich durch überstürztes Handeln in noch größere Gefahr zu bringen. Sie wußten, wo ich mich befand, daß ich Stunde um Stunde überwacht wurde und daß ich sehr verzweifelt war, aber sie wußten auch, daß ich davon nicht sterben würde. Jeder von ihnen war bereits selbst schon einmal in solch einem Zustand der Verzweiflung gewesen, und jeder hatte es überlebt. Während sie also Pläne schmiedeten, wie man mich aus Bannerwell befreien könnte, dienten diese Pläne auch noch einem anderen Zweck.

»Einerlei, ob Peter nun von Mandor gefangengehalten wird oder nicht«, sagte Windlow, »es ist unter allen Umständen nötig, ein Großes Spiel gegen Mandor einzuleiten. Wir haben seinen und Peters Gedanken entnommen, daß der Prinz sich mit dem Verknüpfen von Talenten beschäftigt …«

Mertyn wirkte sorgenvoll und neugierig zugleich. Er nickte dem Zauberer zu, er möge fortfahren.

»Mandor glaubt, er könne durch eine solche Verknüpfung einen neuen Körper bekommen. Meine Spione haben es GELESEN. Ihm schwebt die Verknüpfung eines Dämons mit einem Gestaltwandler vor. Er hat das Problem aber noch nicht richtig durchdacht, da er nicht sehr belesen und erfahren ist, wofür wir dankbar sein müssen. Er läßt sich von seinem Instinkt leiten, und dieser hat ihn noch nicht auf die richtige Fährte gebracht. Hätte er mehr nachgedacht, würde er der Gruppe einen Heiler hinzufügen, der mit seinem Talent noch am ehesten das Gewebe des Gehirns verändern kann, damit es sich dem neuen Körper anpaßt. *Wir müssen dankbar sein, daß er nicht nachgedacht hat,* König. Noch hat er keinen Erfolg. Doch selbst ein noch so geringer Erfolg könnte ihm zeigen, wie beschränkt seine bisherige Vorstellung war.«

»Ich erinnere mich, daß Ihr vor langer, langer Zeit einmal von Verknüpfungen spracht«, sagte Mertyn zu Windlow. »Ihr hieltet sie für möglich ...«

»Ich weiß, daß sie möglich sind«, erwiderte der alte Mann. »Himaggery hat es ausprobiert. Ihr hättet es sehen sollen, Mertyn. Es war einfach wunderbar. Dämon verknüpft mit Unterherold und Portierer – ein paar Ranzelmänner dazwischen, um dem Ganzen die richtige Würze zu geben. Innerhalb von zwei Tagen hatten sie Peter in Bannerwell gefunden. Wenn wir nicht einigen falschen Fährten aufgesessen wären, hätten wir innerhalb eines Tages Erfolg gehabt. Und das ist nur eines von unendlich vielen Dingen, die wir tun können ...«

»Nur eines von vielen Dingen, die möglich sind«, korrigierte Himaggery. »Wir haben erst wenige ausprobiert. Wie Windlow sagt – es gibt unendlich viele Möglichkeiten, und sie sind erschreckend. Bei der Hälfte von ihnen gefriert mir allein bei dem Gedanken daran das Blut in den Adern. Aber ich vertraue mir mehr als diesem Mandor, obwohl mich seine Idee ebenso erschreckt.«

»Glaubt mir«, sagte Mertyn, »Ihr habt recht, Euch zu erschrecken. Ich kenne Mandor seit seiner Kindheit.

Wann immer es bei einer Sache einen einfachen Weg gab, der nicht verwundete oder tötete, ließ Mandor diesen Weg links liegen, um statt dessen irgendeine komplizierte Intrige auszuhecken, die verletzte und verstümmelte. Wenn es einen Weg gab, ehrenhaft zu handeln, tat Mandor das Gegenteil. Er verstrickte sich bereits in seiner Jugendzeit derartig in Spiele, daß er sich im Alter von siebenundzwanzig Jahren ein Dutzend eingeschworener Feinde von großer Macht geschaffen hatte, die sich bereitmachten, Bannerwell auszulöschen, mitsamt seiner langen Geschichte und den Gräbern seiner Vorfahren. Huld aber, Mandors *thalan*, ein Dämon von gutem Ruf, bewegte den jungen Prinzen dazu, für eine Weile als Lehrer in eine Schulstadt zu gehen. Dieser Rückzug in eine Umgebung, in der es dem Prinzen verboten war, sein Talent zu benutzen, sollte die erregten Gemüter beruhigen und offene Wunden schließen, damit Mandors Feinde sich vielleicht beruhigten und von tollwütigen Kriegern zu bloßen Nichtfreunden wurden. Es hätte gelingen können.

Doch Mandor war nicht imstande, die Stellung eines Spielmeisters mit Würde und Geduld einzunehmen, obwohl das nötig gewesen wäre, um sein Leben zu retten. Er benahm sich Peter gegenüber, wie er es gewohnt war, wie er sich stets benommen hatte. Irgend etwas stimmt mit ihm nicht …«

»Mit ihm stimmt etwas genausowenig wie mit vielen anderen Spielern«, antwortete Himaggery hitzig. »Jeder Spieler, der während eines abendlichen Vergnügens ein Dutzend Bauern opfert, hat genausowenig Ehre im Leib wie Mandor …«

Mertyn nickte. »Das seht Ihr so. Ich sehe das möglicherweise auch so. Und Windlow ebenso, dessen bin ich mir sicher. Doch wie sieht es die Welt? Bauern sind dazu geboren, Opfer zu werden. So sieht es die Welt.«

»Ich lebe in meiner eigenen Welt«, erwiderte Himaggery. »Ihr, Mertyn, mögt der äußeren Welt gehorchen, aber ich folge meiner eigenen. Und das Wissen darüber, was man mit Verknüpfungen erreichen kann, darf unter keinen Umständen in Mandors Hände fallen. Punktum. Ein Großes Spiel muß ausgerufen werden. Er muß von dieser Besessenheit abgehalten werden. Wenn nötig, muß er vernichtet werden.«

»Und wie wollt Ihr ein Spiel gegen ihn aufbauen? Mandor befindet sich auf heimatlichem Boden. Seine Kriegsöfen sind mit Sicherheit bereits errichtet, die Holzfuhrwerke Tag und Nacht unterwegs. Ihr werdet weit weg von zu Hause und Eurer Kraftquelle sein. Er wird jeden Vorteil haben, den man sich nur vorstellen kann.«

»*Ich* werde jeden Vorteil haben«, flüsterte Himaggery. »Und ich werde nur den hundertsten Teil davon gebrauchen. Würde ich ihn vollständig nutzen, könnte ich die ganze Welt besiegen.«

»Hütet Euch, Himaggery«, mahnte Windlow ernst. »Hütet Euch vor falschem Stolz.«

»Oh, vor dem bin ich genügend gefeit, mein Guter. Zumindest im Augenblick.« Himmagery lachte, fast ein wenig bitter. »Obwohl Ihr in Zukunft vielleicht ein Auge auf mich haben solltet.«

Und so machten sich Himaggery, Windlow und Mertyn an die Arbeit. Portierer brachten aus der ganzen Umgebung Spieler in die Leuchtende Domäne. Mertyn hatte noch nie im Leben so viele Tragamore und Magier auf einem Fleck gesehen.

»Warum Tragamore?« wollte er wissen. »Magier, ja, das begreife ich! Aber die meisten Spiele dieser Art hängen mehr von Waffenträgern ab als von Tragamoren ...«

»Wir werden Waffenträger haben, wenn wir sie benötigen«, antwortete Himaggery mit grimmiger Stimme. »Im Moment brauchen wir sie hier nicht. Sie sind nach Bannerwell unterwegs, in kleinen Gruppen, auf dem

Weg durch die Wälder. Ebenso noch andere Tragamore und Zauberer als die, die Ihr hier erblickt. Alle, die ich in den letzten Jahren auf meine Seite ziehen konnte.«

»Ich wußte gar nicht, daß Eure Domäne so viele Spieler unter ihren Gefolgsleuten hat.«

»Es ist auch besser, daß das nicht allgemein bekannt ist und daß nur wenige davon wissen. Aus diesem Grund tragen wir auch keine eigenen Farben und veranstalten keine Wettbewerbe. Was wir zu lernen haben, müssen wir im geheimen lernen, und nur solche, die frei von Neid und Stolz sind, können mit uns lernen. Ein einziger Prahlhans auf einem Festival, und die ganze Welt wüßte von unserem Geheimnis.«

»Was habt Ihr denn gelernt?«

»Ihr werdet es bald genug selbst sehen. Dann begreift Ihr besser, als wenn ich es Euch erklärte. Leider haben wir noch keine große Erfahrung damit. Es war nicht immer leicht für mich, Störenfriede und Unruhestifter von dieser Domäne fernzuhalten. Einige, wie Dazzle und Borold, die ich nur aus Zuneigung zu Seidenhand duldete, sandte ich mit Aufträgen fort, wenn sie sich zu sehr an mich klammerten. Andere schickte ich auf weite Reisen. Doch immer schwebte ich in Angst, daß uns jemand verraten könnte.«

»Und wo ist Dazzle jetzt?« fragte Windlow.

»Fort, Seidenhand hinterher. Immer noch damit beschäftigt, der Person zu schaden, die nur Gutes für sie wollte. Ich hätte sie aufhalten sollen, hätte … Nun, ich war mit anderen Dingen beschäftigt.«

Und über diese Dinge dachte er weiter nach, wenn auch nicht mehr lange, denn an jenem Nachmittag, dem achtzehnten Tag meiner Gefangenschaft, kam von Bannerwell ein Portierer mit der Nachricht, daß Seidenhand gefangengenommen worden sei, nachdem Dazzle und Borold sie angeschwärzt hätten. Und einen Tag danach erschien ein weiterer Bote mit der Mitteilung, daß

Chance und Yarrel aus Bannerwell geflohen seien, Seidenhand aber immer noch festgehalten werde.

An diesem Tag marschierte Himaggerys Streitmacht gen Bannerwell, aber es ähnelte keinem Marsch, wie Mertyn ihn kannte. Ein riesiges Fuhrwerk war mit einem Berg großer Schilde aus glänzend poliertem Metall, die wie Spiegel schimmerten, beladen worden. Und alle Tragamore, die den Zug begleiteten! Und ständig kam die Marschkolonne zum Stillstand, weil einer der gebogenen Schilde vom Wagen gehoben wurde – mit je einem Magier und mindestens zwei Tragamoren als Helfern, manchmal auch dreien oder vieren. Und während Mertyn vor Sorge fast verging und Windlow in seinem eigenen Fuhrwerk auf weiche Kissen gebettet ruhte und den Himmel betrachtete, wurde der Schild ›geprüft‹. Jede dieser Prüfungen dauerte eine kleine Ewigkeit, und Mertyn brummelte und schwitzte, wütend auf Himagerry, der ihm nicht verraten wollte, was da vor sich ging.

»Ich kann nicht«, erklärte der Zauberer. »Sonst sinnt Ihr vielleicht darüber nach. Mandor hat möglicherweise Dämonen ausgesandt, die die Straße absuchen und Euch LESEN könnten.«

»Denkt Ihr selbst nicht auch darüber nach?«

Himaggery lachte. »Worüber denkt der Steinmetz nach, wenn seine Hände den Meißel bewegen? Seine Hände wissen von selbst, was zu tun ist. Er denkt vielleicht an sein Mittagessen oder daran, fischen zu gehen. Und daran denke ich auch. Ans Fischen.«

Es stimmte, daß alle in dem Zug sehr gut zu wissen schienen, was zu tun war. Der Weg führte schnurstracks den Mittleren Fluß entlang, und der Zug hielt zum ersten Mal, als er den See Yost hinter sich gelassen hatte. Die nächsten Aufenthalte folgten in einer geraden Linie hintereinander. Wenn Hügel die Marschierenden umgaben, wurde je ein Spiegel auf ihre Anhöhen transportiert. Der neunzehnte Tag meiner Gefangenschaft (denn ich zählte die gesamten Tage meines Aufenthalts in Bannerwell als Gefangenschaft verstrich, dann der zwanzigste und der einundzwanzigste.

Zu dieser Zeit rückten Himaggerys Legionen immer näher an Bannerwell heran, aber mit solchem Schnekkentempo, daß alle am Marsch Beteiligten müde und gereizt wurden. Morgens und abends erschien ein Bote von Bannerwell. Die Kriegsöfen seien errichtet, hochbeladene Holzfuhrwerke würden über die Zugbrücke hineinrattern, die Burg bereite sich auf eine Belagerung vor. Viele Waffenträger, Magier, Portierer und Tragamore seien bereits versammelt, doch es kämen immer mehr. Aber selbst das war für Himaggery offenbar kein Grund zur Eile, und er trieb seine Streitmacht nicht an. Es wurde weitermarschiert. Der Berg der Schilde auf dem Wagen verringerte sich zusehends, und die Reihen der Magier und Tragamore lichteten sich von Tag zu Tag.

Und am Abend des zweiundzwanzigsten Tages meiner Gefangenschaft erreichte Himaggery in seinem Zelt die Nachricht, daß Seidenhand Mandors Plan, sie den Ausplauderern zu übergeben, durchkreuzt habe, indem sie einfach verschwunden sei.

»Ich könnte mir vorstellen«, sagte Windlow nachdenklich zu den übrigen, »daß Peter seine Hände im Spiel hat. Obwohl mein Talent durch das Alter verschwommen und unzuverlässig geworden ist, glaube ich zu SEHEN, daß der Junge in diese Sache verwickelt ist. Das Bild ist irgendwie mit Ausplauderern und Misthaufen vermischt, aber es ist trotzdem zweifellos Peter, der sich in oder um Bannerwell herumtreibt. Ich bin mir ganz sicher.«

Himaggery lachte in sich hinein, bis ihm die Tränen über die Wangen liefen. »Ratet Ihr uns davon ab, uns Sorgen zu machen?«

»Oh, Sorgen können nichts schaden«, meinte Windlow. »Unter keinen Umständen. Es schärft die Sinne. Bewirkt Wunder für die Verteidigungsbereitschaft des Gehirns, wenn man sich tüchtig um etwas sorgt. Trotzdem schlage ich vor, zunächst einmal zu schlafen.«

»Das wird nicht möglich sein, alter Lehrer«, sagte Mertyn. »Ich fürchte, die Sorgen vertreiben meine Fähigkeit zu schlafen ...«

Worauf Windlow sagte: »Ich glaube, ich habe irgendwo noch ein Kraut, das vielleicht ...«

Und daraufhin schliefen sie in dieser Nacht zwar nicht sehr lange, aber tief.

Am Morgen erschien ein weiterer Bote von Bannerwell und brachte die erstaunlichsten Neuigkeiten. Die Trompeten und Trommeln Bannerwells riefen alle Spieler zusammen, denn auf den umliegenden Hügeln war eine mächtige Streitmacht erschienen, um ein Großes Spiel über Mandor auszurufen: niemand anderes als die Gefolgsleute der Hohen Domäne und der Hochkönig selbst. Diese Trommeln und Trompeten hatte ich vernommen, als ich Seidenhand voll Ingrimm aus der Höhle gejagt hatte. Der Hochkönig war nach Bannerwell gekommen. Und warum?

Nun, er wollte Windlow zurückholen, denn er glaubte, er werde in den Kerkern von Bannerwell gefangengehalten.

Das folgende sah Seidenhand von ihrem Platz auf Malplacehügel aus. Dort saß sie und beobachtete das Spiel, wie Mavin es vorgeschlagen hatte, händeringend und die ganze Zeit über mit sich selbst redend.

Ihr müßt Euch Bannerwell so vorstellen, wie Seidenhand es vor Augen hatte. Unterhalb des Malplacegebirges krümmt sich der Fluß, der von Norden her kommt, zu einer breiten Schleife, bevor er sich erneut nach Norden wendet, um dann seinen Weg östlich durch den Havajordeich und die fruchtbare Ebene zum Stürmischen Meer zu nehmen. In dieser Flußschleife erhebt sich eine nicht sehr hohe gerundete Steilklippe, auf der die Mauern von Bannerwell errichtet sind, die der Biegung des Steilhangs folgen, so daß Klippe und Mauer eine senkrechte Linie bilden. Im Westen ragt der Turm aus der Mauer auf, im Süden schmückt das Grün des Obstgartens die Mauerspitzen mit den Dächern und Zinnen. Von ihrem Platz auf dem Malplacegebirge aus konnte Seidenhand in den Burghof hinabblicken, die dort versammelten Spieler sehen sowie jene, die sich auf den Dächern und Mauern drängten. Im Norden, verdeckt durch die Burg, befand sich die Zugbrücke und davor der Burggraben, der sich zu beiden Seiten des Hangs und über die ganze Breite der Flußschleife erstreckte. Die Brücke war hochgezogen, das Tor heruntergelassen. Ab sofort würden Nachrichten nur noch von Schildwächtern hin und hergetragen werden. Die Brücke war nicht mehr vonnöten.

Und dann, auf den Hügeln nördlich Bannerwells, dieses mächtige Heer, mit Spielern, Pferden und Öfen, geschart um eine Zeltstadt, in deren Mitte ein großes rotes Zelt stand, das Zelt des Hochkönigs inmitten seiner Gefolgschaft. Zwischen dem Burggraben und den Hügeln lagerte ein zweites Heer unter dem Banner eines Prinzen, der dem Hochkönig tributpflichtig war, und noch mehr Verbündete versammelten sich zwischen diesen beiden Heeren und dem steinernen Deich. Die Heere waren aus dem Norden gekommen, aus einer für Bannerwell unerwarteten Richtung, und warteten nun darauf, daß ein Spiel über Prinz Mandor ausgerufen würde. Die letzten Klänge der Trompeten hingen noch zitternd in der Luft, als Seidenhand den Felsvorsprung erreichte.

Zum Talent eines Herolds gehört die Fähigkeit, die Luft um sich herum so zu bewegen, daß alle innerhalb der Domäne seine Worte verstehen. Deshalb verstand

Seidenhand sogar über die weite Entfernung alles ganz deutlich, als der Herold des Hochkönigs zum Rand des Burggrabens ritt und rief:

»Alle, die Ihr mich hören könnt, habt acht! Alle, die Ihr meine Stimme vernehmt, höret meine Worte, denn ich spreche für den Hochkönig, den Herrscher über die Hohe Domäne, ihn, den Schrecklichen, ihn, den Mächtigen, der gekommen ist, um ein Großes Spiel gegen Mandor, genannt Prinz, auszurufen, der in unehrenhafter Weise Verrätern und schurkischen Bauern Unterschlupf gewährt, Verbrechern gegen das Alter, Erpressern von Lösegeld für einen geschätzten Freund von Prionde, dem Hochkönig.

Ich spreche von Windlow, dem Seher, dem früheren Leiter von Windlowhaus, dem Schulhaus der Hohen Domäne.

Also spricht der Hochkönig: Windlow soll mit gebührender Ehre und Geleit freigelassen sowie diejenigen, die ihn entführten, schutzlos und gefesselt herausgegeben werden, und Mandor, Prinz genannt, soll die Kosten des Aufgebotes tragen, das sich hier gegen ihn und seine Domäne versammelt hat. Erfüllt er diese Forderungen nicht, wird das Große Spiel seinen Lauf nehmen.«

»Götter des Spiels«, flüsterte Seidenhand. »Borold mit Mandor.« Sie sah Mandor mit drei anderen Gestalten auf den Wehrzinnen stehen. Huld, Borold und Dazzle. Jetzt erschallten Mandors Trompeten, und Borold erhob sich hoch in die Luft, höher als der Turm, und schaute von dort auf das Heer des Hochkönigs hinab, als er die Antwort von Bannerwell übergab.

»Alle, die ihr mich hört, habt acht! Alle, die ihr meine Stimme vernehmen könnt, hört! Ich spreche für Mandor, Prinz von Bannerwell. Mein Prinz ist einem Großen Spiel mit denen nicht abgeneigt, die ihn herausgefordert haben oder die er absichtlich gekränkt hat. Er erbittet jedoch von dem Hochkönig einen Aufschub und eine Unterredung, der Dämone beider Domänen beiwohnen sollen, damit der Hochkönig sicher sein kann, daß seine Anschuldigungen gerechtfertigt sind, bevor das Große Spiel beginnt.«

Eine lange Pause entstand, während der Herold der Hohen Domäne mit dem Hochkönig sprach. Nachdem dieser noch mit mehreren anderen Gefolgsleuten aus seinem Heer beratschlagt hatte, schlugen die Trommeln auf dem Hügeln dreimal: *Bawumm! Bawumm! Bawumm!* und die Trommeln der Burg antworteten: *Bomm! Bomm! Bomm!* Die Zugbrücke rasselte herunter. Eine Staubwolke wirbelte auf, als sie an der Uferböschung des Burggrabens aufschlug. Mit quietschenden Ketten wurde das Tor heraufgezogen, und Mandor ritt heraus, Huld an seiner Seite. Dazzle folgte ihm. Borold flog vor ihnen her, in der Höhe der Pferdeköpfe. »O Borold«, klagte Seidenhand, »wie dumm von dir ... wie dumm.«

Zwar konnte sie von ihrem Platz aus nicht hören, was zwischen Mandor und dem Hochkönig gesprochen wurde, aber sie sah alles. Sie sah, wie Huld den Dämon des Hochkönigs formell grüßte, wie Dazzle nach vorn gerufen wurde, posierte, redete und gestikulierte. Sogar über die weite Entfernung war es unmißverständlich. Seidenhand hätte ihnen sogar die Worte in den Mund legen können: das mißtrauische Winseln des Hochkönigs, die Versicherung Mandors, daß Windlow sich nicht in Bannerwell befinde, das Zeugnis von Dazzle, daß sich der alte Mann in der Leuchtenden Domäne aufhalte und daß einige der Missetäter, die ihn dorthin gebracht hätten, sich möglicherweise gerade auf dem Weg nach Bannerwell befänden, während andere von ihnen sich wahrscheinlich in den Höhlen unterhalb der Burg verbärgen. Lächeln, Lächeln, Posieren, Posieren. Die Dämonen runzelten die Stirn, sprachen, sprachen noch einmal.

Schließlich nickte der Hochkönig. Er schnarrte einen Befehl aus den Mundwinkeln und ritt vorwärts. Einige seiner Leute folgten ihm, doch der größte Teil von ihnen lagerte immer noch auf dem Hügel nordwärts. Seidenhand sah Signale von einem Ort zum anderen blitzen, sah, wie die Streitmacht im Osten auseinanderlief und sich an einem anderen Ort wiedervereinigte, um der Gefahr aus der neuen Richtung entgegenzutreten, sah schließlich, wie der Hochkönig und seine engen Vertrauten in die Burg hineinritten und wie das große Tor sich hinter ihm schloß.

»Verbündete«, flüsterte Seidenhand. »Von Herausforderern zu Verbündeten, innerhalb einer Stunde. O Himaggery! Ich hoffe, du weißt, was du tust.«

Hätte sie in diesem Moment hinter sich geschaut, hätte sie einen Portierer gesehen, der hoch über ihr auf einem felsigen Vorsprung stand und das Schauspiel genau wie sie selbst beobachtet und ebensogut verstanden hatte. Dies war Himaggerys Spion, der sofort verschwand, um Himaggery von der unerwarteten Verbrüderung zu berichten. Doch Seidenhand zerfleischte sich vor Kummer auf dem Hügel, dachte flüchtig daran, mich zu warnen oder in den Wald zu rennen, um irgend jemandem von dem Schrecklichen zu erzählen, in der Hoffnung, Himaggery aufzuhalten oder sich statt dessen lieber an der Stelle, wo sie sich befand, zu einem kleinen Ball zusammenzurollen und zu hoffen, daß die Welt sie erst dann wieder bemerkte, wenn der ganze Irrsinn um sie herum aufgehört hatte. Schließlich tat sie nichts von allem. Sie blieb einfach sitzen, wo sie war, und wartete ab, was geschähe ...

Von diesen Ereignissen wußte ich natürlich nichts. Mein Zorn hatte märtyrerhafter Verstocktheit Platz gemacht, blinde Wut war verwundeter Überempfindlichkeit gewichen, und das alles innerhalb einer knappen Stunde.

Ich hatte entschieden, daß Mavin meine Mutter sein mußte, und sie deswegen gehaßt, um es daraufhin für unmöglich zu halten, weil sie sonst nicht so zu mir gesprochen hätte, bis mir schließlich beides völlig gleichgültig war. Ich hatte Mertyn kurz verflucht, bevor ich mich daran erinnerte, daß Mandor mich ja verletzt hatte, worauf ich diesen verfluchte. Die Höhlenwände, von denen das Echo zurückprallte, nahmen alles mit stoischer Gelassenheit hin. Für sie waren Wutschreie und Schluchzer dasselbe, und beides wurde von ihnen gleich gut verstärkt und mit stillem Hohn dutzendfach aus allen Richtungen zu mir zurückgeschickt, bis ich der Sache überdrüssig wurde. Doch sogar während dieses Gefühlsausbruchs entwarf ein anderer, überlegt kalkulierender Teil meines Gehirns einen Plan, was ich als nächstes tun sollte und warum, ob diese oder jene Möglichkeit es wert sei, in Betracht gezogen zu werden. Als ich also damit aufhörte, zu meiner eigenen Genugtuung Leidenstöne von mir zu geben, waren die nächsten Schritte in meinem Kopf bereits geplant, fertig zur Ausführung.

Windlow hatte von Geisterfiguren und Geistertalenten gesprochen. Es war offensichtlich, daß die Höhlen genügend Geister beherbergten, um eine ganze Armee aufzustellen, unter ihnen viele Talente, die auch in einer annehmbar großen Domäne verfügbar wären. Wenn Dorn diesen Talenten befehlen konnte, dann konnte ich es genausogut. Geister allein reichten aber möglicherweise nicht aus. In dem Beutel an meinem Gürtel warteten die anderen Talente darauf, ins Leben gerufen zu werden. Ich hätte Magier rufen können, tat es aber nicht. Seher? Warum? Was geschah, würde innerhalb einiger Stunden, einiger Minuten geschehen. Ich brauchte nicht mehr zu sehen als das, was ich mit eigenen Augen erblicken konnte. Dämonen? Grimpts kleines Talent reichte vollkommen für meine momentanen Bedürfnisse aus. Ebensowenig verschwendete ich Gedanken an Waffenträgerflüge oder Schildwächterfeuer. Nein. Geleitet von einem jugendlichen Gerechtigkeitsempfinden, einem Verlangen danach, wenigstens einmal ein eigenes Spiel zu gewinnen, beschloß ich, Mandor auf seinem eigenen Gebiet zu begegnen. Mit der linken Hand ergriff ich die kleine Schnitzfigur von Trandilar, der Ahnherrin aller Königinnen, Könige und Adligen.

Sie strömte in mich hinein wie warmer Sonnenschein, eine sanfte Brise, leicht, unwiderstehlich, unabwendbar. Ihre Stimme glich rollenden Sternen, überirdisch, eine unendlich große Wohltat, die schwächere Seelen an sich band. Ich war Geliebter, Kind, Gefährte. Verzückung ergriff mich. Bewunderung wogte über mich, floß in mich hinein, bis ich es war, der geliebt wurde, dem die Welt zu Füßen lag, dem sie folgte, den sie bewunderte. Alle, alle würden mir folgen, wenn ich diese Betörung auf sie anwandte. Ein glucksendes Lachen ertönte, ein Seufzer der Befriedigung, nicht der müde Seufzer Dorns, sondern ein Seufzer, gesättigt mit Liebe, Liebe, Liebe. »Trandilar«, flüsterte ich ihren Namen voll Huldigung und Ehrerbietung.

»Peter ...«, antwortete die körperlose Stimme. O Barish hatte mehr vollbracht, als nur ein einfaches Muster in eine unbelebte Form zu zwingen, als er diese Spielfiguren schuf. Einen Augenblick lang konnte ich weder denken noch mich bewegen. In diesem Augenblick war ich irgendeine dritte Person, nicht ich, nicht Trandilar.

Dann verging es, wie Dorn vergangen war, und nur das Wissen und das Talent dieses uralten Wesens blieben zurück. Nun fürchtete ich mich nicht mehr vor Mandors Gehilfen. Im Vergleich zu diesem hier war sein Talent mickrig, wirkungsvoll vielleicht bei Schweinehirten und Flückelmännern.

Von diesem Augenblick an war ich nicht länger ein Kind. Ich ging die staubbedeckten Korridore zurück, wobei ich zuerst den Fußspuren folgte, die Seidenhand und ich am Ende unseres Weges zurückgelassen hatten, verließ mich dann auf die Erinnerung und mein Gespür, das mich in die Grabkammer führte, in der die verstorbenen Könige vor kurzem geweckt worden waren. Dort angekommen, tat ich genau das, was Dorn mir beigebracht hatte, hörte wieder die geisterhafte Stimme, die ins Leben zurückgerufen worden war: »Wer nähert sich, wer nähert sich, wer nähert sich …«

Und antwortete ihr: »Einer, der dich ruft, o König, dich und deine Vorväter, deine Familie und deine Kinder, deine Gefolgsleute und deine Untergebenen, deine Waffenträger, Magier, Dämonen und Tragamore, deine Schildwächter und Portierer, kommt herbei, kommt herbei und hört meinen Befehl, erhebt euch und folgt meinem Willen.«

Der König antwortete mir, ein kleiner kalter Atemzug in meinem Ohr, ein schwaches Rufen: »Beginnet Euer Spiel, o Geist. Beginnet Euer Spiel, und wir werden uns erheben und Euch folgen …«

14

Herausforderung und Spiel

Die äusseren Hänge des Malplacegebirges ziehen sich vom Gipfel hinab nach Osten und Norden, mit einer Einkerbung, wo der Fluß Banner in einer Schleife um die Burg Bannerwell fließt; sie erheben sich dann östlich und westlich dieser Burg, wobei sie den Fluß nach Norden zwingen und sich selbst im Osten in einem langen Felswall fortsetzen, durch den sich der Fluß vor Jahrtausenden ein Bett gegraben hat. Hier durchschneidet der Banner den Wall wie ein silbernes Messer, und der Ort wird ›Die Wunde von Havajordeich‹ oder einfach nur ›Die Wunde‹ genannt. Von der Ostseite dieses Deichs her kann man zwar die Zinnen und Spitztürme von Bannerwell erblicken, doch die Burg selbst und ihre Umgebung sieht man erst, wenn man den Wall erklommen hat. Deshalb hatte Himaggery den ersten Blick auf die Burg von der Höhe dieses Walls aus, erblickte das versammelte Heer innerhalb der Burgmauern und draußen, sah den Burggraben und den Fluß ringsum. Was er sah, erstaunte ihn nicht. Seine Portierer hatten ihn ständig über die Ankunft des Hochkönigs, die Herausforderung zum Spiel, die Verhandlungen, das unerwartete Bündnis auf dem laufenden gehalten. Nachdem er also den Wall hochgeritten und vom Pferd gestiegen war, vergeudete er keine Zeit mit sprachlosem Staunen. Das Bild vor ihm sagte ihm nichts Neues.

Einige seiner Begleiter waren nicht so leichten Gemütes. Die Streitmacht vor ihren Augen war größer als jedes Heer, das sie jemals erblickt hatten. Wie Pilze, die nach dem Regen überall aus dem Boden schießen, erstreckten sich die Zelte des Hochkönigs im Norden und Westen. Auf dem flachen Streifen zwischen Deich und Fluß hatten sich kleinere Spielertruppen versammelt, und von den bewaldeten Hängen des Malplacegebirges hörte man immer noch das Geräusch von Axthieben, das über die Frachtkähne schallte, die am Ufer des Banner vertäut lagen. Mertyn konnte den Blick nicht abwenden. Sogar Windlow setzte sich in seinem Wagen aufrecht, um diesen Aufmarsch belustigt zu betrachten. »Hätte ich es nicht selbst schon GESEHEN«, wurde er später zitiert, »wäre ich in der Tat sehr erstaunt.«

Himaggery kümmerte sich um den letzten der riesigen Spiegel, stellte ihn auf dem Deich auf, stützte ihn mit dicken Metallpfosten und postierte Männer daneben, die ihn halten oder wieder aufrichten sollten, falls er umgeworfen würde. »Er muß der Kraft von Tragamoren widerstehen«, wies er sie an. »Wappnet euch und haltet euch bereit …«

»Vorsicht, Himaggery«, sagte ein Dämon, der in der Nähe stand. »Ein Herold naht …«

Und wieder war es Borold, der erschien, Borold, der vor Dazzle prahlte, die in ihrer ganzen Pracht oben auf dem Turm von Bannerwell stand, Borold, der vor Stolz glühte. Er warf einen Blick über die Schulter zurück, als er über den Wall zu Himaggery flog, einen langen Blick, um Dazzle dort oben stehen zu sehen. Windlow fand, daß in diesem Blick soviel Liebe und unkritische Bewunderung lag, wie ein Gott in eine neuerschaffene Kreatur nur hineinlegen konnte. Aber wie langweilig, im Grunde, dachte er. Immer bewundert zu werden, immer zu bewundern. Doch vielleicht empfinden Götter keine Langeweile … (Ihr fragt euch vielleicht, woher ich weiß, was geschah und was Windlow dachte. Das ist nicht so wichtig. Am Ende wußte ich über alles Bescheid, was geschehen war, mit jedem von ihnen. Am Ende wußte ich zuviel.)

Borold war es, dessen Trompete die Herausforderung zum Spiel blies, Borold, der nicht nur für Mandor, sondern auch für Prionde sprach. Mit leichtem Kopfdrehen, damit seine Worte auch hinter ihm auf den Burgzinnen gehört werden konnten, rief er: »Alle, die ihr meine Stimme hört, habt acht! Ich spreche für Mandor von Bannerwell, ihn, den am meisten Bewunderten, den am eifersüchtigsten Bewachten, und für den Hochkönig Prionde von der Hohen Domäne, ihn, den Schrecklichen, den Mächtigen. Ich spreche für diese beiden, die sich hier gemeinsam versammelt haben, um das Große Spiel und eine unabwendbare Herausforderung über Himaggery, genannt Zauberer, auszurufen, dessen Anhänger in heimtückischer Weise die Gastfreundschaft des Hochkönigs mißbrauchten, indem sie einen seiner Gefolgsleute, den Seher Windlow, entführten, während Himaggery den guten Willen von Prinz Mandor hinterging, indem er einen Spion in dessen Domäne sandte, die Heilerin Seidenhand. Aus diesen Gründen und vielen anderen, mehr als es Blätter an den Bäumen gibt, Gründen von Verrat und Betrug, Ketzerei und unehrenhaftem Spiel, fordern meine Herren diesen Himaggery heraus und erwarten seinen Zug. Wir rufen das WAHRE SPIEL aus!«

Borold wartete auf eine Antwort, zunächst gebieterisch, dann ungeduldig, schließlich unschlüssig. Himaggery schenkte ihm keine Aufmerksamkeit, sondern war zur Seite gegangen, um an dem großen Spiegel zu hantieren. Es dauerte eine Weile, bis er hochsah und dem Portierer, der neben ihm stand, einen Wink gab. Inzwischen warf Borold verstohlene Blicke über die Schulter nach hinten, als ob er irgendeine Anweisung aus der Burg erwarte. Der Portierer verschwand. Himaggery winkte wieder, und ein Herold erhob sich langsam vom

Erdboden und ging hinüber zu Borold. Er erhob sich nicht in die Luft. Er stand einfach da und ließ seine Stimme von den weiten Berghängen widerhallen.

»Hört die Worte von Himaggery, dem Zauberer der Leuchtenden Domäne. Er ruft nicht das WAHRE SPIEL aus. Er ruft *TOD, SCHMERZ, ENTSETZEN, VERSTÜMMELUNG, WUNDEN, BLUT, LEIDEN, ZERSTÖRUNG*. Dies alles ruft er herbei und noch mehr. ER SPIELT NICHT!«

Bei diesen Worten erstrahlte ein helles Licht, und ein Geruch von Feuer hing in der Luft, als von Osten her eine kleine Sonne auf Bannerwell zu wirbelte, sich beim Näherkommen vergrößerte, auf den großen Spiegel zu schoß, sich noch mehr vergrößerte und schließlich von einem Magier, der daneben bereit stand, aufgefangen wurde. Er drehte sich um und ließ das Licht wieder frei. Die Tragamore, die schweigend auf dem Wall kauerten, erstarrten, wandten sich wie ein Mann um, neigten die Köpfe Bannerwell zu und lenkten die geballte Kraft dieser kleinen Sonne auf die Mauern der Burg. Und im Augenblick, als das Licht dort mit einem den Boden erschütternden Donnerschlag explodierte, schoß bereits eine zweite kleine Sonne in den wartenden Spiegel, wurde aufgefangen und der ersten hinterhergeschickt. Und dann noch eine und noch eine.

»Götter des Spiels«, flüsterte Mertyn mit weit aufgerissenen Augen. »Was ist das? Wie habt Ihr das gemacht...?«

Worauf Himaggery antwortete: »«Wir haben nur getan, was jeder in den letzten tausend Jahren hätte tun können. Wir haben Tragamore zusammenarbeiten und Kräfte von Ort zu Ort transportieren lassen. Die Spiegel dienen lediglich dazu, diese Kräfte aufzufangen, zu bündeln und es den Magiern leichter zu machen, sie zu sammeln, ohne daß ihnen etwas davon verlorengeht...«

»Aaah«, seufzte Mertyn beinahe betrübt, während er auf die Mauern schaute, die immer wieder von den Lichtblitzen getroffen wurden. Sie erzitterten, schmolzen, pulverisierten, fielen zu Staub zusammen. Alles in ihrer Nähe wurde zu Staub. Wie winzige Sterne leuchteten die Spieler vor ihnen kurz auf und verglühten dann. Ein Strahlenglanz umgab die Zelte, bevor sie sich auflösten. »Woher kommt diese ganze Kraft?«

»Von verschiedenen Orten«, antwortete Himaggery etwas ausweichend.

»Es ist besser, es nicht zu wissen«, flüsterte Windlow. »Besser, man denkt nicht darüber nach. Besser, man macht ein rasches Ende mit Bannerwells Stolz und Priondes Eitelkeit und wendet sich anderem zu. Wichtigerem.«

Aber das Ende kam doch nicht so rasch. Ein Kampf brach in der Nähe des großen Spiegels aus. Dieser wankte, kippte, und eine der herbeischießenden Sonnen verfehlte ihr Ziel und zerbarst in einer Staubwolke an einem Berghang. Portierer hatten sich neben dem Spiegel materialisiert und versuchten ihn umzuwerfen. Zwischen den kämpfenden Spielern tauchten *Fustigare* auf, die Fänge weit aufgerissen, die Zähne gebleckt, wild um sich beißend – Wandler in der Gestalt blutrünstiger Bestien.

»Vorsicht, Himaggery!« schrie der wachhaltende Dämon und stieß den Zauberer beiseite, als ein Pfeil von oben herabschoß. Sie schauten hoch und blickten in die Gesichter von Waffenträgern, die von der bewaldeten Seite des Gebirges herübergeflogen waren. Der Dämon gab ein Zeichen. Ein wirbelnder Feuerball schoß von Osten heran, wurde auch ohne Hilfe des Spiegels wie beiläufig von zwei Magiern aufgefangen und von den Tragamoren hoch in die Luft geschleudert. Die Waffenträger fielen schreiend aus dem Himmel, Klümpchen brennender, erlöschender Asche. Plötzlich stand der

Spiegel wieder aufrecht, und die Feuerbälle trafen erneut die Außenmauern der Burg.

Und diese Mauern fielen. Himaggery hob die Hand, eine Trommel schlug. Ihr Echo drang weit in östliche Richtung, wurde zurückgeworfen, wieder und wieder, bis nichts mehr zu hören war. Der Angriff der Feuerbälle endete. Himaggery wartete, hob den Kopf, beobachtete gespannt, was geschehen würde.

Durch den Riß in der Mauer quollen die in der Burg versammelten Spieler wie Wasser heraus, diejenigen, die des Fliegens mächtig waren, schossen über den Fluß, andere sprangen in den Fluß, um sich von seinem Wasser nach Norden tragen zu lassen, wo sie versuchten, sich ans flache Ufer zu kämpfen und über die Ebene weiterzufliehen. Im Burghof war ein Kampf ausgebrochen; Spieler aus Bannerwell kämpften gegen Spieler aus der Hohen Domäne, rote Federbüsche gegen violette. Die Roten überwältigten die Purpurnen, rannten zu den Ketten und rissen daran, damit die Zugbrücke herabfiele. Dann flohen die rotgekleideten Anhänger des Hochkönigs aus der Burg, über die Brücke und auf die mit hohem Gras bewachsene Ebene zu den roten Zelten, die am nördlichen Berghang errichtet waren, rannten wie besessen, als böte ihnen dieser dünne Stoff Sicherheit.

Himaggery winkte wieder. Abermals flogen Blitze in den Spiegel hinein und wurden weitergeleitet, diesmal gegen die roten Zelte, die aufloderten und verschwanden. Die fliehenden Spieler wandten sich um, stolperten durcheinander; einige rannten nach Westen oder zum Waldrand, andere wiederum zurück, um sich in den Fluß zu stürzen. Es dauerte nicht lange, bis Himaggerys Männer die Körper derjenigen durch die ›Wunde‹ treiben sahen, die bei dem Versuch, den Banner entlangzuschwimmen, ertrunken waren, aufgereiht in durchweichtem Heldenglanz, tot.

»Prionde?« flüsterte Windlow. »War er auch unter den Fliehenden?«

»Das weiß keiner, alter Freund«, erwiderte Himaggery. »Hätten wir das Feuer einstellen sollen, um einen einzigen König zu retten?«

»Nein«, sagte Windlow weinend. »Nein. Unsere Entscheidung stand fest. So rasch und gründlich wie möglich. Kein sich ewig hinziehendes Spiel, bei dem die Unterlegenen Hoffnung schöpfen und sich weigern würden, sich rechtzeitig zu ergeben. Nein. Bringt es zu Ende, Himaggery. Rasch.«

Zwischen zusammengepreßten Zähnen antwortete dieser: »Ich versuche es.«

Noch einmal hörte die Bombardierung auf, und Himaggery beobachtete wieder, was unten geschah. In der Burg regte sich nichts. Kein einziger Wächter stand mehr auf der Brustwehr.

»Wie lange noch?« fragte Himaggery.

Windlow antwortete: »Bald. Als ich es GESEHEN habe, stand die Sonne beinahe an der gleichen Stelle am Himmel wie jetzt. Sie werden bald herauskommen. Wartet. Zerstört nicht weiter …«

So warteten sie ab. Mertyn wollte wissen, worauf, und Himaggery erwiderte: »Auf die Erfüllung einer Vorhersehung, König. Windlow hat diesen Ort, diese Zeit GESEHEN. Euer *thalan* führt etwas im Schilde. Seht Ihr den Eingang dort in jener Mauer?«

Er meinte den Eingang zu dem Platz der Gräber, das zeremonielle Tor zu den Höhlen von Bannerwell. Es öffnete sich innerhalb der Burgmauern. Man konnte durch die zertrümmerten Außenmauern vom Deich aus sehen, wie die Wächter der Gräber ins Freie flohen, flohen in Entsetzen vor etwas, das sie verfolgte. Und hinter diesen fliehenden Wächtern erschien eine Horde, ein Aufgebot, eine Geisterdomäne, quoll aus den Gräbern und

Grüften heraus. Die Katakomben gaben ihre Toten frei, ein Heer aus Staub, Träumen, ungestorbenen Erinnerungen; Bataillone aus Knochen, Regimenter aus Lumpen und Rost, Speerspitzen, vom Zahn der Zeit zerfressen, Schwerter, zernagt vom Alter, Körper, durch die der Wind fegte, gelenkt von Schatten, taumelnd, klappernd, stöhnend, seufzend wie der Wind, ein entsetzlicher Ruf, der wie aus einem Mund ertönte: »Wir kommen, wir kommen, wir kommen … Rache zu nehmen an den Lebenden, wir, die wir nicht länger lebendig sind …«

Sie quollen durch das Tor auf den Burghof wie ein wandernder Schatten, drangen durch das geschlossene große Eichentor des Hauptgebäudes, als wäre es aus Gaze. Die Wächter, die die Höhlen bewacht hatten, flohen über die eingestürzten Burgmauern geradewegs in Himaggerys Hand. Ein sterblicher Feind konnte sie nicht mehr schrecken, nachdem sie die Toten hatten marschieren sehen. Ich ging hinter den Toten. Man konnte sie nicht führen, nur senden, und so hatte ich sie in das Burggebäude gesandt und wartete nun draußen auf dem Burghof auf sie. Sie würden bald zurückkommen, aber nicht allein. Ich hatte es ihnen befohlen.

Ich fühlte die Augen von Himaggerys Männern im Rücken. Obwohl ich mich nicht umwandte, wußte ich, daß sie da waren. Ich hatte sie gesehen, als die Tore aufschwangen, hatte den Riß in der Burgmauer gesehen und wußte, daß andere ihre Züge ebenso gemacht hatten wie ich selbst, daß es in dieser Stunde zu einer Entscheidung kommen würde. Jetzt wartete ich ruhig ab. Die Zeit für törichtes Geschwätz war vorbei. Es gab keine Fragen mehr. Zumindest aber noch Antworten.

Dann geschah es. Die Tore des Gebäudes flogen weit auf, und die Anhänger Mandors stürzten ins Freie, leichenblaß und zitternd, kriechend; sie übergaben sich auf das Pflaster, suchten auf allen vieren ihren Weg über diese schleimigen Steine wie verkrüppelte Kreaturen, schlitterten krebsartig seitwärts, hinweg, hinweg von dem, was hinter ihnen erschien. Ich erkannte Dazzle und Huld und Hunderte von Gesichtern, die ich aus Mandors Halle kannte, den Hochkönig und einige seiner Gefolgsleute. Sie drängten ins Freie und sahen mich, und bei meinem Anblick knieten sie nieder oder fielen vor mich hin und bettelten mich um Hilfe an. »König«, schrien sie, »Prinz!« Sie beugten die Knie vor mir, stützten sich auf die Hände und schlugen die Köpfe auf das Pflaster.

Und ich sagte ihnen, sie sollten ruhig sein und abwarten. »Seid ruhig«, sagte ich, »bis Mandor kommt.«

Und schließlich erschien er. Nicht weniger bleich als die anderen, nicht weniger verängstigt und doch immer noch nicht ganz ohne Haltung und mit einem verzweifelten Versuch der Betörung. Sogar jetzt, sogar in diesem Augenblick, versuchte er, mir gegenüber sein Talent einzusetzen, und immer noch gebrauchte er es gegen sich selbst.

Ich bedeutete ihm, sich hinzuknien. »Ich habe Euch Eure Toten gezeigt, Mandor«, sagte ich. »Ich habe Euch Eure Toten gebracht. Eure Ahnherren, die von Euch entehrt wurden. Die kürzlich Verstorbenen, denen Ihr das Leben geraubt habt. Einige von ihnen wollen ein Spiel gegen Euch ausrufen, wie sie mir sagten ...«

Er erbleichte noch mehr, obwohl ich dies kaum für möglich gehalten hätte. Ich schaute von ihm zu Dazzle. »Und es gibt noch weitere Tote, Dazzle. Eure Mutter zum Beispiel und noch andere. Hättet Ihr sie gern hier in Bannerwell, bei den anderen Toten, die wir aus den Höhlen geholt haben?«

Sie gab mir keine Antwort. Ich hatte es auch nicht erwartet, so beschäftigt war sie damit, die Kraft aus der Umgebung an sich zu reißen, webend und webend wie Mandor auch. Nun denn, sollten sie weben! Das Geisterheer drängte durch das Tor auf diese armseligen

Sterblichen zu, bereit, sie zu Boden zu trampeln, aufzuheben und ihre Hüllen in Besitz zu nehmen, sich selbst wieder mit Leben zu bekleiden… Tief in mir sandte Dorn eine Warnung. Schick sie zurück, bevor sie stärker werden. Es wird Zeit…

Dann plötzlich war mir, als hübe jemand etwas ungeheuer Schweres von meinen Schultern. Die Geister erzitterten vor meinen Augen. Sie stöhnten leise auf, einmal, zweimal, und dann lösten sie sich auf. Ein Geräusch wie Wind, der durch Nadelbäume fährt, schwang durch meinen Kopf, ich roch Regen. Dazzle schaute zu mir hoch, wandte mir ihr grauenhaft verstümmeltes Gesicht zu. Mandor sah sie, schrie auf und schrie abermals, als seine Anhänger ihn anschauten und von ihm wegkrochen, hinweg, hinweg, sich aneinanderklammernd wie Überlebende einer großen Flut, schreckgeweitete Blicke nach hinten werfend. Dann sprangen Mandor und Dazzle sich gegenseitig an den Hals, kratzten und schlugen mit den Händen aufeinander ein, in einen Kampf auswegsloser Verzweiflung verstrickt.

Hinter mir nannte jemand meinen Namen. »Peter. Genug. Wir sind nach Bannerwell gekommen, wie du es gewollt hast.«

Ich drehte mich um. Es war dieser dünne Mann, Rätsel, der Unveränderliche, der Führer der Unveränderlichen. Tossas Vater.

»Man hat mir gesagt, was du versucht hast«, sagte er. »Für Tossa. Ich danke dir.«

»Es war vergebens«, weinte ich. »Vergebens, wie dies hier auch. Aber ich versuchte es…«

»Ich weiß.« Er berührte meinen Arm. Dann sah ich andere hinter ihm, Chance, Yarrel.

»Du bist auch hier«, sagte ich einfältig. »Du bist zurückgekommen.«

Yarrels Augen waren auf Mandor und Dazzle gerichtet, nicht auf mich. In seinem Gesicht las ich, was ich befürchtete – Abscheu und Entsetzen. Ich wußte, was er dachte, und wollte es aus seinem Mund nicht hören, aber er sagte es trotzdem. »Schau da«, flüsterte er. »Das ist es, was Talente zustande bringen. Das ist alles, was sie können, und ich habe genug davon. Genug …«

»Scht«, sagte Rätsel. »Wir haben einen Beschluß gefaßt. Ein Teil der Schuld trifft uns. Wir haben tatenlos zugesehen, wie die Dinge ihren Lauf nahmen. Und nun haben wir beschlossen, daß es ein Ende haben muß …«

»Während Ihr hier seid, können sie ihre *Talente* nicht einsetzen.« Yarrel spuckte das Wort in meine Richtung. »Aber sobald Ihr wieder verschwunden seid, Rätsel, machen sie weiter. Und immer weiter und weiter …« Er wandte sich um und trat durch den Riß in der Mauer, seine Schultern zuckten. Einmal drehte er sich kurz um und sah mein Gesicht, in dem er offenbar irgend etwas entdeckte, das ihn für einen Moment zum Verharren veranlaßten. Seine Hand hob sich leicht, als wolle er mich zum Abschied grüßen, doch dann verhärteten sich seine Gesichtszüge, er wandte sich um und ging davon.

Ich wußte, was ich tun konnte. Ich konnte ihm folgen. Bald wären wir weit weg von Rätsels Macht, Kraft oder Talent, und ich könnte meine eigenen Fähigkeiten wieder einsetzen. Ich könnte Trandilar wecken, und Yarrel würde mich lieben wie zuvor – sogar noch mehr. Er würde mich anbeten. Wie Mandors Anhänger den Prinzen. Oh, in diesem Augenblick wünschte ich mir nichts sehnlicher. Ja. In diesem Augenblick wünschte ich es mir.

Doch dann wünschte ich es mir überhaupt nicht mehr, nie mehr, nicht mit Yarrel.

Ich vermisse ihn. Ich habe ihn seitdem nicht mehr gesehen, aber ich weiß, es geht ihm gut. Es gibt Tage, da er mir so sehr fehlt, daß ich es gar nicht in Worte fassen kann. Vielleicht, eines Tages … vielleicht. Das Leben ist voll dieser Hoffnung auf Tage, die vielleicht einmal kommen werden.

Nach vielem Durcheinander und Hin und Her verließen wir schließlich Bannerwell. Dazzle und Mandor blieben mit Huld, einigen anderen und – den Unveränderlichen zurück. Keiner von ihnen kann mehr verbergen, was er ist. Sie sind, was sie sind.

Ich stelle mir vor, wie sie die Korridore und Treppen von Bannerwell bevölkern, schwebende Schatten auf langen stillen Treppenfluchten, versteckt hinter Vorhängen, nur entfernt sichtbar auf einer mit Schießscharten bewehrten Zinne, dunkle Schatten, wandernde Flecken, die man in langen Nächten hört wie den Wind, ein immerwährendes Stöhnen. Sie sehen nichts voneinander außer Schatten, die aus einem erleuchteten Zimmer fliehen, hören nichts voneinander als einen fernen Ruf durch einen Kamin, der aus einem entlegenen, seit Jahrhunderten unbewohnt gebliebenen Raum dieses steinernen Berges führt, den man Bannerwell nennt.

Ich stelle mir vor, wie sie nach Mitternacht erwachen und im Schutz der Dunkelheit schwermütig durch den knöchelhohen Staub in den Höhlen von Bannerwell wandern, um die Gräber zu betrachten und von dieser Ruhe zu träumen, von dieser Heilung, denn die marmornen Toten in ihren Gräbern ruhen unversehrt und unbefleckt im schwachen Schein der Fackeln, für immer in Sicherheit, außer wenn jemand wie ich kommt – jemand wie ich.

Ich denke an Huld, hoffnungslos und ohne Ehre, diesem endlosen Dienst verpflichtet, in unauflösbarer Verwandschaft mit dem Grauen, und ich stelle mir vor, wie er ihnen folgt, die endlosen Gänge hinunter, und den leblosen Staub zu seinen Füßen mit Tränen näßt.

Werden wir uns wiedertreffen, Mandor und ich? Ich glaube nicht, daß er noch lange leben wird. Ich an seiner Stelle würde es nicht wollen.

Aber – ich bin nicht er.

Und ich – ich kehrte mit Himaggery zur Leuchtenden

Domäne zurück. Auf dem Berg oben trafen wir Seidenhand und nahmen sie mit uns. Sie hat sich sehr verändert. Sie spricht nicht mehr soviel wie früher. Genauso wie ich.

Windlow ist bei uns. Rätsel trifft sich ab und zu mit ihm. Wir kennen nur einen kleinen Teil dieser Welt. Irgendwo anders gibt es Wächter, einen Rat, verbotene Handlungen von Zauberern und Verfolgung von Ketzerei. Eine Menge Pläne werden geschmiedet. Wenn etwas Zeit verstrichen ist, nehme ich vielleicht Anteil daran.

Im Moment tue ich überhaupt nichts. Himaggery meint, es gebe sicher einen Weg, daß Talente wie ich in einer Welt leben könnten, die Yarrel auch gefiele, einer Welt, in der ein Peter und ein Yarrel Freunde bleiben könnten. Im Moment jedoch scheint so etwas in weit entfernter Zukunft zu liegen.

Also grüble ich bloß darüber nach und ›stelle‹ mir vor, wie eine solche Welt aussehen könnte. Welchen Platz nähme ich dort ein? Ich bin ein solches Ungeheuer, wie es noch keines zuvor gegeben hat: ein Wandler-König-Nekromant, der, wenn es ihm beliebt, Magier, Seher, Schildwächter werden kann – und alles andere auch noch. Im Moment kann ich dazu nichts weiter sagen, befürchte ich. Ich muß mich auf den Weg machen und Mavin suchen. Ich glaube, sie weiß etwas, woran alle diese gelehrten Männer noch überhaupt nicht gedacht haben.

In den Nebeln der Leuchtenden Domäne blühen die Obstbäume. Bald beginnt das Festival. Ich werde mir keine Bänder mehr an meine Jacke nähen oder die Straßen als Junge entlangfegen. Königsblut Eins. Königsblut Zehn. Königsblut. Die Welt wartet.